장르소설
입문자를 위한
글쓰기

■ 일러두기

* 영어 및 한자 병기는 본문 안에 처리했습니다. 인명 및 지명은 국립국어원의 외래
  어 표기법에 따라 표기했으며, 규정에 없는 경우는 현지음에 가깝게 표기했습니다.
* 이 도서는 5명의 작가가 쓴 것으로, 작가의 생각이나 의견은 출판사와 다를 수
  있습니다.

장르소설
입문자를 위한
글쓰기

초판 1쇄 인쇄 | 2021년 7월 16일
초판 1쇄 발행 | 2021년 7월 23일

지은이 | 양수련·박성신·김보람·김선민·남유하
펴낸이 | 박영욱
펴낸곳 | 북오션

편 집 | 권기우 · 이소담
마케팅 | 최석진
디자인 | 서정희 · 민영선 · 임진형
SNS마케팅 | 박현빈 · 박가빈

주 소 | 서울시 마포구 월드컵로 14길 62
이메일 | bookocean@naver.com
네이버포스트 | post.naver.com/bookocean
페이스북 | facebook.com/bookocean.book
인스타그램 | instagram.com/bookocean777
전 화 | 편집문의: 02-325-9172   영업문의: 02-322-6709
팩 스 | 02-3143-3964

출판신고번호 | 제 2007-000197호

ISBN 978-89-6799-597-3 (03810)

장르소설
입문자를 위한
글쓰기

양수련
박성신
김보람
김선민
남유하

Bookocean

차례

contents

반전의 반전, 그 묘미를 즐겨라!
– 추리 소설 입문자를 위한 글쓰기 | 양수련 **7**

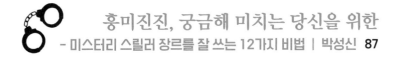

흥미진진, 궁금해 미치는 당신을 위한
- 미스터리 스릴러 장르를 잘 쓰는 12가지 비법 | 박성신 **87**

너도 로맨스 소설 쓸 수 있어!
- 잃어버린 설렘을 찾는 법, 로맨스 소설 쓰기 | 김보람 **143**

반전의 반전,
그 묘미를 즐겨라!

- 추리 소설 입문자를 위한 글쓰기

| 양수련 |

쓰고 싶다는
열정만 한
선생은 없다

장르 소설에는 전통적으로 순수 장르의 규칙들이 존재한다. 추리나 SF, 판타지, 로맨스, 스릴러 등에 적용되는 기본적인 장르 소설의 규칙을 알면 장르를 이해하는 것에 도움이 될 뿐만 아니라 자신이 쓰려고 하는 분야의 글쓰기에서도 새로운 시도를 접목해 볼 수 있다.

기존의 장르 규칙을 어디까지 수용하고 이탈을 어디까지 확대해 적용할 수 있을 것인가, 하는 것은 온전히 쓰는 사람의 몫이며 연구다. 장르 소설의 애독자라면 심심풀이로 이 책을 무심히 펼쳤을지두 모르겠다. 그러나 추리 서사의 규칙은 추리 소설 작가뿐 아니라 책을 읽는 독자에게도 아는 만큼 추리를 즐기는 기쁨을 누리게 한다. 규칙을 아는 만큼 추론의 오류를 범하지 않고 지적 유희의 게임을 탐정과 함께 벌일 수 있기 때문이다.

만약, 당신이 추리 소설 작가가 되고 싶다면, 적어도 장르 소설을 한번 써 보고 싶다는 마음으로 이 책을 집었다면 말이다. 창작과 작품의 완성을 염두에 두고 읽어 주길 바란다. 본 글은 머릿속에서만 맴도는 아이디어를 구체화하는 당신의 습작 과정의 친구가 되어 줄 것이다. 그동안 시작은 무수했으나 추리 소설의 끝을 맺지 못했다면 더욱 환영하는 바이다.

추리 소설도 마찬가지지만 장르 소설의 첫 번째 원칙은 재미다. 재미를 담보로 문학성까지 더한다면 더할 나위 없다. 장르 문학이 영상화나 드라마로 소비되고 있음에 비주류에서 주류로 이동하는 현 상황에서 추리 소설 작가를 원치 않더라도 추리 소설을 한 번쯤은 써 보라고 권하고 싶기도 하다.

처음부터 걸작을 쓰겠다는 과욕은 부리지 않기를 바란다. 모든 것은 한 번에 이뤄지지 않는다. 소설을 쓰는 일은 지난한 과정이 될 수도 있다. 절대적으로 그렇다. 그럼에도 불구하고 추리 소설 쓰기를 열망한다면, 이 글이 끝날 때까지 자신의 습작과 함께 해 나가기를 권한다.

사실, 창작에 있어 글쓰기 작법은 그리 중요하지 않다. 그러나 모르면 막막하다. 어디서 어떻게 시작해야 할지 난감하고 벽에 부딪힌다. 지적 호기심을 자극하는 추리 소설을 쓰고자 한다면 더욱이.

앞서 걱정할 필요는 전혀 없다. 쓰고 싶다는 열정이 내재되어 있다면 그것으로 충분하다. 이 글이 끝날 때까지 묵묵히 인내심을 갖고 동행한다면 장편은 아니더라도 완성작 한 편이 당신 손에 들려 있게 될 것이다.

당신 자신의 '쓰고 싶다'라는 열정만큼 더 좋은 스승은 없다. 그 열정이 어느 순간에 싸늘하게 식어버리지만 않는다면 당신이 구상한 추리 소설 한 편을 완성하는 기쁨을 끝내 누리게 될 것이다. 나는 당신의 그 열정이 식지 않기를 바랄 뿐이다. 나는 또 추리 소설을 완성하고 싶다는 당신의 열정의 불씨가 꺼지지 않고 활활 타오를 수 있도록 방화범의 역할을 충실히 수행하고 싶다. 당신이 이 책을 손에 들었다는 그 이유 하나만으로 아주 간절하게.

당신이 이 글의 말미에서 추리 단편 하나를 완성할 수 있게 된다면 좋겠다. 혹은 추리 소설을 쓸 수 있겠다는 자신감을 얻어 컴퓨터 앞에 앉는다면 나 또한 당신만큼 설레고 흥분될 것이다.

이제부터 본격적인 시작에 들어가 보자. 그동안의 지난한 노력이나 고민들을 지우고 초심으로 돌리기 시작에 임해 주기를 바란다. 이 글은 이론이 아니다. 자신의 창작을 병행해야 하는 실천의 것임을 머리로, 마음으로 상기해 주었으면 한다.

추리 소설 쓰기, 독서 경험에서부터 시작하라

　추리 소설을 안 읽어 본 사람은 있어도 한 권만 읽어 본 사람은 없을 것이다. 수수께끼를 풀어 가는 추리 소설의 묘미와 그 재미에 빠져들면 헤어 나오기가 쉽지 않은 까닭이다. 글을 쓰는 사람이라면 그토록 멋진 작품을 자신도 한번 써 보고 싶다는 생각에 쉽게 밤잠을 이루지 못할 것이다.

　추리 소설이 지닌 강한 매력에도 불구하고 혹자는 어쩌면 추리 소설 쓰기를 지레 포기할지도 모른다. 트릭을 만들거나 추론하는 과정이 버거울 수 있기 때문이다. 독자는 엄중할수록 빠져들겠지만 작가에게는 그만큼 더 고된 작업이 될 것이 분명하기에.

　그러나 범죄자의 트릭을 풀어 가는 것이 중심인 본격 추리 소설도 있지만, 본격에서 파생된 추리 소설도 만만치 않게 다양하다. 그러니 과학적인 입증이 필요한 트릭이 있어야 한다는 부담감 때문에 한발 빼거나 추리 소설 쓰기에 주눅부터 들지 않았으면 한다. 모르면 무섭지만, 알고 나면 별것도 아니다. 오히려 이 글을 다 읽고 나면 추리 소설 쓰기가 만만하게 여겨질 수도 있다.

전통적으로 추리 소설을 정의하자면, 단편이든 장편이든 다음의 요건을 충족한 작품이라고 할 것이다. ① 반드시 범죄 사건이 있어야 한다는 것 ② 범인은 한 명 혹은 여러 명일지라도 하나로 규합될 수 있는 범인이어야 한다는 것 ③ 일반인이든 직업적인 인물이든 탐정 역할을 수행하며 사건을 해결해 나가는 인물이 있어야 한다는 것 등이다.

여기서 잠깐, 추리 소설의 역사를 간단히 더듬고 가자. 추리 소설의 역사는 미국의 시인이자 소설가였던 에드거 앨런 포^{Edgar allan Poe}로부터 비롯된다. 추리 소설의 창시자이자 현대 탐정 소설의 아버지라 불리는 그는 《모르그 가의 살인 사건^{The Murders in the Rue Morgue}》,《어셔 가의 몰락^{The Fall of the House of Usher}》,《검은 고양이^{The Black Cat}》등을 발표해 19세기 미국 문학의 다양한 분야에서 영향을 끼쳤다. 이렇게 미국에서 생성된 추리 소설은 영국으로 건너가게 된다.

영국의 소설가 아서 코넌 도일^{Arthur Conan Doyle}은 전 세계 추

리 소설 독자들이 현재에도 열광하는 명탐정 '셜록 홈스'를 만들어 냈다. 가공인물인 셜록 홈스가 런던 베이커 거리 221B의 하숙집에 실제로 살았으며 지금도 여전히 살고 있다는 착각이 들 정도로 많은 사람이 그의 매력에서 벗어나질 못한다. 그만큼 셜록 홈스는 전 세계 독자들에게 사랑 받고, 영화와 드라마로 꾸준히 재탄생되는 탐정 캐릭터이기도 하다.

아서 코넌 도일은 의사인 왓슨과 함께 수많은 사건 해결의 정점에 있는 셜록 홈스를 통해 애매한 위치에 있던 추리 소설을 고전의 자리에 올려놓은 소설가다. 영국의 〈셜록 홈스〉 시리즈와 더불어 프랑스에서는 모리스 마리 에밀 르블랑Maurice Marie Emile Leblanc의 〈아르센 뤼팽〉 시리즈가 널리 읽혔다.

'미스 마플'과 '에르퀼 푸아로'라는 탐정 캐릭터를 만든 애거사 데임 크리스티Agatha Dame Christie는 언니가 읽던 〈셜록 홈스〉 시리즈를 접하게 되면서 추리 소설의 매력에 빠져들었다. 그렇게 추리 소설에 발을 디딘 그는 《오리엔트 특급 살인Murder on the Orient Express》, 《그리고 아무도 없었다And Then There Were None》 등을 비롯해 수많은 추리 소설을 썼음은 물론, 다양한 탐정 캐릭터를 남겼다.

에드거 앨런 포를 필두로 아서 코넌 도일의 대표 탐정인 '셜록 홈스', 애거사 데임 크리스티가 창조한 '미스 마플'이나 '에르퀼 푸아로' 등이 나오는 추리 소설을 한 번쯤은 읽어봤을 것이다. 그들의 추리 소설은 탐정 캐릭터와 함께 고전의 반열에 올라 현대에도 끊임없이 재탄생되고 있다.

추리 소설은 탐정 캐릭터 하나만 잘 창조해 놓으면 매번 주인공 캐릭터를 고민하지 않아도 된다는 장점이 있다.

이 글을 읽고 있는 사람이라면 이미 읽을 만큼 추리 소설을 읽고, 추리 기법이 깃든 영상 역시 볼 만큼 봤을 것이다. 그렇기에 직접 쓰고 싶다는 열망도 품게 되었을 것이라고 확신한다. 그 열망의 불씨를 꺼뜨리지 않는 것이 무엇보다 중요하다.

고전이든 현대물이든 자신이 읽은 추리 소설 중 뇌리에 각인된 작품을 떠올려 보라. 분명히 추리 소설의 묘미와 재미가 깃든 작품일 것이다. 그 작품을 읽으면서 당신은 긴장감과 반전의 놀라움으로 지적 유희를 몸소 경험했을 것이다. 어쩌면 이야기 말미에 묵직한 감동을 받았을지도 모르겠다.

당신 자신이 재미있게 읽고 감명을 받았던 작품의 제목을 상기하기 바란다. 그리고 그때는 그저 독자의 관점에서 읽었다면, 이번엔 추리 소설을 쓰려는 작가의 입장에서 그 작품을 다시 탐독한다.

첫 문장은 어떻게 시작했는가, 탐정 캐릭터는 어떤 사연을 가졌는가, 어떤 사건을 다뤘는가, 범인은 어떤 인물인가, 범인은 왜 그 사건을 저질렀는가, 과거의 사건에서 시간의 순행으로 전개되는가, 아니면 현재의 사건에서 과거의 시간을 좇아가는가, 서로 다른 시간대가 동시에 서술되고 있지는 않는가, 이야기 안에 어떤 수수께끼를 품고 있는가, 어떤 트릭을 사용했는가, 일인칭 시점인지 삼인칭 시점인지 아니면 또 다른 어떤 시점인가를, 복선과 암시 그리고 반전의 지점은 어디인가, 재미만 추구했는가 아니면 문학성까지 갖췄는가 등 당신 자신이 느꼈던 추리 소설의 매력을 광활하게 감각하면서.

여기서의 문학성은 인간의 삶과 사회적인 문제에 관한 주제를 담고 있는가, 아닌가로 축약해 볼 수 있겠다.

어떤 작가들은 자신이 좋아하는 소설과 잘 쓸 수 있는 소설의 장르가 다르다고 말하기도 한다. 충분히 그럴 수 있다. 그러나 자신이 좋아하는 특정 장르가 있다면, 암암리에 그 장르가 당신 자신에게 학습되어 있다는 점도 반드시 염두에 둬야 한다. 탐독과 더불어 써 보고 싶다는 자신의 열망도 함께 깃들어 있었음을 부인하기는 어렵다.

거듭 말하지만, 당신이 순수 독자로만 남을 생각이었다면 이 책을 손에 들지 않았을 것이다. 분명한 사실 하나는 글을 쓰려는 이들은 쓰기 위해 읽고, 읽기 위해 쓴다는 사실이다. 작가에게 읽기와 쓰기의 상호 작용은 가히 절대적이다.

당신 자신의 뇌리에 각인된 추리 소설이 있고 그 작품을 온전히 숙지했다면 좋다. 그 소설이 앞으로 당신이 쓰게 될 추리 소설의 외적인 모델이 되어 줄 것이다. 모양도 서로 다르고 재질도 다른 도시락 통이 있다면 당신은 그중 하나를 고른 것이다. 그 안에 들어갈 내용물은 자신이 준비한 재료로 만든 아주 맛있는 음식이 될 것이다. 같은 재료를 준비했다고 해도 누가 만드느냐에 따라 서로 다른 맛과 다른 이름의 요리가 탄생한다.

당신이 준비한 요리의 재료가 무엇인지 나 역시 궁금하다. 당신의 열망이 만들어 낸 그 요리가 훗날 서점의 추리 소설 서가에 진열되게 될지 또 어찌 알겠는가.

앞으로의 일은 아무도 모른다. 겨울이 길어서 낮은 짧고 밤이 긴 북유럽의 독자들은 추운 겨울 따뜻한 벽난로 앞에서 추리 소설을 읽는다고 한다. 긴 밤을 소설 속 수수께끼를 따라가며 그 묘미에 흠뻑 빠져드는 것이다.

얼마 전만 해도 우리나라에선 무더운 여름을 추리 소설의 특수로 여겼다. 내면이 섬뜩해지는 추리 소설로 간담을 서늘하게 만들어 더위를 날려 보겠다는 심사였던 것 같다. 그러나 두뇌 게임의 지적 유희를 즐기는 한국의 추리 소설 독자들은 이제 계절을 가리지 않고, 추리 소설의 묘미를 사계절 어느 때나 즐길 준비가 되어 있다. 재미만 보장된다면 말이다. 더불어 한국의 장르 소설을 기다리는 세계의 독자들 역시 어디에나 있다.

모델을 구하거나
창조하거나

시대와 국경을 초월하여 지금껏 살아남은 추리 소설들이 있다. 고전의 대열에 오른 작품들이 바로 그것이다. 이 작품들은 그만큼 재미와 강력한 서사의 힘을 갖고 있다.

고전이 현대에도 재미있게 읽히는 이유는 하나다. 시대가 바뀌었더라도 변할 수 없는 인간의 갈등과 사건을 다뤘기 때문이다. 시대와 환경을 떠나 인간 사이에서 벌어질 수 있는 갈등으로 인한 범죄 같은 것 말이다.

추리 소설을 표방하는 작품들을 면밀히 살펴보면 다양하게 분류되고 있다는 것을 알게 될 것이다. 추리 소설을 분류하자면, 추리는 기본적으로 미스터리 범주에 속한다. 소재의 선택에 의한 것이거나 사건의 전개 방식에 따라 또 세분화가 이뤄지는데, 항목별로 살펴보자.

　먼저, 본격 혹은 고전 추리 소설은 어떻게 범죄를 저질렀는지 트릭의 수수께끼를 풀어 가는 방식이다. 고전 추리 소설의 백미는 누가 뭐래도 밀실 살인이나 같은 공간 안에서 한 명씩 살해되는 클로즈드 서클closed circle, 고립된 공간에서 벌어지는 미스터리이다. 탐정은 어떻게 살인을 저지를 수 있었는지, 사건 현장을 조사하고 검증해 범인의 트릭을 밝히는 주된 역할을 한다.

　더불어 추리 소설에 자주 등장하는 트릭을 언급하자면, 비슷한 인상착의를 이용한 트릭, 착각이나 착시를 이용한 트릭, 교통수단을 이용한 알리바이의 트릭, 시차의 오류를 활용한 트릭, 흉기나 독극물을 이용한 트릭, 지문과 유전자를 이용한 트릭, 장소를 이용한 트릭, 발자국을 이용한 트릭, 공개된 장소에서의 살인 트릭, 단서를 위장한 트릭, 사체의 은닉을 통한 트릭, 교환 살인을 이용한 트릭, 의외의 인물 트릭, 죽음을 위장한 트릭, 심리를 이용한 트릭, 서술을 이용한 트릭 등 다양하게 사용되고 있다. 이외에도 죽은 자가 남긴 다잉 메시지dying message를 푸는 것도 종종 등장한다.

　일본의 에도가와 란포江戸川乱歩가 고전 추리 소설에 등장하는 트릭들을 모아 쓴 《탐정 소설의 수수께끼》가 《추리 소

설 속 트릭의 비밀探偵小說の《謎》》로 번역 출간된 것이 있으니 읽어볼 만하다. 또 추리의 규칙·트릭·이론을 총체적으로 다룬 《미스터리 사전》도 있다.

고전 추리 소설 읽기가 버겁다면, 만화나 영상물을 자료 삼아 보아도 좋다. 애니메이션으로 나와 있는 《명탐정 코난 名探偵コナン》은 본격 추리 만화로, 고전과 현대에 등장하는 다양한 트릭을 사용한다. 《명탐정 코난》 속 트릭은 과학적인 논리로 설명은 가능하지만, 가끔은 트릭을 위한 트릭이 있기도 한다.

더 이상 새로운 트릭은 나올 수 없다고 추리 소설 작가들의 한탄 섞인 말이 종종 들리기도 한다. 하지만 인간의 호기심이 멈추지 않는 한 그것은 작가들의 하소연이거나 엄살에 불과할 것이다. 과학 문명이 급속도로 발달한, 또 발달하고 있는 지금, 문명의 이기를 활용한 트릭들이 새롭게 개발되기도 하니 말이다.

다음으로 살펴볼 것은 도서 추리다. 전통적인 추리 소설이 사건이 터지고 탐정에 의해 해결해 나가는 방식이라면, 도서 추리는 구성에 있어서 그 반대의 모습을 하고 있다. 범인의 시점으로 사건의 진행 과정을 그려 간다는 것. 때문에 본격 추리와 달리 범인이 범행을 저지르는 장면이나 트릭 등이 사전에 공개된다.

독자는 범인이 누구인지 이미 알고 있다. 도서 추리에서의 수수께끼는 범인이 왜 그 범죄를 저질렀는가를 밝히는 것에 주력한다. 독자는 탐정이 수집하는 증거들을 따라가며 그 '왜'의 이야기를 추론하며 즐기는 방식이라 할 것이다.

권선징악에 입각한 범인 검거형의 추리 소설에서는 형사가 탐정으로 등장하기 쉽다. 잔혹한 살인 사건이 일어났는데 범인이 검거되지 않고 이야기가 끝난다면 독자는 께름칙할 것이다. 탐정은 죄를 지은 범인을 꼭 밝혀내고 범인이 죄에 상응하는 처벌을 받도록 한다. 그러다 보니 범인을 잡아야 하는 형사의 행동을 따라가는 경우라 추리 작법에 등장하는 방식을 벗어나는 일이 잦다.

사회파 추리 소설은 현실 문제들을 담아낸다. 사회 안의 모순과 갈등으로 인해 발생하는 사회 현상을 심도 있게 파헤친다. 비교적 묵직한 주제를 담고 있어서 추리 소설을 게임 소설이 아닌 추리 문학으로 부르는 데에 이견이 없게 만들기도 한다. 추리 소설의 재미와 문학성을 동시에 담아낼 수 있다면 작가에겐 더할 나위 없는 작품이 될 것이다.

하드보일드^{hard boild, 감정을 드러내지 않거나 감정에 좌우되지 않는 냉담한 태도} 형태의 추리 소설은 사건을 수사하는 탐정이나 형사이 고된 삶을 담아낸다. 추적형의 스파이나 비밀 기관의 비밀공작 활동을 소재로 한 영화 〈007〉 시리즈가 이에 속한다.

이 외에도 정신 질환자가 등장하는 이상 범죄를 다룬 추리, 재판을 통해 사건의 조사를 실질적으로 담아내는 법정 추리, 역사상 의문 사건을 풀어 가는 역사 추리 등 탐정 소설의 변형은 현재에도 끊임없이 이어지고 있다. 상황이 이러하니 과학 지식이 없는데 트릭을 어떻게 만들지 지레 겁먹을 필요가 없다는 말이다.

소재와 구성에 따라 인상적인 작품을 살펴볼까 한다. 물론 내가 읽은 작품 중에서 남다른 점이 있다고 여긴 것을 선택한 것이니, 그 작품에 특별한 무게를 두지 않아도 된다.

이 중에는 추리 소설인 것과 설명을 위해 선택한 작품도 있다. 또 추리 소설을 기획하기에 앞서 생각해 볼 만한 점이 있다고 생각되는 작품들로, 당신에게 매력적이었던 작품을 자신이 쓰려는 작품에 견주어 분석해 보기 바란다. 내가 관심 있는 작품을 분석하다 보면 당신이 얻어 가는 창작 아이디어가 분명 있을 것이다.

오쿠다 히데오奧田英朗의 《소문의 여자うわさの女》는 당장 해결해야 할 범죄 사건은 등장하지 않는다. 다만, 범죄에 얽혔을지 모를 소문에 등장하는 특정 인물을 주변 인물들의 이야기를 통해 보여 주고, 소문에 휩싸인 주인공을 끝까지 주변 인물을 통해 탐문하는 방식이다.

현실에서도 이런 소문 속 인물은 쉽게 접할 수 있다. 어떻게 보면 식상한 소재다. 그럼에도 불구하고 이 진부한 이야기를 어떻게 다루면 특별해지는가에 대한 고민을 덜어 주는 소설이라 할 것이다.

미나토 가나에湊かなえ의 《고백告白》은 자신의 어린 딸이 자신의 학생에게 희생당한 교사의 이야기다. 범인을 알고 있지만, 신고하지 않는 주인공. 범인이 미성년자라 처벌 받지 않을 것임을 너무도 잘 알기 때문이다. 만약 처벌 받게 되더라도 딸을 잃은 자신의 고통에 견주면 처벌은 미미할 것이다. 그래서 주인공은 자신이 직접 학생에게 벌을 주기로 한다.

주인공의 복수가 어떻게 진행되는지 눈여겨볼 만하다. 이 책은 변형이 좀 있지만, 도서 추리로 분류할 수 있을 것이다.

아비코 다케마루我孫子 武丸의 《살육에 이르는 병殺戮に いたる病》은 도서 추리에 속하지만, 종종 서술 트릭의 작품으로 분류된다. 범인의 자백으로 범죄가 드러나는데 그것만이 전부는 아니기 때문이다. 그래서 독자가 먼저 탐정의 증거 확보에 따라 이야기를 즐기는 것보다 작가가 심어 놓은 복선과 암시를 알아채야 한다. 범인이 누군지 초반에 다 밝혀지지만, 작가는 범인에 대한 정보를 하나 더 숨겨 놨다. 독자가 미처 알아채지 못하는 사이에.

서술 트릭이 가미된 소설은 작가가 독자를 상대로 벌이는 도발에 가깝다. 범인의 범죄 트릭을 밝히는 것이 아니라 작가가 독자에게 거는 트릭이라니 놀랍지 않은가.

추리 소설을 좀 즐긴다 싶은 독자라면 작가의 초대에 부응해 대결하고픈 욕망이 샘솟을 것이다. 결국엔 뒤통수를 된통 가격당하게 되겠지만 그 맛에 다시 추리 소설을 찾는 것이지 싶다.

서술 트릭의 또 다른 작품으로는 우타노 쇼고^{歌野 晶午}의《벚꽃 지는 계절에 그대를 그리워하네^{葉櫻の季節に君を想うということ}》가 있다. 이 소설은 초반에 트릭을 눈치챈 터라 반전의 놀라움을 느끼진 못했다. 하지만 서술 트릭을 좀 더 경험하고 싶다면 일독해도 좋다.

이창동 감독의 영화 〈박하사탕〉은 새로운 구성의 묘미를 보여 준 작품이다. 영화는 과거와 현재의 시간을 넘나들지 않는다. 현재에서 시작해 과거로만 점철되는 구성이다. 현재의 주인공이 돌아가고 싶어 하는 그 비밀의 순간과 만나기까지 흥미로운 전개가 시간의 역행으로만 이뤄진다는 사실이다. 보기 드문 시간의 구성이라 하겠다.

여기에 더해《벤저민 버튼의 시간은 거꾸로 간다^{The Curious Case of Benjamin Button}》는 시간의 순행과 역행이 동시에 이뤄지는 착각을 불러일으키게 하는 아주 창의적인 흐름의 설정을 보여 준다. 작가인 프랜시스 스콧 피츠제럴드^{Francis Scott Fitzgerald}가

의도했던 것은 아닐 것이다. 인간이 노년의 모습으로 태어나 아기의 모습으로 죽어간다면 어떨까, 라는 발상에서 이 소설을 썼을 테니까.

그러나 그 결과는 실로 놀랍다. 노년으로 태어나 아기가 되어 가는 '벤저민'과 아기로 태어나 노년이 되어 가는 여주인공의 외적인 외모가 엇갈리면서 이 글을 쓰는 나는 시간의 순행과 역행을 동시에 경험하는 듯한 착각 속에서 소설과 영화를 봤다. 같은 공간 안에 현재와 과거와 미래의 시간이 뒤섞여 있어 이야기를 숨기기 어려운 영화 화면에서도 이야기의 증폭이 일어나는 것을 경험할 수 있었다. 외모의 역행을 보여 주는 서로 다른 두 인물이 같은 공간에 있는 것만으로 이야기의 확장이 이뤄지는 마법이라고나 할까.

끝으로 작품 하나를 더 예로 들자면, 나의 작품 《커피유령과 바리스타 탐정》이 있다. 바리스타인 '환'의 일상에서 벌어지는 범죄 사건들을 다룬 추리 소설이다. 주인공이 매회 직간접으로 다른 사건과 마주하게 되고 해결해 나가는 형식이다. 단편적 사건들이 등장하지만, 연작이란 점과 단편적 사건들을 아우르는 큰 줄기의 이야기가 있다는 점에서 일반적인 단편 추리와는 또 다르다.

탐정 캐릭터를 내세워 단편을 처음 쓰고자 한다면 연작의 형태로 쓰는 것도 나쁘지 않다. 차후에 단편집이 아닌 같은 탐정이 등장하는 장편 연작 소설로 꾸릴 수 있다. 나 또한 추리 소설 쓰기에 입문하면서 바리스타 탐정 캐릭터를 만들었다. 그 인물이 가진 수수께끼와 더불어 매회 벌어지는 사건의 수수께끼를 따로 가져가는 형식을 취했다. 또 트릭이 등장하는 단편 추리물을 줄기차게 보기도 했다. 다른 추리 단편을 쓰기도 했지만, 바리스타 탐정의 사건 소재가 생각날 때마다 틈틈이 썼다. 그렇게 나온 결과물이 《커피유령과 바리스타 탐정》이다.

이 작품은 연작의 형태이고 첫 작품이라 아쉬운 점도 있지만, 나는 이 작품으로 2018 한국 추리문학상 신예상을 수상했다. 그 후, 노비의 평생도를 소재로 한 장편 《바리스타 탐정 마환》을 출간했다.

어쨌거나 추리 소설의 큰 장점은 탐정 캐릭터 하나만 잘 만들면 시리즈 형태로 계속 추리 소설을 써나갈 수 있다는 점이다. 셜록 홈스나 미스 마플, 푸아로, 코난이 등장하는 작품들처럼 말이다.

《명탐정 코난》은 작가가 3개월만 만화를 그릴 생각이었다고 한다. 뜻밖의 인기를 얻는 바람에 1994년부터 지금까지 연재가 이어지고 있다니, 그저 놀라울 뿐이다. 이런 일이 당신에게 일어나지 말란 법이 없다. 당신과 나에게도 이런 꿈같은 일이 일어나면 정말 좋겠다.

4

모델 작품을
모니터링하라

추리 소설을 쓰고자 하나 아직 어떤 형태로 써야 할지 몰
라 고민하고 있다면, 당신이 선택한 모델 작품을 다시 펼쳐
보자.

때로는 머리말을 읽는 것도 도움이 되고(세부적인 분석에
들어가기 전에), 목차에 소제목이 나와 있다면 그것만으로
도 이야기의 흐름이나 구조를 가늠할 수 있다. 작품에 소
제목이 있는 것은 아니다. 소제목 없이 진행되는 작품들도
많다.

처음 장편을 쓴다면 소제목을 갖고 가는 것이 당신의 글
을 완성하는 데 많은 도움이 될 것이다. 단편에서는 소제목
없이 번호로 장 구분을 하기도 한다. 때로는 원고지 80~100

매 정도의 짧은 분량을 쓰면서 소제목을 붙이는 것은 독자의 몰입을 방해하는 요소가 될 수 있다. 그렇더라도 작품을 끝내기 위한 방편으로 소제목을 활용할 수 있다. 소제목을 붙여 원고 작업을 하고 나중에 삭제하거나 번호로 대체하면 된다. 순번조차 걸리적거린다면 행간을 비우는 것만으로도 충분하다.

소제목을 붙이는 일은 짧든 길든 그 장에서 다뤄야 할 내용을 명확하게 만든다. 추리 소설뿐 아니라 어느 장르의 글쓰기든 이는 마찬가지로 작용한다. 소설 쓰기 초보자라면 소제목을 통해 자신이 써야 할 내용을 수시로 되새기면서 서사가 샛길로 가는 것을 방지할 수 있다.

모델 작품의 분석으로 다시 들어가 보자. 처음엔 그냥 훑듯이 지나쳤다면, 이번에는 항목별로 해당 내용을 구체적으로 적어 본다.

《커피유령과 바리스타 탐정》이 모델 소설이라고 가정해 보자.

① 어떤 사건을 다루고 있는가?

　바리스타 환의 일상에서 벌어지는 크고 작은 범죄들.

② 그 사건이 일어나게 된 배경과 사회적 시사성은 무엇인가?

평온해 보이는 일상 안에 깃든 위태로움을 다룸.

부동산 투기, 국제결혼, 가족 간의 갈등, 연인의 의식 변화 등.

③ 서사는 어디서 출발해서 어떤 과정으로 진행되었는가?

평온한 일상에 사건이 벌어지고, 환이 그 사건에 자연스레 개입하게 된다. 환이 트릭을 밝히거나 사건의 실체를 들여다본다.

④ 탐정이 갖고 있는 서사는 무엇인가?

어릴 적 자살하는 엄마를 목격함. 교수인 아빠를 따라 일본으로 가지만, 새엄마와 친하게 지내지 못함. 간절한 기도 끝에 만난 유령 할과 둘이서 한국으로 건너옴. 아버지와의 연을 끊은 채, 유령 할과 카페를 운영하며 살아가고 있음.

⑤ 범죄 행위의 동기와 목적은 무엇인가?

인간의 이기적이고 삐뚤어진 욕망과 그의 충족.

⑥ 대립이나 대조를 이루는 캐릭터가 있는가?

유령 VS 인간. 유령 할 VS 바리스타 환.

꼰대(젊은 나이에 사망했으나 옛날 사람이라서) VS 청년 등.

사건 안에서의 대립은 별도 구성.

⑦ 각각의 캐릭터가 갖고 있는 고뇌와 서사는 무엇인가?

아버지에 대한 애증과 엄마의 죽음에 대한 비밀을 갖고 있는 환. 자신의 죽음이 이승을 떠나지 못하는 이유를 알고 싶은 유령 할에게 감춰진 전생의 이야기.

⑧ 어떤 종류의 트릭을 어떻게 사용했는가?

시각 장애, 변장, 상여, 시차, 스티커 등.

⑨ 어느 지점에 복선이 배치되어 있는가?

사건 서사의 1/3 지점 안에.

⑩ 서사의 반전이 어느 지점에서 어떤 방식으로 이뤄졌는가?

사건 서사 2/3가 지난 지점에서 의외의 사건 동기나 관계의 폭로 등으로.

⑪ 몇 개의 복선과 몇 번의 반전이 이뤄졌는가?

복선은 한두 개, 사건 서사 반전 또한 한두 개 정도(무심한 복선 등은 독자가 찾기 어려울 수 있으나 다 읽고 나면 그것이 복선이었음을 깨닫는다).

⑫ 서사에 놀라움이 있다면 어떤 것들인가?

사건의 배후나 범행의 동기.

⑬ 독자의 패배가 유쾌하게 이뤄졌는가?

유쾌하기보다는 생각의 실마리를 던져 주는 방식.

⑭ 본격·도서·일상 추리·추적·스파이·법정·심리 등 어디에 속하는 형식인가?

탐정의 일상에서 벌어지는 일상 미스터리.

연작이라 전체 사건들을 뭉뚱그려서 나름 분석해 봤다. 그러나 독자는 단편이든 장편이든 한 편만을 선택해 면밀하게 분석해 보는 것을 권한다. 그래야 당신 자신의 글을 구성하는데 자신감이 붙을 것이다.

어쨌거나 작품 한 편을 이렇듯 분석하고 나면 머릿속에 추리 소설의 흐름과 형식이 들어앉게 된다. 자신이 쓰려고 하는 사건 서사의 내용들을 단편적이더라도 해당하는 항목에 적어 본다. 처음부터 당신 자신이 쓰려고 했던 형식이나 서사의 모델을 찾아 분석을 시도했다. 고로 그에 대응하는 필요 요소들을 떠올려 설익은 대로의 구상을 얼마간은 해뒀을 것이고, 항목별로 내용을 적는 것이 그리 어렵지 않을 것이다.

그다음부터가 중요하다. 자신이 답습하려는 모델 소설이라고 해도 자신의 사건 서사와 들어맞지 않는 부분들이 발생한다. 사건이 다르고 등장인물이 다르며 이야기도 다르기 때문에 이는 당연한 일이다. 그러나 당황하지 않아도 된다. 다만, 모델 소설에 자신의 사건 서사를 꾸역꾸역 맞추려는 것보다 어긋나는 지점에서 자신만의 구성이나 서사를 새롭게 도출하는 것이 중요하다. 이런 작업을 하다 보면 모델 소설에서 한 발짝 나아가 자신만의 형식을 갖춘 추리 소설로 발전하게 될 것이다,

이쯤 되면 모델 소설은 자신의 창작에 있어 껍데기가 된다. 껍데기는 과감하게 버리자. 글의 형식보다 서사에 관

한 몰입도와 나만의 서사 스타일로 승부하는 것이 더 중요하다.

그럼 이제, 다음의 항목별로 당신 자신의 추리 소설 서사를 적어 보자. 모든 항목을 다 채우지 못해도 괜찮다. 자신의 추리 서사에 불필요한 것일 수도 있다면 말이다. 다만, 서사에 관한 감각의 끈을 끝까지 잡되, 당장은 쓰고자 하는 소설을 생각이 익은 만큼 적어 보자.

① 본격·도서·추적·스파이·하드보일드·법정 등 어떤 형식의 추리 소설인가?

_____

② 범죄 사건의 배경과 내용은 무엇인가?

_____

③ 범인의 범행 동기와 목적은 무엇인가?

_____

④ 탐정의 서사는 무엇이며, 특기나 의외의 면이 있다면?

_____

⑤ 탐정과 범인의 대립적인 갈등이 있다면 무엇인가?

_____

⑥ 어떤 종류의 트릭을 어떻게 사용할 것인가?

_____

⑦ 복선이나 암시로 활용할 내용은 무엇인가?

_____

⑧ 서사의 반전 혹은 캐릭터의 반전은 무엇인가?

_____

⑨ 작품의 주제는 무엇인가?

_____

⑩ 사회적인 시사성을 내포하고 있다면 어떤 것인가?

_____

⑪ 독자의 유쾌한 패배를 어떻게 충족시킬 것인가?

_____

5

사건 서사의
핍진성을 구현하라

다양한 아이디어들과 이야기가 당신의 머릿속에서 익어 가고 있을 것이다. 쓰고 싶은 욕구가 들끓어서 키보드에 손을 얹고 모니터를 들여다보고 있을지도 모르겠다. 그럼에도 불구하고 작업에 들어가는 일이 쉽지 않다면, 아직 쓸 준비가 덜 됐다는 신호다.

이런 일에 대비해 아이디어가 떠오를 때마다 수시로 서사를 감각하고, 때로는 아이디어가 무차별적이라고 해도 일단 메모하자. 노트북이든 수첩이든 어디에든 기록하는 습관을 들이자. 아이디어는 기록으로 붙잡아 두지 않으면 연기처럼 사라지거나 발 달린 짐승처럼 도망간다. 기가 막힌 좋은 아이디어일수록 날려 버리기 십상이니 꼭 적어 두자.

당신은 쓰고 싶다는 열망에 몸부림칠지 모르겠으나 핍진성^{逼眞性, 문학 작품에서 텍스트에 대해 신뢰하거나 개연성이 있다고 독자를 납득시키는 정도}의 구현 없이는 또 힘들다. 쓰기를 중단하고 자꾸 주춤거리게 될 것이다. 추리 소설뿐 아니라 작가에 의해 설계되는 모든 서사가 그렇다. 모든 캐릭터가 그렇다. 당신을 수시로 주춤거리게 하거나 머리를 쥐어뜯게 할지도 모르겠다.

독자가 당신 자신의 서사에 그것도 도입부에서부터 안착하기를 바라는가? 전적으로 신뢰하고 호기심을 부여잡고 끝까지 읽어 나가기를 원하는가? 그렇다면 어떤 사건이 됐든 이야기 안에서의 현실성 즉, 핍진성을 확보해야 한다. 험악한 범죄와 이상 심리가 자주 등장하는 추리 소설에서라면 더욱 중요하다. 작가의 소설을 보고 범죄를 모방했다는 터무니없는 말이 들려올지라도.

범죄에 대한 경험이 없다고 작가적 상상력을 발휘하지 못할 이유는 없다. 인간이 존재하는 한 범죄는 사라지지 않을 것이다. 추리 소설을 통해 인간의 내면 깊숙이 깃든 어긋난 욕망을 대리 해소할 수도 있지 않을까. 그래서 범죄가 줄어들 수 있다면 나는 기꺼이 추리 소설 작가로 불리기를 망설이지 않을 것이다.

추리 소설에서의 사건은 살인이거나 연쇄 살인이거나 신원을 알 수 없는 시체의 등장이거나 협박이거나 유괴이거나 실종 등이다. 절도나 사기, 수수께끼 같은 사건은 물론 기본적으로 다양한 범죄 사건을 기본으로 한다.

때문에 현실 사회의 범죄 사건을 자신의 서사 안으로 가져오려면 주의를 기울여야 하고, 현실의 피해자와 가해자가 있고 그들의 유가족이 있다는 것을 염두에 둬야 한다.

현재의 사건을 그대로 가져다 다루기는 어려운 면이 없지 않아 있다. 작가들이 상황만 차용하거나 과거에 묻혀 해결되지 않은 범죄 사건을 소재로 삼는 것도 그런 이유에서다.

현실에서 일어난 사건과 서사의 완결성을 요하는 소설 안에서의 사건은 그 양상을 달리 할 수밖에 없다. 현실의 사건이 아무리 소설이나 영화 같더라도 당사자가 아닌 한 모르는 부분이 분명 있다. 소설처럼 현실의 사건이 서사 구조를 체계적으로 갖고 있지도 않다.

작가는 사건에서 드러나지 않은 부분의 이야기를 만들어 내거나 범죄 사건에서 다뤄지지 않은 부분의 이야기를 떠올릴 수도 있다. 또는 실재의 사건을 다른 형태로 각색하거나 누구도 관심 갖지 않았던 사건의 주변 인물을 등장시켜 서사를 이끌어 가게 할 수도 있다. 때로는 사건을 다각적으로 들춰 보거나 의외의 인물을 설정함으로써 색다른 시각의 서사와 반전을 만들어 낼 수도 있다.

사회적 사건 하나를 바라보는 시각은 개인마다 다르다. 그

것이 같은 범죄 사건이라고 해도 다른 서사를 만들 수 있는 요소는 분명히 있다.

범죄 사건에 관한 새로운 해석과 관점을 갖는 일은 순전히 작가인 당신의 몫이다. 그동안은 가해자와 피해자가 소설의 중심인물이었다면, 이번에는 그들의 친구나 동료, 이웃을 주인공으로 내세워도 좋다. 사건과는 관계없는 주변 인물을 끌어들이면 그 과정 안에서 전혀 새로운 형태의 당신 자신만의 서사가 만들어지는 경험도 하게 될 것이다.

같은 사건이라도 쓰는 사람이 다르면 전혀 다른 서사가 나온다. 역할을 바꾸거나 관습에 도전하거나 의외의 상황과 마주하는 등 추리 소설의 출발은 어떤 하나의 범죄 사건에서 출발한다.

핍진성을 구현하는 것 또한 오직 작가의 몫이다. 함께 글을 쓰는 동료, 친구 혹은 가족에게 자신의 이야기를 먼저 말로 풀어 들려주는 것도 하나의 방법이 될 수 있다. 그들이 설득당하지 않고 호기심조차 보이지 않는다면 다시 시작해야 한다. 어떻게 그런 일이 가능하냐고 따져 묻는다면, 당신 자신의 서사가 존재할 수 있게 현실성과 개연성을 확보해야 한다. 또한 당신 자신이 쓰는 추리 소설이 범죄 소설로 전락하는 것을 원치 않는다면 그에 따른 장치나 서사를 마련해야 한다.

하나 더 적자면, 강력한 사건으로 독자를 사로잡겠다는 생각에 잔인하고 자극적인 장면 묘사를 강조하지 않았으면 한다. 창작자들 사이에서의 '센 이야기'는 심리적인 자극이나 파장이 크게 느껴지는 요소를 말하는 것이지 싶다.

잔혹한 장면을 묘사해야 한다면 최대한 짧고 단순하게 묘사하는 것이 더 효과적일 수 있다. 잔인한 장면을 꼭 써야만 한다면 되도록 무심히 그리고 빠르게 넘어가도록 한다.

독자는 잔인한 장면을 보고 싶은 것이 아니라 심리적인 충격이나 독자 자신의 심리적 변화를 서사를 통해 경험하고 싶어 한다는 점을 유념하기 바란다.

《커피유령과 바리스타 탐정》은 유령과 사는 사람의 이야기다. 추리 소설에 유령이 등장하니 핍진성이 떨어진다고 생각할 수 있다. 현실에서라면 불가능한 일이겠으나 소설이라는 허구 안에서는 또 용인되는 부분들이 있다.

서사 안에서의 현실성을 만들어 주면 된다. 그렇더라도 유령이 사건을 해결하는 탐정이라면 독자는 고개를 가로저을 것이다. 현실성이 떨어지기 때문이다. 유령이 범인을 안다고 해도 어떻게 잡을 것이며 어떻게 처벌을 할 것인가 말이다.

비과학적이거나 오컬트적인 요소가 추리 소설의 메인이 되면 추리 소설이 아니다. 독자와의 정당한 두뇌 게임이라는

명목이 서지 않는다. 다행히도 《커피유령과 바리스타 탐정》
은 살아 있는 마환이 탐정의 역할을 담당한다.

주인공 마환이 극도의 외로움을 겪었던 인물인 만큼 유령
과 친구를 맺게 되는 캐릭터로 설정했다. 유령은 환에게만
보이고 유령 또한 자신을 볼 수 있는 유일한 인물인 환을 떠
나지 못한다. 외톨이인 환에게 19세기 유령인 할은 삼촌이자
형 같은 존재로 보호자나 다름없다. 그래서 그들이 동거하게
된 계기를 서사 안에서의 개연성으로 구현해 넣었다.

유령 할은 환과 대화를 나누기는 해도 살아 있는 사람들
의 문제에 직접적으로 끼어들지 못한다. 유령과 사람이 콤비
인 《커피유령과 바리스타 탐정》 안에서 정해진 규칙이라 하
겠다. 그들이 만날 수밖에 없는 운명의 서사는 비밀에 부쳐
져 있다.

환이 단편적인 사건들을 해결해 나가지만, 미완의 소설이
다. 언젠가는 할과 연계된 운명의 비밀을 환이 풀어 나가는
후반부의 서사를 써야 한다. 나 또한 당신만큼이나 고민 중
이다. 어떻게 쓸 것인가에 대해서 말이다. (이 책이 출간에 뜸을
들이는 사이 후속작이 있다는 것을 밝혀 둔다. 《바리스타 탐정 마
환 ─ 평생도의 비밀》은 조선의 민화를 소재로 한 지극히 한국적인 추
리 소설이다.)

장르 소설이 오락이란 점에서 황당한 설정은 안 된다는 규칙 같은 것을 세워둘 필요는 없다. 그러나 판타지가 아닌 이상 추리 소설은 현실 사회에 발을 디딘 사건과 서사일수록 독자의 관심과 몰입을 가속화시킬 수 있다. 반전은 곧잘 일어나는 일이지만 터무니없고 황당한 반전이 추리 소설에서는 용납되지 않아 한 번도 등장한 적 없는 사람을 뜬금없이 범인으로 내세우는 그런 일은 없어야 한다.

본격적인
추리 소설 작업,
시놉시스 쓰기

시놉시스^{synopsis}란 작품의 개요를 말한다. 보통 영상화를 위한 작품을 제삼자에게 소개하기 위해 쓰는데, 줄거리와 등장인물, 기획 의도 등을 적는다. 때로는 습작이라 다른 사람에게 보여 줄 것도 아닌데 이런 걸 왜 적어야 하느냐고 불만을 드러내는 이가 있기도 하다.

습작은 왜 하는가? 완성작을 내기 위해서다. 결국은 제삼자에게 보여 주기 위해서다. 습작으로 시작하지만, 그 작품이 어떻게 독자에게 공개될지는 알 수 없다. 습작품이 공모에 당선되거나 매체를 통해 발표되는 순간이 오면 '작가'라는 꼬리표를 얻게 된다. 작가가 되면 당신 자신의 작품을 일목요연하게 소개하는 일은 이제 일상이 될 것이다.

소개글 없이 본편의 완성작을 출판사에 보냈을 때, 그들이 성실하게 읽어 줄 것이란 기대는 하지 않는 것이 좋다. 공모전이든 출판사 관계자든 그들은 작품의 개요를 첨부하기 원한다. 그들은 작품의 개요를 대부분 출간 검토용으로 활용한다.

이쯤 되면, 시놉시스를 잘 쓰기 위해 온갖 노력을 기울일 수밖에 없다. 습작할 때부터 습관을 들이거나 훈련을 한다고 여기면 좋겠다.

개요를 어떻게 쓰는 것이 상대방의 마음을 움직이게 할 수 있을까? 광고 카피처럼 강렬하게(어디서 본 적 없는), 새로운 작품처럼 흥미진진하게 쓰는 요령을 터득해야 한다. 타인에게 당신의 완성작을 읽게 하려면 기획안에 작품의 매력을 충분히 아니 과하게 드러내는 것이 좋다.

작품을 완성한 다음에 시놉시스를 작성할 수도 있겠다. 그러나 글을 쓰기로 작정했다면 우선 시놉시스부터 먼저 작성하기를 권한다. 본편을 쓰다가 그 흐름이 바뀌게 되더라도 미리 작성하고 본편에 들어가는 것이 내 안의 서사를 숙성시키는 데에 훨씬 효과적이다. 이 행위는 자신이 쓰게 될 작품에 대한 이해와 깊이를 더하게 만든다. 또, 설정상의 오류를 발견하는 것은 물론이거니와 작품의 핍진성과 완성도를 높이는 방법이 되어 줄 것이다.

단편에 시놉시스를 첨부하는 일은 거의 없다. 그러나 소설 쓰기가 처음이라면 단편이라도 장편을 쓰는 일만큼이나 막막할 수 있다. 이때, 시놉시스는 당신 자신의 글을 전체적으로 살필 수 있는 설계도가 되어 줄 것이다.

추리 소설 쓰기의 출발은 어디라도 좋다. 특별한 사건에서든 캐릭터에서든 주제에서든 놀랄 만한 트릭과 반전에서든. 탐정 캐릭터를 먼저 떠올렸다면 그 캐릭터에 어울리는 사건 서사를 만들어 가면 되고, 주제라면 그 주제를 잘 풀어낼 캐릭터와 사건을 찾거나 설정하면 된다.

어떤 계기로 쓰고 싶은 이야기를 떠올렸든 지금껏 머릿속으로 당신의 소설을 굴려 왔을 것이다.

캐릭터가 있고 사건도 있다. 그럼에도 아직 뭔가 부족해서 개요를 쓸 수 없다고 여길지 모른다. 그렇더라도 자신의 생각과 아이디어들을 두뇌 밖으로 꺼내 보는 일은 중요하다. 생각을 활자로 시각화하면 자신의 서사가 어떤 모습을 하고 있는지 알 수 있다.

부족한 것은 더욱 잘 보인다. 무엇을 담아야 하고 어디로 가야 하는지에 대한 방향성을 살필 수 있다. 어쩌면 당신 자신의 아이디어가 생각했던 것처럼 멋지지 않다고 여길 수도 있다.

괜찮다. 이제 시작이다. 다만, 활자화된 내용을 보다 보면 작품의 흥미와 깊이를 만들어 가는 일이 벽돌을 쌓듯이 조금씩 완성을 향해 나아갈 것이다.

당신이 쓰려는 서사가 단편인가, 장편인가. 먼저, 원고의 분량을 정한다. 100미터 달리기와 42.195킬로미터를 달려야 하는 마라톤은 그 준비부터가 다르다. 단편은 짧은 호흡이지만 장편은 긴 호흡을 안고 가야 한다. 그만큼 시간도 오래 걸릴 것이고 준비해야 할 것도 많다는 뜻이다.

장르 소설의 주된 목적은 오락성에 있다. 문학성까지 갖춘다면 더할 나위 없지만, 처음부터 욕심을 부릴 필요는 없다. 생각의 끈을 계속해서 붙잡고 있다면, 서사를 감각하고 있다면 좋은 작품은 어느 순간에 태어난다.

본편에서 활용되지 않을 서사라도 인물에 관한 정보는 많이 알면 알수록 좋다. 인물이 어떤 서사를 갖고 있는가에 따라 그 인물의 말과 행동이 작품 안에 자연스럽게 녹아든다.

시놉시스는 작품의 설계도에 다름 아니다. 단편이든 장편이든 상관없다. 이것은 습작의 고민을 덜어 주고, 작품을 한층 더 원숙한 단계로 이끌 것이다.

이제 작품의 본편을 작업하기 전에 써야 할 시놉시스의 세부적인 내용을 살펴보자.

1) 작가의 의도 또는 기획 배경

작가마다 어떤 작품을 쓰고자 할 때에는 의도가 있다. 상업적 작품이라면 기획의 배경이 있을 것이다. 작품을 통해 독자에게 어떤 메시지를 주고 싶은지 혹은 어떤 이야기를 선보이고 싶은가에 대해 자유롭게 적는다.

작품에 대한 작가의 의도가 있다면 그 의도가 작품을 써나가는 데에 안내자의 역할을 해준다. 기획의 배경이라면 만들려는 이야기가 현재 왜 필요한지에 대한 설명이 덧붙여지게 될 것이다.

2) 한 문장으로 서사 소개하기

기성 작가도 자신이 쓰려는 이야기가 어떤 이야기인지를 한 문장으로 설명하기는 쉽지 않다. 그럼에도 불구하고 한 문장으로 말할 수 있다면 서사의 흥미로운 접점을 찾아낼 수 있다.

당신 자신의 작품에 대한 설명이 길어질수록 이야기는 매력이 없다는 뜻과 같다. 그래서 다른 사람들조차 그 작품을 읽고 싶다는 생각에서 멀어지게 할 것이다. 간단명료한 서사를 전달할 수 있다면, 독자가 거기에 눈을 휘둥그레 뜨거나 입을 쫙 벌리는 반응을 보이면 그만큼 흥미진진한 이야기가 될 가능성이 높다. 사람을 끌어들이는 호기심의 요소가 그 한 문장에 담겨 있다는 뜻이 될 테니까.

3) 현재와 과거 그리고 칠정七情을 통한 인물의 입체화

등장인물의 소개다. 작가는 등장인물의 인생 전반을 꿰뚫고 있어야 한다. 어떻게 태어나 어떤 성장 배경을 갖고 있으며, 무슨 생각을 하는지 등. 여기에 더해 그 인물이 갖고 있는 감정을 들여다볼 수 있다면 금상첨화다. 아니 그래야 한다. 그래야만 글을 쓰는 당신이든 독자든 그 인물에 감정을 이입하거나 동화되어 작품을 읽게 될 테니까.

당신은 인간이 지닌 기본적인 감정인 기쁨과 노여움, 근심과 두려움, 사랑과 미움, 욕망 등을 등장인물에게 부여하는 일을 게을리해서는 안 된다. 그것만으로도 인물의 핍진성을 충분히 살릴 수 있다.

추리 장르라고 해도 등장인물이 갖고 있는 감정 중에 공포가 제일 크다면 공포가 가미된 추리물이 될 것이다. 사랑의 감정이 크다면 로맨스가 가미된 추리물이 될 것이고, 미움이 크다면 복수가 가미된 추리물이 될 것이다. 이처럼 주인공이 갖고 있는 가장 큰 감정이 작품의 장르나 서사를 결정하기도 한다. 또한, 이런 감정들이 사건을 촉발하는 역할을 한다.

추리 소설의 서사에는 반드시 등장하는 인물이 있다. 진실을 밝히려는 탐정이거나 거기에 준하는 인물과 범죄 사건의 피해자와 범인인 가해자 또는 범인을 찾기 위한 과정상의 용의자나 목격자 등.

작가는 자신이 창조자가 된 기분으로 등장인물의 나이, 성별, 외모, 직업, 상황, 거주지, 생활, 습관 등의 외적인 것을 먼저 조성한다. 다음으로 내적인 감정 상태나 욕망 등을 외적인 것에 부응하여 설정한다. 그 반대여도 좋다. 등장인물을 입체화하면 할수록 나중에는 인물 스스로가 움직이고 말을 하게 되는 놀라운 경험도 함께하게 될 것이다.

탐정 캐릭터의 인물 소개를 살펴보자. 이는 소설 안에서 인물에 대한 특징이 설명된 것으로, 소설을 쓰기 전에 인물의 외모나 개성, 정신적 사유 등을 형성해 줘야 한다.

60대로 추정되는 남자 '셜록 홈스'를 보면, 180센티미터의 키에 살집 없는 매부리코라든가 기민하고 단호하게 생긴 인상 등 소설 속 외모 설명을 통해 그가 어떻게 생겼는지를 알 수 있다. 목적 없는 육체적 노동을 정력 낭비라고 여겨서 운동 자체를 위한 운동은 하지 않는다는 것은 그가 평소 어떤 생각을 하는지 잘 보여 준다. 그럼에도 그는 힘이 좋고 권투 실력이 훌륭하다.

또 홈스는 일찍 일어나지 않으며, 화학 실험에 몰두하면 밤을 새우기도 한다. 치밀한 계산과 모험적이고 과학적인 분석에 몹시 뛰어나다. 개인적인 대화는 안 하는 편이라 비인간적이라고 느낄 때도 있다.

그는 사람들과 어울리는 것을 좋아하지 않으나 런던 거리의 부랑아들을 모아 베이커 거리 특공대를 만들어 운영할 정도로 사람을 통솔하는 데에 일가견이 있다. 독립심 강한 여성을 좋아하며 때때로 능청스럽다.

당신이 쓰고자 하는 소설의 주인공에 대해 전방위로 더 많은 것을 알면 알수록 소설 쓰기는 더욱 쉬워진다. 적어도 서사를 이끌어 가는 데 부족함이 없을 정도의 주인공에 대한 충분한 정보는 갖고 있어야 한다.

애거사 데임 크리스티가 만든 캐릭터 '에르퀼 푸아로'와 내 소설 속 '마환'이 등장인물이라면 어떤 인물인지 아래와 같이 소개를 할 수 있을 것이다.

• 에르퀼 푸아로(남) : 땅딸막한 몸집. 콧수염에 대한 자존심이 강하다. 삐뚤어지거나 비대칭적인 것은 못 참는 강박증이 있다. 사람들의 마음을 어루만져 자신이 원하는 말을 끌어내는 말솜씨가 탁월하다. 회색 뇌세포를 가동해 사건의 진실에 도달하는 방식으로 사건을 해결한다. 타인의 애정 관계에 신경을 쓸 만큼 따뜻한 구석도 있다. 심리학을 배경으로 한 인간 본성의 탐구에 능하다.

• 마환(23세, 남) : 마른 체형에 생활 근육이 붙은 미남형의 바리스타 탐정. 어릴 적 엄마의 자살을 목격함. 학교생활에

적응하지 못해 중·고등학교를 검정고시로 졸업. 아버지에 대한 미움과 원망이 많음. 친구라고는 유령 할과 첫사랑 인 아뿐. 말을 많이 하는 편은 아니지만, 할과 있으면 수다쟁이 가 되기도 함. 상황과 사람의 마음을 통찰하는 능력이 뛰어 남. 고수레 커피를 만들어 바치는 일로 하루를 시작함. 추리 소설을 좋아함.

4) 3막 혹은 5막 구성

전통적으로 서사의 플롯은 아리스토텔레스의 '시작 → 중 간 → 결말'로 이어지는 3막 구성이다. 현대에도 특별히 다 르진 않지만 이를 좀 더 구체화하여 사용하는 형태다. '기 → 승 → 전 → 결'이거나 '발단 → 갈등 → 위기 → 절정 → 결 말'의 구성이다.

추리 서사의 줄거리를 적는데 시놉시스에는 복선이나 암 시, 반전 등을 세세하게 적기보다 궁금증을 유발할 수 있는 선에서 줄거리를 작성하면 된다(즉, 줄거리는 서사의 흐름을 흥 미롭게 이해할 수 있는 선에서 맞춰 쓰면 된다).

다만, 본편의 추리 서사는 짜인 플롯을 서술해야 한다. 씨실과 날실의 교차처럼 사건과 캐릭터가 만나 이뤄지는 복선과 암시, 반전 등이 정교하게 짜여야 한다. 서사의 흐 름을 만드는 데 곤란함을 겪고 있다면 플롯 창작의 7단계 활용을 권한다.

본인의 저서 중 하나인《시나리오 Oh! 시나리오》에서 다룬 플롯 창작의 7단계는 영화 시나리오뿐 아니라 모든 서사 플롯을 만들기에도 효과적이다.

플롯 창작 7단계는 '도입부(인물과 사건의 소개) → 극 형성점(갈등의 암시) → 대립의 전개(갈등에 따른 양상) → 극 전환점(극의 새로운 국면 형성에 따른 위기) → 혼란의 상승(위기에 따른 양상) → 클라이맥스(반전이냐 카타르시스냐) → 결말'로 서사의 흐름을 구체적으로 적고 있다.

추리 소설의 플롯이 반전의 연속이라면 극 전환점과 클라이맥스에 반전이 오게 하면 된다. 갈등의 암시에는 증거물의 은폐, 대립의 전개에는 새로운 증거, 혼란의 상승에는 예측하지 못했던 범인의 등장이나 범인에 대해 재수사하는 식으로 추리 소설의 서사 전개로 바꾸어 사용하면 된다.

추리 서사의 구성은 추리의 언어로 뒤에서 다시 다룰 것이다. 그만큼 구성이 중요하다는 뜻이 되겠다.

대가들이 알려 주는
추리 서사의 규칙

추리 소설은 다른 소설과 달리 독특한 점이 있다. 다른 장르 소설들과 달리 구체적인 규칙이 다양하게 존재한다는 점이다. 앞선 추리 소설 작가들이 만들어 놓은 것들이니 글을 쓰려는 이들에겐 매우 유용할 것이다.

추리의 대가들이 만들어 놓은 모든 규칙이 현재에도 그대로 적용되냐고 묻는다면 나의 대답은 아니다, 이다. 왜냐하면, 추리 서사 형식의 확대와 함께 시대가 달라졌기 때문이다. 그럼에도 불구하고 추리 서사의 고전 규칙들을 알면 작품을 쓸 때 도움이 된다는 것만은 분명하다. 그래서 복사 노한 그 규칙을 알면 추리 소설의 수수께끼를 풀어 나가는 즐거움을 보다 적극적으로 즐길 수 있게 된다.

추리 서사의 규칙은 추리 소설 대가들이 독자와의 게임을 공평하게 즐기기 위해 만든 것으로, 추리 소설을 처음 쓰는 이들에겐 창작의 고민을 상당 부분 줄여 줄 것이다.

그럼, 지금부터 추리 소설 대가들이 만든 추리 소설 규칙들을 살펴보자.

'추리 소설의 20원칙'은 추리 소설가 S. S. 밴 다인^{S. S. Van Dine}이 1928년 《아메리칸 매거진^{American Magazine}》에 발표한 내용이다.

① 사건의 수수께끼를 푸는 단서는 작품 안의 탐정이나 독자가 함께 알 수 있게 서술해야 한다. 그래야 탐정과 독자가 동등한 두뇌 게임을 펼칠 수 있다.
② 작가는 등장인물이 장치한 트릭 이외에 독자를 속이려는 서술은 하지 않는다. 누가 봐도 객관적인 서술로 이뤄져야 한다.
③ 지적인 추리를 방해하는 연애 감정의 요소를 곁들여서는 안 된다. 사건의 범인을 잡는 것에 집중토록 한다.
④ 탐정이나 형사 등 사건을 수사하는 사람이 범인이라는 결말을 지어서는 안 된다.
⑤ 범인은 우연이나 돌발적인 자백이 아닌 논리적인 추리를 통해서만 밝혀져야 한다.

⑥ 사건을 맡은 탐정은 범인에 대한 모든 단서를 수집하고, 분석한 결과로 범행을 입증해야 한다.

⑦ 장편 추리 소설에서는 반드시 시체가 있어야 한다. 살인보다 가벼운 사건으로 장편을 꾸리는 것은 바람직하지 않다.

⑧ 범죄의 수수께끼를 밝히는 데 있어서 범인을 잡기 위해 점을 치거나 심령술, 최면술 등 초자연적인 요소를 사용하면 안 된다.

⑨ 탐정 역할은 한 사람으로 하는 것이 바람직하다. 탐정이 여럿이면 추리를 분산시키고 논리 체계가 흐트러질 우려가 있으며 독자의 흥미도 줄어든다.

⑩ 추리 서사 안에서의 범인은 어느 정도 중요한 인물이어야 한다. 단역이나 갑자기 나타난 인물이 범인이 되어서는 안 된다.

⑪ 가정부나 집사 등 고용된 사람을 범인으로 설정해서는 안 된다. 범인은 좀처럼 혐의를 두기 어려울 만큼 상당한 위치에 있는 인물이어야 한다.

⑫ 범죄 사건이 여러 건이어도 범인은 한 사람이어야 한다. 동조자나 공범자가 있어도 되지만, 범행 책임을 지는 범인은 한 사람이어야 한다.

⑬ 비밀 결사나 마피아 조직 등의 인물을 추리 소설의 범인으로 삼아서는 안 된다. 절묘한 범행 수법이어도 배

후에 전문적이고 거대한 조직이 있으면 도망치는 것이 너무 쉽다. 범인에게 다가갈수록 긴장되는 맛이 줄어든다.

⑭ 범인의 살인 방법에 대한 트릭과 이에 대응하는 탐정의 조사 과정은 과학적이고 합리적이어야 한다. 미지의 독극물이나 공상적이고 비과학적인 수법은 추리 서사에 등장하는 살인이 될 수 없다.

⑮ 사건을 해결하는 단서는 탐정이 최종적으로 추리를 펼치기 전에 독자에게도 똑같이 제시되어야 한다. 범인이 잡히고 난 뒤에 소설을 복기했을 때, 단서의 제시나 복선이 맞아떨어져야 한다.

⑯ 장황한 풍경 묘사나 문학적인 표현과 장문, 지나친 성격 분석, 분위기에 도취된 묘사 등은 피한다. 이런 것들은 사건 해결을 위한 핵심을 흐리게 만든다. 그러니 사건의 진실성을 전달할 때 필요한 묘사 정도면 충분하다.

⑰ 살인 청부업자와 같은 직업적 범죄자를 범인으로 설정하는 것은 피한다. 범죄와 거리가 멀거나 미숙한 사람이 저지르는 범죄가 추리 서사에선 더욱 매력적인 미스터리로 작용한다.

⑱ 살인 사건의 결말을 사고사나 자살로 처리하면 안 된다. 추리 소설은 두뇌 게임이다. 범죄가 있고 범인을 추

리하는 과정이다. 독자의 추리를 헛되게 하거나 속이면
안 된다.

⑲ 범죄의 동기는 개인적인 것이어야 한다. 추리 소설에서
는 개인적인 범죄를 다뤄 어떤 방식으로든 독자의 억
압된 감정과 욕망의 탈출구 역할을 해야 한다. 국제적
인 음모나 정치적 동기에 의한 살인은 탐정 소설이 아
니라 스파이 소설이 될 것이다.

⑳ 추리 소설 작가라면 과거에 사용된 진부하고 식상한 트
릭을 재사용하는 것을 피해야 한다. 이는 작가 자신의
자존심이 걸린 문제다.

이 책을 읽는 당신이라면 ③번과 ④번에 해당하는 작품은
익히 보았을 것이다. 범인인 경찰이 범인을 잡기 위한 단서
들을 은폐하는 서사가 있지 않은가 말이다. 시체가 등장하지
않는 추리 소설도 있으니 ⑦번도 필수 요소라고 볼 수는 없
겠다. 다만, 장편 분량의 서사를 이끌어 갈 때 그만큼 큰 사건
이 긴장감을 조성하기 쉽고 주변 이야기도 다채롭거나 심도
있게 다룰 수 있다.

다음은 '추리 소설의 십계'다. 밴 다인이 '추리 소설의 20
원칙'을 발표한 그 이듬해인 1929년에 로널드 아버스넛 녹
스Ronald Arbuthnott Knox가 《세계 추리 소설 걸작선》 서문에 발표

한 것이다. ⑤번과 같은 내용이 왜 규칙으로 작용되었는지는 모르겠으나 그 당시의 편견이나 선입견 때문일 가능성이 높다. 아무튼, 추리 소설가 로널드 아버스넛 녹스의 '십계'로 전해지는 내용도 한번 살펴보자.

① 범인은 독자가 알아채지 못하는 방식으로 이야기의 도입 단계에서부터 등장해야 한다.
② 초자연적인 방법이나 능력을 쓰면 안 된다.
③ 밀실이나 비밀 통로 등은 하나면 충분하다.
④ 아직 발견되지 않은 독극물은 사용하지 않는다.
⑤ 주요 인물로 중국인을 등장시켜서는 안 된다.
⑥ 탐정이 사고나 죽을 고비를 우연히 넘기거나 근거 없는 직관에 의존해 사건을 해결하는 것은 피한다.
⑦ 탐정 자신이 범행을 저지른 인물이어서는 안 된다.
⑧ 탐정은 단서를 발견하면 그 즉시, 독자에게도 알려 줘야 한다.
⑨ 탐정의 친구, 즉 조수의 역할을 하는 화자의 생각을 독자에게 숨김없이 알려야 한다. 조수 역할의 인물은 추리에 관한 한 독자보다 지능이 낮아야 한다.
⑩ 쌍둥이나 누가 봐도 닮았다고 착각할 만큼의 사람을 등장시킬 때에는 그의 존재를 독자에게도 알려야 한다.

마지막으로 '헐의 추리 소설 10훈'이다. 이는 1935년에 출간된 《캐슬 문학 백과사전》의 '탐정 소설' 항목에 실렸던 내용이다. 리처드 헨리 샘슨^{Richard Henry Sampson}은 모친의 성^姓인 '헐^{Hull}'을 필명으로 사용했다. 탐정의 연애는 안 된다는 밴 다인의 20원칙 ③번에 견주면 헐의 ⑧번은 추리 소설에 연애가 들어가도 좋다고 너그러워진 일면이 있다. 추리 소설가 '헐의 10훈'을 살펴보자.

① 작가는 하나의 사실에 대해 모순되는 두 가지 서술을 해서는 안 된다.
② 단서나 증거가 되는 사실을 끝까지 감춰서는 안 된다.
③ 고의로 허위 진술이나 오해를 초래할 만한 진술을 하면 안 된다. 다만, 신뢰할 수 없는 등장인물을 통해서 하는 것은 상관없다.
④ 의학이나 법률에 관한 내용이 서사에 포함될 경우, 전문가가 보더라도 잘못된 내용이 없어야 한다. 일부러 잘못된 정보를 흘리는 경우는 예외로 한다.
⑤ 독자에게 사건 해결의 실마리가 될 만한 단서를 제시해야 한다.
⑥ 거짓된 실마리라도 결과적으로 해명이 된다면 제시해도 좋다. 그러나 산만한 결론이 된다면 비난을 면치 못할 것이다.

⑦ 탐정 소설의 작가는 정신 상태가 온전해야 하며 그에 의한 인물 묘사도 확실해야 한다. 단, 범인의 인물 묘사에 있어서는 융통성을 발휘한다. 동정 받을 만한 인물이었다가 점차 사악한 본성이 드러나도록 하면 좋다.

⑧ 좋은 문장과 어느 정도의 유머는 필요하다. 연애의 재미를 넣는 것은 좋지만, 꼭 들어가야 하는 것은 아니다.

⑨ 결말에 이르면 예측하지 못했던 의외의 이야기가 나와야 한다.

⑩ 특별한 이유가 없는 한 범인의 체포나 범행의 자백으로 결말을 지어야 한다.

앞서도 말했지만, 추리 소설 대가들의 규칙이 오늘날에도 그대로 적용된다고는 볼 수 없다. 그럼에도 불구하고 추리 특히 탐정이 등장하는 소설을 쓰겠다고 하면 살펴 두는 것이 좋을 것이다. 오늘날에도 여전히 힘을 발휘하고 있는 몇몇 규칙이 있다.

추리 서사도 다양한 변주가 시도되는 요즘이다. 장르의 혼합이 영상 매체를 통해 적극적으로 이뤄지고 추리 소설이라고 본격만 고집할 수 있는 시대도 아니다. 독자는 항상 전혀 새로운 그 무엇을 원하고 갈망한다. 그러므로 추리 서사의 규칙들이 너그럽게 조율되는 것은 당연하고 마땅한 일이다.

추리 서사는 누가 뭐라고 해도 작가와 독자의 두뇌 게임이다. 사건을 추적하는 탐정이 나오더라도 말이다. 논리와 과학적인 증명을 통해서만 범행과 범인이 밝혀져야 한다. 또한, 사건과 범행 그리고 범인까지 모두 밝혀진 다음에 소설을 처음부터 되짚자면 분명하게 맞아떨어져야 한다. 범행의 단서나 범인의 복선이 적재적소에 있어서 의심의 여지가 없어야 한다.

지금까지 추리 소설 쓰기가 막연했다면 대가들의 추리 공식을 살피는 것만으로도 탐정 소설을 쓸 수 있다는 자신감이 생겼으리라 본다.

사실, 이러한 추리 공식들은 글을 쓴다는 혹은 쓰겠다는 이들의 SNS에 종종 올라올 정도로 추리 소설을 지향하는 작가뿐 아니라 일반 작가들도 염두에 두고 살피는 일면이 있다. 추리 소설을 보다 잘 즐기려면 추리 소설을 쓰는 작가에게나 읽는 독자에게나 규칙은 알고 가는 것이 좋다.

추리 소설의 플롯은
정교한 반전의 연속

　서사에서의 플롯은 주제를 담아내는 그릇으로, 추리 소설에서의 플롯은 오락성을 기반으로 한다. 범인은 잡힐 듯하지만, 누군지 알 수 없다. 범인을 안다고 해도 쉽게 잡을 수 없다. 이렇게 서로 긴장하며 이야기가 진행되어야지, 작가와 독자가 펼치는 추리 게임이 쉽게 끝나 버리면 독자는 맥이 빠진다.

　추리 소설은 스무고개 풀어 가듯 탐정을 통해 단서와 증거를 수집하면서 사건의 진실에 서서히 그리고 바짝 다가가게 만든다. 범인을 독자의 생각보다 반보 정도 앞서 도망치게 하고, 서사는 반전의 연속으로 끌고 간다. 그러다 결말에 이르러서야 독자는 범인의 정체를 드디어 알게 되는 것이다.

반전은 탐정과 범인 사이에서 일어나기도 하고 작가와 독자 사이의 힘겨루기처럼 이뤄지기도 한다. 결말은 추리를 엇나간 독자, 그럼에도 그 패배를 유쾌하게 받아들일 수 있는 싸움이어야 한다. 왜냐고 묻는다면, 독자가 탐정보다 앞서거나 작가의 머릿속을 꿰뚫으면 그 독자는 추리 소설 읽기에 흥미를 잃을 것이 분명하기 때문이다.

어쨌든 반전의 연속인 추리 서사의 플롯은 은폐와 폭로로 귀결된다. 범인은 범행의 단서나 증거들을 은폐하려 할 것이고 탐정은 범인의 범행을 폭로하려 들 것이다. 다시 말해, 거듭되는 은폐와 폭로에 의한 반전의 반전이다.

추리 서사의 구조는 ①에서 ⑦까지의 순서대로 진행되는데, 앞에서 언급한 플롯 창작의 7단계와 함께 보면 서사의 흐름과 반전의 내용을 짜는 데 도움이 되지 않을까 싶다.

① 위장된 평화 또는 순수의 상황

부도덕성이나 범법 행위, 문제의식 등이 아직 수면 위로 드러나지 않은 상황이다. 뭔가에 억눌려 있거나 일촉즉발의 상황이지만, 표면상으로는 아무 문제가 없는 것처럼 보인다.

② 살인 사건이 일어남

그동안 물밑에 있던 그 어떤 것이 살인이라는 모습으로 나타난다. 위장된 평화나 순수의 상황이 살인 사건으로 인해 깨지게 되는 순간이다.

③ 잘못된 단서로 범인 추리에 오류를 범함

잘못된 단서는 진짜 단서일 수도 있지만, 탐정의 판단 오류가 뒤따른다. 때로는 범인에 의한 단서의 은폐나 조작일 수도 있다.

눈에 보이는 단서나 증거가 있더라도 범인과 바로 직결되면 안 된다. 범인과 직결되어 있더라도 탐정은 이를 쉽게 알 수 없어야 한다.

④ 재수사를 통해 2차 단서인 증거를 확보하지만 은폐됨

탐정은 자신의 추리나 범행의 단서를 확신하지 못한다. 왜냐하면 범인에 의해 조작되거나 은폐가 이뤄졌기 때문이다. 그래서 탐정은 새로운 조사를 통해 추가 단서들을 확보할 수밖에 없다.

⑤ 탐정은 은폐된 증거를 수집한 후 범행을 폭로함

탐정의 활약으로 끝내 은폐된 증거들을 온전히 확보하게 된다. 이로써 사건은 해결되고, 그동안의 거짓이나 범행은 반전의 형태로 모두 드러난다.

⑥ 살인자는 검거되고 범행을 자백함

탐정의 확실한 증거 앞에서 범인은 자신의 범행을 자백하게 된다. 범행을 시인하게 됨으로써 처벌을 받게 되고 정의는 구현된다.

⑦ 진정한 평화와 순수한 상태가 됨

독자는 자신이 생각하지 못한 방법으로 범인이 잡혔거나 예상하지 못했던 반전의 서사로 유쾌한 패배를 경험한다. 비로소 사람들은 위장된 평화가 아닌 진정한 평화를 얻게 된다.

위와 같은 은폐와 폭로의 플롯을 《커피유령과 바리스타 탐정》에 실린 네 번째 사건 에피소드 〈뱅여〉 편에 적용해 다시 살펴보자.

① 위장된 평화 또는 순수의 상황

바리스타인 '환'은 블로그를 통해 만난 커피 농장주 박형주를 만나러 제주도에 간다. 서울을 떠나 섬에 닿은 환은 암울했던 일본에서의 날들이 떠오른다. 한편으로 지인을 만나러 왔다는 사실에 들떠 있다. 박형주의 농장으로 가는 길에 꽃상여를 보게 된다.

② 살인 사건이 일어남

박형주의 농장에 도착해 비닐하우스 안 커피나무들을 둘러보는데 농장의 안채에서 날카로운 비명이 들린다. 평화는 깨지고 박형주의 죽음으로 주민들 간의 문제가 수면 위로 올라온다.

③ 잘못된 단서로 범인 추리에 오류를 범함

환은 범인이 누군지 알아내기 위해 노력한다. 그 와중에 살해된 박형주의 집 인근을 얼쩡대는 박수무당을 보게 된다.

환은 그가 범인인가 싶어 뒤쫓지만, 그에겐 알리바이가 있다. 결국, 환은 범인 찾기에 실패한다.

④ 재수사를 통해 2차 단서인 증거를 확보하지만 은폐됨

환은 박형주가 농장을 팔라는 협박 아닌 협박을 받았다는 사실을 알게 된다. 거기에 더해 박수무당의 집에서 시위를 벌이던 노파가 살해되었다. 살인범 역시 교통사고로 죽었다는 사실도 알게 된다. 그러나 환은 사건의 이면에 숨어 있는 진실을 알아내기 위해 진짜 범인을 찾아 새로운 물증들을 수집한다.

⑤ 탐정은 은폐된 증거를 수집한 후 범행을 폭로함

박수무당의 수양아들이 노파를 살해 후 교통사고로 사망했다는 것.

환은 자신이 제주에 도착해 농장으로 오던 중에 본 꽃상여가 살인범의 상여였다는 것을 알고는 놀란다. 박수무당이 수양아들에게 범죄를 뒤집어씌우고, 죽은 사람으로 만들어 거짓 장례를 치렀다는 것을 알게 된다. 환은 암자로 찾아가 그곳에 숨어 있던 박수무당의 수양아들을 찾아낸다.

⑥ 살인자는 검거되고 범행을 자백함

검거된 박수무당은 자신의 범행을 인정하지만, 끝까지 뻔뻔하게 굴며, 자신의 죄를 덮기 위해 수양아들을 살아 있는 유령으로 만들었다(어쨌거나 범인이 잡혔으니 환과 독자는 한시

름 덜었다).

⑦ 진정한 평화와 순수한 상태가 됨

사건은 해결되고 '환'은 유령 '할'과 서울행 비행기에 오른
다. 그곳에서 유령 '할'을 보는 승무원을 만나게 되면서 이야
기는 새로운 국면을 맞이한다.

《커피유령과 바리스타 탐정》이 연작임에 하나의 사건 해
결로 끝나지 않음을 보여 준다. 다음 화에 혹은 유령을 보는
승무원이 등장하는 사건 편이 언젠가는 또 다뤄질 것이라는
기대를 하게 한다. 실재로도 승무원이 등장하는 사건이 이야
기 안에서 다뤄지고 있다.

추리 서사에 등장하는 주요 인물도 확인했고 반전의 플롯
이 어떻게 이뤄지는지도 살펴봤다. 무엇을 은폐하고 무엇을
폭로할 것인지를 정하는 것만으로도 추리 서사의 완성은 아
주 가까이에 있다. 아니 거의 다 왔다.

이제 당신도 추리 단편 소설쯤은 금방 쓸 수 있을 것 같은
자신감이 생기지 않았는가? 그동안 준비해 온 추리 소설의
설계도를 노트북 옆에 펼쳐 놓고 쓰기만 하면 되는 단계에
당신이 와 있기를 기대하는 바다.

첫 문장을 쓰고,
마지막 문장까지
달린다

첫 문장을 쓰고 마지막 문장까지 달린다는 말은, 작품을 쓰기 시작하면 그 작품의 끝을 볼 때까지 다른 잡념이 비집고 들어올 틈을 내어 주면 안 된다는 뜻이다. 첫 문장을 완성했다면 마지막 문장을 적을 때까지 의심 없이 야멸차게 이어가야 한다.

소설을 쓰고 있지 않은 순간에도 다시 말해 화장실에 가거나 밥을 먹거나 잠을 잘 때에도 현재의 작품을 끝낼 때까지는 그 소설의 세계를 감각하고 있어야 한다.

완벽하지 않아도 좋다. 펄펄 끓는 열정으로 초고를 완성하면 그것으로 충분하다. 수정은 다음의 문제다.

첫 문장을 어떻게 시작하느냐에 따라 자신이 쓰려는 소설의 분위기가 형성될 것이다. 인물의 행동으로 시작하는지, 심리 혹은 배경 묘사로 시작했는지 등 당신이 공들여 완성한 첫 문장으로 당신은 다음의 문장을 이어 나갈 수 있을 것이다. 또 당신이 쓰려는 소설의 전체 분위기를 만들 것이다. 그래서 첫 문장은 중요하다. 어떤 형태의 추리 서사가 진행될 것인지를 가늠하게 만들기 때문이다. 예로,《커피유령과 바리스타 탐정》에 수록된 아홉 편의 사건 개별 제목과 첫 문장을 살펴보자.

환은 왠지 무료하고 따분하다는 생각을 하며 걷고 있었다.
– 〈14시 30분의 도둑〉 중에서

환은 매일 다니는 자신의 동네가 낯설게 느껴졌다.
– 〈결혼의 두 얼굴〉 중에서

환은 마음이 갈팡질팡했다. – 〈환의 인터뷰〉 중에서

인물과 인물의 심리 묘사 혹은 인물의 현재 상황을 알리면서 시작한 첫 문장들이다 인물이 능동적으로 움직이는가 혹은 수동적으로 움직이는가에 따라 이어질 작품의 분위기는 확 달라질 것이다.

예를 들어 '환은 마음이 갈팡질팡했다'와 '환은 갈팡질팡하는 마음을 추스를 겨를도 없이 재게 달렸다'는 두 개의 서로 다른 첫 문장이 있다고 치자. 당신은 이 두 개의 첫 문장 다음에 올 문장이 떠오를 것이다. 그 문장은 각각의 서로 다른 기세로 다가올 것이다. 능동적인 문장을 첫 문장으로 적을 것인가, 수동적인 문장을 첫 문장으로 적을 것인가에 따라 작품의 결은 확연히 다른 방향으로 나아간다.

해가 반짝 얼굴을 내미는 일도 없이 천둥 번개를 동반한 비가 며칠째 을씨년스럽게 카페 앞을 기웃거렸다.
– 〈비 오는 날의 수다〉 중에서

한 시간여의 비행일 뿐이다. 매연으로 텁텁한 서울의 하늘과 희부연 제주의 하늘은 별반 다를 것이 없어 보였다.
– 〈뱅여〉 중에서

날씨나 풍경을 첫 문장으로 선택한 경우다. 풍경 묘사를 하려니 문장이 다소 길어졌다. 긴 문장의 연속은 서사의 흐름을 산만하게 만들기도 한다. 짧은 문장만 계속 사용하는 것도 독자를 숨 가쁘게 만든다. 짧은 문장이 서넛 이어졌다면 긴 문장이 한 번 나오는 것이 좋다. 그 반대여도 상관은 없다. 문장의 길이는 크게 신경 쓰지 않아도 된다. 문장이 길면 장황해지는 것도 문제지만, 비문이나 오문을 만들기 쉬우니 그것만 주의하면 된다. 서사가 재미있게 읽히기만 한다면 독자 입장에선 긴 문장의 연속이든 짧은 문장의 연속이든 무슨 상관이랴.

까무룩 잠이 들려던 참이었다. 한밤을 찢어 놓는 주택가의 고성에 환은 눈을 번쩍 떴다. – 〈길바닥에 놓인 사랑〉 중에서

모처럼의 휴일 아침, 환은 눈살을 찌푸리고 있었다.
– 〈평생도의 비밀〉 중에서

엄마한테 갔던 선호가 환의 카페에 나타난 것은 근 일 년 만이었다. – 〈운이 좋은 아이〉 중에서

첫 문장에 시간 개념이 들어간 이야기들이다. 이야기가 시작되기 이전의 상황이나 인물의 일상은 위장된 평화나 순수의 상태였다고 볼 것이다.

이 문장을 읽는 당신은 시간을 기준으로 위장된 평화가 곧 깨질 것이라는 생각이 들지 않는가.

"살인 사건? 내 카페에서?" – 〈미혹으로의 초대〉 중에서

아홉 편의 사건 중, 유일하게 대화문으로 시작한다. 서술문으로 시작할 때와 달리 대화문의 시작은 독자에게 어떤 상황을 툭 하고 던져 주는 식이다. 이렇게 되면 독자는 대화를 시작한 인물과 어떤 상황이 벌어지고 있는지를 함께 알아가는 식이 된다. 대화문의 시작은 서술문의 시작도 마찬가지겠으나 호기심에 불을 지피는 것이어야 한다.

문장에 관한 얘기가 나왔으니 문장의 형식을 살펴보고 가는 것도 나쁘지 않을 것 같다.

추리 소설에 사용되는 문장에는 설명문, 묘사문, 서사문, 대화문 등이 있다. 트릭이든 심리든 입증을 해야 하는 순간이 오면 논설문적인 문장의 형태가 쓰이기도 하겠다.

아무튼, 설명문은 어떤 것에 대해 알기 쉽게 풀어 주는 문장이다. 이 문장은 사람의 궁금증을 해소하고 이해를 돕는데 주로 쓰인다. 묘사문은 어떤 대상에게서 받은 느낌이나 인상을 감각적으로 표현하는 문장으로, 생생한 체험을 전달하는 데 쓰인다. 서사문은 이야기를 들려주는 문장이다. 대화문은 인물이 직접 주고받는 문장이다. 논설문은 어떤 것에 대한 의견을 피력하는 문장이다. 합리적이며 주로 삼단논법에 의거해 쓰인다.

어쩌면 추리 소설이라는 점에서 설명문적으로 흐르기 쉬

울지 모른다. 상황을 전달하기 위해 혹은 사용된 트릭을 설명하기 위해 설명문을 줄기차게 사용하는 것에 주의를 요한다. 설명문이나 논설문으로만 이뤄진 소설을 독자가 재미있게 읽어 나갈 리 없다. 이야기가 건조하고 딱딱하다고 여길 것이다. 독자 자신의 생각을 작가에게 강요당한다고 느낀다면, 당신의 추리 소설은 구석에 처박히게 될 것이다.

또 서사문만 사용하게 되면 이야기의 흐름이 빨라 좋을지는 모르나 독자가 감정을 이입하기가 매우 난감하고, 묘사문만 사용한다면 서사의 흐름이 느려져서 지루하고 따분한 이야기가 될 것이다.

자고로 소설의 문장은 간결하고 이야기하는 듯한 문장을 구사한다. 어느 한 형태의 문장만을 사용하지 않도록 한다. 추리 서사의 상황과 흐름에 따라 독자가 몰입할 수 있게 적합한 문장을 적절히 섞어서 효과적으로 사용하는 것이 좋다.

문장이 모여 단락을 이루고, 단락이 모여 장을 이루며 장이 모여 하나의 작품을 완성한다. 그 과정 안에서 서사의 지지를 받아 가며 추리 소설의 반전 플롯을 구축해 나가는 것이 추리 소설을 쓰고자 하는 당신이 해야 할 일이다.

앞서도 언급했지만, 킹르 소설의 백미는 누가 뭐라고 해도 오락성에 있다. 지식을 쌓기 위해, 인생을 알기 위해 독자가 장르 소설을 선택하지 않는다는 것은 분명하다.

추리 서사의 오락성은 흥미진진한 지적 게임의 방식에 다름 아니다. 작가는 독자에게 따분할 틈을 주지 말고 지적 유희에 적극 가담토록 만들어야 한다. 자신감이 생겼다면 (생기지 않았더라도 쓰기로 작정을 했다면) 이제 첫 문장을 뽑아내자.

하나 더, 첫 문장은 그 작품의 마지막 문장까지 품고 갈 수 있을 만큼의 힘을 지닌 문장이어야 한다는 것을 명심한다. 스무고개처럼 꼬리에 꼬리를 물고 마지막까지 가야 한다. 끝내 사건의 모든 진상을 밝히게 할 만한 첫 문장인지 곱씹어 본다.

다양한 추리 소설 작품의 첫 문장과 더불어 마지막 문장을 함께 보는 것도 재미있는 공부가 될 것이다. 결말을 먼저 쓰는 작가도 있으니 도입과 결말 서사의 상관관계를 들여다보고 중간의 흐름을, 글을 쓰는 사람으로서 추측해 보는 것도 괜찮다. 처음과 끝이 어떤 맥락으로 연관성을 갖게 되는지가 작품의 중간에 나와 있으니 말이다.

가깝게 《커피유령과 바리스타 탐정》 아홉 편의 첫 문장을 살펴봤으니, 마지막 문장은 직접 한번 확인하고 이야기의 중간 부분을 유추해 보자. 아홉 편이 모두 단편인 만큼 간단하게 흐름을 유추할 수 있을 것이다.

당신 자신의 첫 문장을 썼다면 좋다. 이제, 마지막 문장을 향해 달려라. 당신의 걸작이 될지도 모를 작품의 마지막 문장의 마침표를 찍었다면, 성에 차지 않는다고 해도 충분히 칭찬 받을 만하다.

작품을 막 끝냈으면 사오일은 더는 감각하지 않고 그냥 쉬도록 한다. 장편을 끝냈다면 그보다 오래 쉬어도 좋지만, 단편의 경우라면 며칠이면 충분하다.

며칠 동안 당신의 작품에 대해 아무런 생각도 하지 않고 시간을 흘려보내도 상관없다. 아니 그래야만 한다. 그래야 당신이 열정으로 완성한 작품을 객관적으로 들여다볼 수 있다.

10

재고와 삼고의
수정 방식

열정으로든 이성으로든 당신 자신의 초고를 마무리 지었다. 사오일 아니 그 이상을 쉬었다고 해도 상관은 없다. 그동안 끝낸 작품에 대한 감각을 당신은 중단했을 것이다.

그렇다고 당신 자신의 추리 서사를 잊을 정도로 장기간 방치하는 것은 곤란하다. 오래 쉬면 서사를 처음 만들 때만큼 당신의 서사로 진입하여 감각하는데 시간이 많이 소요되기 때문이다. 그러니 쉬는 기간은 초고를 끝낸 뇌가 그동안의 긴장을 풀고 초고를 객관적으로 들여다볼 수 있을 정도의 시간이면 충분하다. 개인마다 다를 것이기에 사오일이란 나의 기준은 무시해도 좋다.

추리 소설인 만큼 초고를 이성적으로 썼다면 재고는 감성적인 부분을 보완하는 방향으로 한다. 초고를 감성으로 썼다면, 재고는 이성적인 논리에 주안점을 두도록 한다. 삼고는 이성과 감정의 조화를 이루는 수정을 해야 한다.

설정이 너무 많으면 서사가 힘을 받지 못한다. 개별적 설정이 많다면 산만한 내용들을 거둬 낸다. 설정은 좋은데 뭔가 심심하다면 서사의 양적인 확대가 아니라 심층적인 확대를 고려해야 한다. 설정은 간단하되 서사와 인물의 깊이를 추구하는 편이 좋다.

김연수 작가는 《소설가의 일》에서 '수정이란 서술어부터 시작해서 자신이 토해 놓은 걸 치우는 일'이라고 했다. 어느 정도 수습이 됐다면 감각적 정보로 문장을 바꾸는 작업을 거친다. 이성적이고 건조한 문장에 감성을 불어넣는 단계라고 설명할 수 있겠다.

그는 또 귀찮아 죽겠다는 생각이 들 때까지 수정 작업을 계속해야 한다고 조언한다. 정말이지 초고를 쓸 때보다 수정의 과정이 더 지난할 때가 많다.

글쓰기 강의를 하다 보면, 작품 하나를 완성할 때, 얼마만큼의 시간이 소요되느냐는 질문을 종종 받기도 한다. 보통 소설 한 편을 완성하는 데 있어, 그 과정을 아이디어 구상 단계 / 집필 단계 / 수정 단계로 구분한다.

소설 한 편을 쓰겠다고 작정했다면 기본적으로 구상과 집필 그리고 수정의 과정은 엇비슷한 시간으로 이뤄진다. 이때 단계마다 1:1:1의 시간을 요한다고 보면 된다.

그러나 구상 단계에서 더 많은 시간을 보내는 작가도 있다. 생각과 집필을 동시에 하는 작가라면 집필할 때 더 많은 시간을 보내기도 할 것이다. 구상과 집필 그리고 수정의 과정 그 어느 것도 만만하지 않다.

다만, 구상할 때는 새로운 아이디어에 관한 상상으로 즐겁다. 집필할 때는 나의 창조를 현실로 옮기는 그 과정이 즐겁다. 수정은 자신의 창조물을 더 아름답게 만드는 일이라 하고 나면 또 뿌듯하다.

과정은 지난하지만, 성형의의 의술처럼 당신의 생각과 손을 거칠 때마다 나아지는 작품을 보게 될 것이다. 수정란에서 아기가 자라고 세상 밖으로 나온 그 아기를 마주하게 되는 기쁨을 누릴 것이다.

무라카미 하루키村上春樹 역시 혼자 작품을 끝내고 나면 쉼의 과정을 거친다고 《직업으로서의 소설가職業としての小説家》에 적었다. 하루키는 이 쉼을 양생의 과정이라고 표현했다. 아래의 ②번과 ③번의 쉼이 아니다. 하루키에게 고쳐 쓰기는 양생의 과정을 거친 후에 가능한 일이다. 작가 하루키가 작품을 완성하는 과정의 단계를 살펴보자.

① 이야기의 큰 서사에 따른 일관성을 먼저 맞춘다.
② 일주일 정도 쉼을 취한 뒤에 묘사와 대화를 조율한다.
③ 다시 며칠을 쉰 후에 서사 흐름의 나사를 조이거나 풀
  어준다.
④ 작품의 양생 과정을 거친다.
⑤ 고쳐 쓰기를 한다.
⑥ 제삼자의 의견을 받아 수정한다.

작가에게 수정은 응당 해야만 되는 일이다. 습작생도, 대
가도 마찬가지다. 대가라고 수정이 더 쉬운 것도 아니다. 더
욱이 제삼자의 의견에 수긍하고 수정하는 일을 대가들은 하
지 않는다고 생각했을지 모른다. 하지만 하루키의 수정 단계
를 보면 수정의 마지막 단계에서 제삼자의 의견을 수용한다
고 적고 있다.

제삼자의 의견은 지금까지 당신 혼자서 완성한 작품이 제
삼자의 눈으로 분석되어 해체될 위기를 맞을지도 모른다. 아
직 습작 단계에 있다면 그럴 가능성은 더욱 크다. 그렇더라
도 기죽을 필요는 없다. 제삼자의 의견을 그대로 수용할 필
요도 없다.

다만, 당신이 작품을 완성했을 때 당신의 작품을 모니터

해 줄 친구 또는 편집자가 있다면 더할 나위 없이 좋다. 습작의 단계에선 신뢰할 수 있는 문우文友가 한둘 있으면 바람직하다. 그렇지 않으면 글쓰기 모임에 합류하면 된다.

혼자서 쓰는 작품은 자유롭다. 또한, 당신 자신의 세계에 갇혀 객관성이나 개연성을 잃기도 쉽다. 물론, 작가는 자신의 생각을 확고히 해야 한다. 당신 자신의 서사를 신뢰해야만 추리 서사의 끝을 볼 수 있기 때문이다.

구상 단계에서 다각적인 생각을 충분히 한 다음에 작품을 완성했다. 그렇더라도 제삼자의 의견은 서사의 새로운 국면을 제공하기도 한다. 이때, 초보자라면 자신의 작품이 해체되는 경험을 겪게 될 수도 있다. 하지만 그런 과정이 거듭될수록 서사를 만들고 구축하는 당신의 능력은 알게 모르게 성장한다.

수정 단계에 이르러 하루키는 작가의 자존심은 최대한 버리라고 조언한다. 읽은 사람이 어떤 부분에 대해 의견을 낼 때는 거기에 문제가 내포된 경우가 많다. 소설의 흐름이 매끄럽지 못하고 뭔가 석연찮은 점들이 있다는 사실이다.

작가 하루키 역시 자신이 생각하기에 완벽해서 고칠 필요가 없다는 생각이 들어도 다시 생각하고 고친다고 하니 초보자야 말해 무엇하랴.

추리 소설 작가에 입문하기 위해 이 글을 읽고 있는 당신
이라면, 혼자서 수정이 가능한 방법을 알고 싶을 것이다. 제
삼자에게 보여 줄 정도가 아니라고 여길 수 있으니 말이다.

추리 서사의 반전도 반전이지만 서사가 왠지 심심하고 깊
이도 없는 것 같다. 그럼에도 무엇을 점검하고 어떻게 수정
을 해야 할지 몰라 난감하다. 그렇다면 자신의 작품에서 다
음의 요소들을 점검하고, 기본 서사와 연계하여 심층적인 추
가 상황이 들어갈 수 있는 부분들을 찾아 아래의 내용을 적
용시켜 보자.

① 트릭이 존재한다면 과학적인 오류가 있는지를 먼저 점
검한다. 트릭이 존재하는 서사는 그것이 소설 전체의
흐름을 장악하고 있을 가능성이 높기 때문이다.

② 정서의 깊이감이 없다면 등장인물의 과거 기억과 서사
를 연결할 수 있는 요소를 떠올려 본다.

③ 특별한 장소는 인물 혹은 사건 서사와 연결할 수 있는
맥락을 떠올릴 수 있다.

④ 인물이 갖고 있는 갈등을 다른 인물과의 대립이나 대조
로 연결시킨다. 그 갈등을 막상막하의 팽팽한 것이 되
도록 한다.

⑤ 기본 서사에서 동떨어진 사건이 있다면 서로 연결시키
거나 그럴 수 없다면 삭제한다. 사건과 사건은 서로 연

결되어 연쇄적으로 벌어지게 한다.

⑥ 범행의 단서나 범죄가 은폐되었다가 폭로로 이어질 때는 예상치 못한 반전을 선사한다. 그러나 독자의 기대에는 부응하는 반전이어야 한다. 말하자면, 찝찝하고 껄끄러운 결말이 아니라 유쾌한 패배 같은 것 말이다.

이상의 내용들을 자신의 서사 안에서 수습했다면 원고의 흐름은 완벽하다. 이제 퇴고^{推敲}의 일만 남았다. 推^{밀 퇴}, 敲^{두드릴 고}. 그대로 해석하면 퇴고는 '미는 것'과 '두드리는 것'으로, 글을 쓸 때 여러 번 생각해서 잘 어울리도록 문장을 다듬고 고치는, 교정 교열의 일이다. 서사 중심의 수정에 심혈을 기울였다면 이제는 디테일이다. 지금이 바로 조탁^{彫琢, 문장이나 글 등을 매끄럽게 다듬음}을 해야 할 때다.

서사 수정과 퇴고를 동시에 하는 작가도 있다. 어떻게 하든 각자의 생각이 자라고 익어가는 선에서 수정은 마무리되고, 퇴고 또한 작가 능력만큼의 퇴고본이 나온다.

11
퇴고,
문장의 조탁

트릭의 오류를 바로잡고 빈약한 서사도 꽉꽉 눌러 채웠다. 흐름이나 이야기에 있어 하자가 없다는 생각이 들면 이제 문장을 조탁할 때다. 이는 화장술과도 같다. 기본적으로 얼굴 윤곽이 좋으면 간단한 화장만으로도 얼굴이 더욱 생생하게 살아난다.

그런 의미에서 퇴고는 화장술이다. 흐릿한 눈썹을 진하게 만들고 콧날을 오뚝하게 세우고 입술을 붉게 한다. 그 사람의 전체 분위기에 따라 화장의 톤을 조절하기도 한다. 이렇게 화장으로 흐릿한 얼굴 윤곽이 더욱 또렷해지고 자신만의 개성도 돋보이게 한다.

《혼불》을 쓴 최명희 작가는 자신이 쓴 문장에 가장 어울리는 어휘 하나를 찾아내기 위해 달을 바라보며 밤을 꼴딱 새 웠다고 한다. 그만큼 적확한 어휘를 찾아 쓰는 일이 쉽지 않 다는 뜻이기도 하다. 그 단어가 그 단어 아닌가 생각할 수 있 지만, 어떤 단어를 어디에 어떻게 쓰느냐에 따라 작품의 차 이를 만들어 낸다. 글쓰기의 고수와 하수는 어쩌면 퇴고의 과정에서 분류될 수 있다.

하여간 당신 자신이 쓴 문장에 들어갈 어울리는 단어는 하나밖에 없다고 해도 과언이 아니다. 마크 트웨인Mark Twain은 '적절한 어휘와 거의 적절한 어휘 사이의 차이는 번갯불과 반딧불 간의 차이'라고 했다.

적확한 단어를 찾아 쓰는 일은 자신의 문장을 흠잡을 곳 없게 만든다. 그렇다면 문장의 점검과 조탁은 어떻게 하는지 일반적인 점검 리스트를 살펴보자.

① 언어의 공공성을 준수하되 창의적인가를 살핀다.
② 일반적인 용어가 아닌 구체적인 단어를 사용한다.
③ 문장의 영상화 구현이 잘되도록 표현한다.
④ 문장이 요구하는 분위기에 적합한 단어를 사용한다.
⑤ 뜻의 전달이 명확한 단어를 사용한다.
⑥ 문장의 연결에 개연성을 확보한다.
⑦ 읽을 때 문장의 리듬감이 느껴지도록 한다.
⑧ 학문적으로 긴 설명보다 짧은 문장이 낫다.

⑨ 수식어가 많으면 문장이 잘 들어오지 않으니 불필요한 단어는 거둔다.

⑩ 없어도 되는 군더더기의 단어나 문장을 거둔다.

⑪ 의미 문장의 연결은 상황을 보다 명료하게 만든다.

⑫ 정적이거나 주저하는 단어의 사용은 자제한다.

⑬ 인물의 행동을 정확히 알 수 있게 표현한다.

⑭ 행동하는 동사가 문장을 생생하게 만들어 준다.

⑮ 접속사나 부사, 형용사의 사용을 자제한다.

⑯ 자주 쓰는 단어나 반복되는 단어의 표현에 주의한다.

수정은 과연 언제 끝이 나는가. 언제가 작품의 완성이라고 할 수 있는가.

그런 순간은 사실 좀처럼 오지 않는다. 다만, 본인이 스스로 더는 고칠 능력이 없다고 여기는 때가 완성이라고 말할 것이다. 혹은 출간을 위해 인쇄에 들어갈 때에야 수정이 끝났다고 할 수 있다.

그렇다고 부담을 가질 필요는 없다. 그 어떤 대가도 자신의 작품이 완벽하다고 자신 있게 말하지 못한다. 대표작에 대해 물으면, 다음에 쓰게 될 작품이 자신의 대표작이라고 말하는 것은 다 그런 이유나. 출간되는 그 시점까지 수정은 이어지고 판매가 이뤄진 후에도 개정판을 통해 수정된 원고를 내놓기도 한다.

레이먼드 클레비 카버[Raymond Clevie Carver]는 수정의 끝, 소설의 완성에 관하여 이렇게 적었다.

"한 편의 단편 소설을 써내고 그것을 차분히 다시 읽어 본다. 쉼표 몇 개를 삭제하고, 그러고는 다시 또 읽어 본다. 똑같은 자리에 쉼표를 다시 찍어 넣을 때, 그 단편 소설이 완성되었다는 것을 나는 깨닫는다."

완벽한 것은 어디에도 없다. 다만, 당신의 작품이 한 편씩 늘어갈 때마다 눈에 보이는 혹은 보이지 않더라도 본인 자신은 성장과 변화를 느끼게 될 것이다.

뛰어난 작가는 독자를 매료시키지만 부족한 작가라도 독자의 응원을 받아 성장하는 작가로 남을 수도 있다. 어느 쪽이라도 좋다. 글을 쓴다는 것은, 자신만의 세계를 서사로 풀어내는 일은 아주 매력적인 일이다.

12

없어도,
있어서도 안 되는
창작의 규칙

글쓰기의 책들은 지천에 널렸다. 작가가 열 명이면 열 명이 각자의 방식으로 창작을 즐긴다. 남들이 좋다고 말하는 작법서가 자신에게도 좋은지는 알 수 없다. 다만, 유명 작가의 작법서나 페이지가 많은 안내서가 아니더라도 당신 자신의 글쓰기 상황과 단계에 맞는 안내서면 충분하다.

작가마다 작법의 견해가 조금씩 다르기도 하다. 저마다의 창작 방식이 있기 때문이다. 작가는 새로운 것을 갈망하는 존재이고, 항상 상상하고 창조한다. 창작의 규칙들은 시간이 흐를수록 깨지기 마련이다.

어떤 규칙들은 추리 서사 안에서 진리가 되기도 한다. 그러나 어떤 규칙들은 작가의 새로운 모험과 시도에 의해 무너진다. 인간의 호기심과 그 호기심을 충족시키고자 하는 열망이 인간의 과학 문명을 발전시켜온 것처럼 말이다. 창작의 분야라고 다르지 않다. 아니 창작의 분야만큼 발전과 생산을 가속화시켜 온 분야도 없다.

글을 완성한다는 것은 작법이나 요령보다 당신의 열정과 끈기다. 그렇더라도 글쓰기를 희망하는 당신이라면, 특히 추리 소설에 입문하려고 하는 당신이라면 대가의 추리 소설 규칙들을 한 번쯤 염두에 두고 읽어 보라고 권하는 바다. 탐정과 독자의 정당한 두뇌 게임의 판을 깔아 주려면 말이다.

추리 소설 쓰기가 처음인 당신에게 이 글이 조금이나마 도움이 되었기를. 또한 나의 부족한 글이 당신의 창작 열정에 조금이나마 불을 지폈기를 바라마지 않는다.

끝으로 창작을 전수하는 이들이 이구동성으로 피력하는 '창작에 있어서 규칙은 없어도 안 되지만 있어서도 안 된다'는 앞선 작가들의 말로 이 글을 갈음한다.

참고 문헌 및 작품(가나나순)

《고백》미나토 가나에, 2018, 비채

《미스터리 사전》미스터리사전 편집위원회, 2012, 비즈앤비즈

〈박하사탕〉이창동 감독 영화, 2000

《벚꽃 지는 계절에 그대를 그리워하네》우타노 쇼고, 2015, 한스미디어

《벤저민 버튼의 시간은 거꾸로 간다》프랜시스 스콧 피츠제럴드, 2015,

　문학동네

《살육에 이르는 병》아비코 다케마루, 2016, 검은숲

《소문의 여자》오쿠다 히데오, 2013, 오후세시

《소설가의 일》김연수, 2014, ㈜문학동네

《시나리오 초보작법》양수련, 2008, 월인

《시나리오 Oh! 시나리오》양수련, 2007, 북스토리

《자기 발견을 위한 자서전 쓰기 특강》이남희, 2009, 연암서가

《직업으로서의 소설가》무라카미 하루키, 2016, 현대문학

《추리소설 속 트릭의 비밀》에도가와 란포, 2019, 현인

《추리소설 잘 쓰는 공식》이상우, 2014, 커뮤니케이션북스

《커피유령과 바리스타 탐정》양수련, 2018, 책과나무

흥미진진,
궁금해 미치는 당신을 위한

- 미스터리 스릴러 장르를 잘 쓰는 12가지 비법

| 박성신 |

사람들이
미스터리 스릴러
장르에 빠지는 이유

나는 어릴 적부터 미스터리 스릴러를 접하면 심장이 두근 거리면서 긴장되고 재미있어서 눈을 떼지 못했다.《양들의 침묵The Silence of The Lambs》속에 나오는 뇌를 먹는 한니발 렉터 박사, 아름다운 여성의 목에 이빨을 박는《드라큘라Dracula》, 어두운 골목, 숨겨진 욕망, 누명, 독특한 향기를 풍기는 형사 들의 추적부터, 욕망을 채우기 위한 잔혹한 살인범들의 도망 까지.

사람들은 왜 스릴러와 미스터리를 좋아할까? 함께 즐거운 불안감을 느낄 수 있어서? 고통받는 희생자에 감정 이입해 서? 절체절명의 위기에서 탈출하는 쾌감 때문에?

사람들이 스릴러와 미스터리를 좋아하는 여러 이유가 있겠지만, 내가 미스터리 스릴러를 사랑하는 이유는 '인간' 때문이다.

인간은 누구나 악한 부분이 있고, 어디까지나 욕망을 가지고 있다. 그러나 악함이 있는 것만큼 선함이 있고, 그래서 절망 속에도 희망이 있다. 어둠이 있어야 밝음이 있는 것처럼 미스터리 스릴러에서 인간의 더러운 욕망과 악함, 추함도 볼 수 있지만, 그 이면에 존재하는 희망과 인간의 선함 또한 볼 수 있기 때문이다. 이처럼 미스터리 스릴러에는 인간^{人間} 군상^{群像}, 오욕칠정^{五慾七情}, 그 모든 것이 들어있다.

지금 머릿속으로 미스터리 스릴러를 떠올려 보자. 영화도 좋고 소설이나 미드도 좋다. 한 가지를 떠올렸으면 스스로에게 물어보자. 어떤 부분이 가장 흥미진진했는가?

주인공이 독특하다, 살인 사건이 끔찍했다, 결말의 반전 부분이 좋았다, 형사가 범인을 잡을 듯 말 듯 조마조마하다, 주인공이 위기를 어떻게 벗어날지 미치도록 궁금했다 등의 여러 답이 나왔을 것이다.

나는 작가로서 긴 시간 이 장르를 관심 있게 공부하다 보니 성공한 미스터리 스릴러 장르의 몇 가지 공통점을 발견했다.

1) 범죄의 발생

무조건 범죄가 발생한다. 주로 살인 사건이지만, 납치나 실종이 될 수도 있다. 미스터리 스릴러에서는 이 범죄나 사건이 짧은 시간에 일어난다. 그리고 그 사건이 주인공의 일상을 흔든다.

예를 들어, 클린트 이스트우드^{Clint Eastwood} 감독의 영화 〈미스틱 리버^{Mystic River}〉에 지미 마컴, 데이브 보일, 숀 디바인이 등장한다. 이들은 미국 보스턴의 허름한 동네에서 함께 자란 친구들이다. 어느 날, 정체 모를 남자들에게 어린 데이브가 납치되는 사건이 발생하면서 영화가 시작한다.

2) 궁금증 유발

무슨 일이 일어날까? 다음에는 무슨 일이 생길까? 또 다음에는? 결과가 어떻게 될까? 와 같은 궁금증을 유발하여 계속 보게 만든다.

요 네스뵈^{Jo Nesbo}의 소설 《스노우맨^{The Snowman}》에서는 범행 현장에 누군가가 만든 눈사람이 모습을 드러내고, 도나토 카리시^{Donato Carrisi}의 소설 《미로 속 남자^{L'uomo del Labirinto}》에서는 토끼 가면을 쓴 남자가 납치범으로 등장한다.

3) 긴장감 유지

주인공을 방해하는 요소가 계속 나오고, 위기는 첩첩산중 더 커져만 간다. 독자 또는 시청자는 주인공이 저걸 어떻게 해결할지 손에 땀을 쥐고 끝까지 지켜보게 된다.

질리언 플린(Gillian Flynn)의 소설 《나를 찾아줘(Gone Girl)》에서는 처음에는 실종된 아내를 찾다 살인 누명까지 쓰게 되는 남편을 만날 수 있다.

윌리엄 아이리시(William Irish) 소설 《환상의 여인(Phantom Lady)》에서는 누명 쓴 남자가 유일하게 자신의 알리바이를 증명해 줄 여인을 찾는데, 아무도 그녀를 본 사람이 없고 결국 사형선고까지 받는다.

4) 예상치 못한 전개

흥미진진한 미스터리 스릴러들을 보면 예상치 못한 전개로 우리들을 집중하게 만든다.

예를 들어, 마틴 맥도나(Martin Mcdonagh) 감독의 영화 〈쓰리 빌보드[1] Three Billboards Outside Ebbing, Missouri〉에서 딸을 잃은 엄마의 사투를 보며, 나는 어느 영화들의 뻔한 전개처럼 복수를 예상했다. 그런데 영화는 모든 예측이 벗어나며 색다른 방식으로 분노에 관한 이야기를 한다.

또 봉준호 감독의 영화 〈기생충〉은 영화 중반까지는 갑과 을의 이야기인 줄 알았는데, 또 다른 을이 지하에서 발견되며 이야기는 예상치 못한 방향으로 흘러간다.

---

1) 딸을 죽인 범인을 찾기 위해 세 개의 대형 광고판에 도발적인 메시지로 이목을 집중시켜 세상과 사투를 벌이는 한 엄마의 이야기를 다룬 내용으로, 2018년 제90회 아카데미 2관왕(여우주연상, 남우조연상)을 비롯해 골든 글로브 4관왕, 영국 아카데미 5관왕 등 각종 주요 영화제에서 상을 휩쓸었다.

앞에서 미스터리 스릴러 장르 공통점 4가지를 간단하게 이야기해 보았다.

나는 이 장에서 장르 소설뿐만 아니라 영화와 드라마도 포함한 넓은 미스터리 스릴러 장르 이야기를 만드는 작법을 이야기할 것이다. 나 또한 각 분야를 시작할 때는 작법이 달라서 막막했다. 그때마다 배우고 익힌 시나리오 작법이 각 분야를 쓸 때 큰 도움이 되었고 분야마다 엄연하게 영역과 특징은 다르지만, 오히려 구성에서는 응용할 것이 많았다.

영화 작업을 할 때는 구성표를 먼저 쓰고 시놉시스, 트리트먼트 treatment, 시놉시스에서 발전한 단계로, 좀 더 자세하게 이야기를 기술한 신, 신리스트로 점점 늘리면서 발전시키며 썼고 드라마 대본은 시놉시스를 16부작에 맞게 쪼개어 구성을 만들어 작업했으며, 소설은 전체 시놉을 쓴 후 묘사나 에피소드를 늘려 가면서 분량을 맞췄다. 기본적인 시나리오 작법이 모든 이야기 만들기에 통용되었다.

이제는 많은 공모전에서 시놉시스를 요구하고, 트리트먼트만으로 심사를 하는 경우도 있다. 작가들에게는 예전보다 많은 기회가 생기게 되었고, 시놉시스 하나만 잘 써도 눈에 띄어 작품을 원하는 분야로 발전시키는 것도 가능하다. 그렇

기 때문에 장르 소설에만 국한 지어 이야기하는 것이 아니라
영화 드라마도 아울러서 이야기할 것이다.

　내가 고민하고 공부한 것들을 다 이야기할 것이니, 미스
터리 스릴러 장르를 쓰려는 많은 사람에게 도움이 되길 바
란다.

스릴러와
미스터리 장르란?

미스터리란 진상이 밝혀지지 않은 상황을 뜻하는 말로, 소설로 따지면 본격, 사회파 등이 있지만 이 장르에서는 소설뿐만 아니라 시나리오와 드라마를 포함한 다양한 작법을 이야기할 것이기에 자세한 종류는 생략한다.

흔히 괴기 소설, 공상 과학소설, 범죄 소설, 음모 소설, 비밀 단체에 얽힌 사건을 내용으로 하는 소설 등 전모가 밝혀지지 않는 결론을 향하는 모든 소설을 미스터리 소설이라고 부른다. 미스터리 소설은 크게 초자연적인 서사(대표적으로 에이브러햄 브램 스토커^{Abraham Bram Stoker}의 《드라큘라》, 스티븐 에드윈 킹^{Stephen Edwin King}의 《미스트^{The Mist}》와 알 수 없는 수수께끼를 풀어 가는 서사(대표적으로 에드거 앨런 포의 《황금벌레^{The Gold-Bug}》, 아서 코년 도일의 《얼룩 끈^{The Speckled Band}》) 2종류로 나눌 수 있다.

이처럼 미스터리 장르에서는 기이한 범죄나 사건이 공통으로 벌어진다. 그리고 주인공이 그것을 추적하며 밝혀 나간다.

예를 들어 미야베 미유키^{宮部 みゆき}의 소설 《화차^{火車}》는 주인공이 어떤 과정을 겪는지 한번 살펴보자.

소설 속 주인공은 형사 '혼마'다. 그는 다리가 아파 지팡이 대신 우산을 들고 다닌다. 조카(구리자카 가즈야)의 실종된 약혼녀 세키네 쇼코를 찾아 나서며 이야기가 시작된다.

혼마가 그녀의 뒤를 추적하고 독자는 그의 시선을 따라가면서 그가 얻는 정보를 얻게 되며 진실에 다가간다. 혼마는 휴직 중이라 신분증이 없다. 쇼코는 개인 파산 상태였다.

혼마는 쇼코가 일했던 회사에 가보고 이력서를 토대로 그전에 일했던 회사를 알아내지만, 아리요시 공인회계사는 그 주소에 없다. 그래서 단번에 거짓으로 꾸민 이력서라는 것을 눈치챈다.

혼마는 파산 신청한 쇼코의 변호사를 만난다. 변호사는 쇼코에게 덧니가 있었다고 이야기한다. 그러나 혼마는 조카의 약혼녀 쇼코는 다른 사람이었다는 사실을 알아낸다.

(이때 독자는 철저하게 그의 시선을 따라간다.) 결국은 사라진 쇼코는 진짜 쇼코가 아니라 신조쿄코이고, 빚 때문에 여성에

게 접근해서 살인을 저지른 후 자기의 신분을 바꿨다는 사실을 알게 된다. 이렇듯 휴직한 형사 혼마의 추적과 추리에 의해 사실을 알아가면서, 결국 쇼코의 실종 사건의 전말을 다 밝혀낸다.

스릴이란 긴장감을 유발하고 지속시키며, 두려움에 대한 호기심을 발현시킨다. 스릴러의 특징은 평범한 시민을 범죄 속으로 끌어들이며, 그로 인해 주인공의 일상이 무너진다. 대부분 악당은 명확한 목적을 가지고 있는 사이코나 범죄자고, 결말은 절체절명의 위기를 버텨 그로부터 탈출하는 것이다.

스릴러는 한 치 앞을 내다볼 수 없는 가슴 졸이는 상태를 지속한다. 그래서 관객에게 주인공과 같은 감정이입을 성사시키고, 함께 악몽을 경험한다.

스릴러는 작중 인물이 사건에 휘말리면서 앞으로 벌어지는 긴박한 전개에 중점을 두며, 쫓고 쫓기는 추격과 싸움이 긴장감 넘쳐야 한다. 그래서 무슨 일이 일어날지, 위험에서 어떻게 벗어나는지 등 추격과 액션에 집중한다. 또, 도망자와 추적자는 범죄에 관련된 인물들로 구성되고 주인공은 우연히 그 사건에 휘말리게 된다.

이때 스릴러 속 악당이 꼭 인간일 필요는 없다. 인간에서 벗어난 특성을 부여하여 괴수물 영화 〈에이리언Alien〉, 재난물

〈포세이돈^{Poseidon}〉, 좀비물 〈워킹 데드^{The Walking Dead}〉 등으로 만드는 것도 가능하다. 그 외 성적인 긴장감과 볼거리를 제공하는 영화 에로틱 스릴러(〈원초적 본능^{Basic Instinct}〉, 〈위험한 정사^{Fatal Attraction}〉)도 있다.

영화 〈노 웨이 아웃^{No Way Out}〉을 예로 들어 보자.

초반 파렐 소령(케빈 코스트너)은 파티장에서 매혹적인 여자 수전(손영)과 첫눈에 반해 사랑을 나눈다. 브라이스 장관(진 핵크먼)이 상원군사위원회 위원장인 듀발 의원과의 갈등으로 CIA와 껄끄러운 관계이다. 한편, 잠수함에서 인명 구조에 성공해 영웅이 된 파렐 소령을 국방부 정보책임자로 임명한다.

파렐 소령과 사랑에 빠진 여자 수전은 알고 보니 브라이스 장관과 연인이었다.

브라이스 장관은 수전의 새로운 애인에 대해 추궁하다 그녀를 떠밀어 그만 실족사 시킨다.

그녀를 죽였다는 죄책감에 시달리는 장관의 보좌관이자 주인공 파렐 소령의 친구 프리차드는 가공의 소련 스파이 '유리'의 존재를 언급하며 위기를 벗어나게 한다. 가상의 소련 스파이를 범인으로 내세우자는 것이다.

마침 CIA에서 내부 수사가 벌어지던 상황과 맞물려 브라이스 장관은 동창인 파렐 소령을 스파이 '유리'로 본다. 파렐 소령은 국방부에서 조사하던 컴퓨터 수사망에 자신의 신분이 노출되어 누명 쓸 위기에 빠진다.

이때부터 일촉즉발의 위기. 쫓고 쫓기는 추격전이 벌어진다. 특히 같은 건물 안에서 주인공이 쫓고 쫓기는 장면은 긴장감 넘친다.

미스터리 스릴러를
잘 쓰기 위한
3가지 키워드

미스터리 스릴러 장르를 쓰는 데 있어서 가장 중요한 단어는 미스터리, 서스펜스, 반전이다. 이 세 가지를 잘 이해하고 적절하게 배분하여 이야기에 적용하면, 나도 모르게 빠져드는 미스터리 스릴러 장르가 탄생되어 있을 것이다.

1) 미스터리

미스터리는 관객과 주인공이 아는 정보가 일치한다. 살인자가 알고 있는 사실은 관객에게 숨긴다. 관객과 등장인물이 함께 움직이고, 같은 정보를 공유한다. 인물이 어떤 사실을 발견하면 관객도 발견하게 된다.

예를 들어 여자 주인공의 집에 누군가 침입했다고 하자.

어떤 소리가 들린다. 여자는 방망이를 들고 그림자가 보이는 곳으로 걸어간다. 그러나 그곳엔 아무도 없다. 이런 장면에서 관객도 여주인공과 같은 공간 안에 같은 일을 당하는 느낌이 든다.

이처럼 미스터리는 관객들과 주인공이 같은 정보량을 얻으면서 독자들을 궁금하게 한다. 그러면서 이야기에 빨려 들게 한다.

영화와 소설에서 예시를 찾아보자.

박찬욱 감독의 영화 〈올드보이〉에서 주인공 오대수는 범인이 왜 15년 동안 자신을 감금했는지 모른다. 관객도, 등장인물도 그 이유를 알 수 없다. 그래서 자연스럽게 관객은 주인공 오대수를 따라간다. 주인공 오대수는 청룡이란 전표로 감금된 장소를 알아내고, 오대수를 15년 동안 가둔 이우진은 자신이 가둔 이유를 5일 안에 밝혀내면 스스로 죽어 주겠다고 말한다. 오대수에게 감정 이입이 된 관객은 그 이유가 궁금해진다. 주인공과 관객은 함께 왜 가뒀는지 함께 알아간다.

조엘 디케르_{Joel Dicker}가 쓴 소설 《HQ 해리 쿼버트 사건의 진실_{La Verite sur l'Affaire Harry Quebert}》을 보면, 미국을 내뇨하는 지성인이자 위대한 소설가인 해리 쿼버트의 정원에서 33년 전 실종된 열다섯 살짜리 소녀의 유해와 함께 그의 대표작 타자 원고가 발견된다. 해리 퀴버트의 제자이자 작가인 마커스 골드먼은 스승의 결백을 입증하기 위해 사건의 진실을 파헤친다. 이 소설은 대체 소녀와 스승 사이에 무슨 일이 있던 건지 독자로 하여금 궁금하게 숨기고, 주인공과 함께 조금씩의 정보만 알아간다.

2) 서스펜스

서스펜스는 미스터리와 다르게 관객들이 정보를 더 많이 알고 있다. 그래서 가슴 졸이는 상황이다. 서스펜스는 관객을 불안하게 하지만, 없으면 언제 서스펜스가 나올까 기대하게 만들면서 눈을 떼지 못하게 만든다.

앨프리드 히치콕Alfred Hitchcock 감독은 "서프라이즈보다 서스펜스가 독자나 관객들을 더 매료시킨다"고 했다.

그는 "관객은 그들이 어떤 나쁜 일이 일어날 것이라고 기대하고 있으나 그 상황이 일어나는 것을 막기 위해 개입할 수는 없을 때 서스펜스를 경험한다"고 말했다.

히치콕의 영화 〈이창Rear Window〉을 예로 들어 보자.

사진작가 제프는 카레이싱 촬영 도중 다리를 다쳐 휠체어에 의지한 채 자신의 방에서 무료하게 지낸다. 그는 카메라 렌즈로 주변 이웃들을 훔쳐본다. 그러던 중 제프는 어느 집의 병든 아내와 남편이 심하게 다투는 모습을 목격한다.

제프는 남편이 커다란 가방을 들고 집을 들락거린 이후 그 부인이 보이지 않자 남편이 아내를 죽였다고 의심한다.

한편 제프의 연인 리사는 살인이 벌어진 건너편 부부의 집으로 건너가 살인 사건의 단서를 찾으려 한다. 이때 부인을 살해한 남편이 집으로 돌아오는 모습이 보인다.

리사는 그 사실을 모른 채 살인 단서를 찾는 일에 집중한다. 이 모든 상황을 알고 있는 관객은 마음을 졸이며 리사의 행동을 바라보게 된다.

소설에서 또한 서스펜스는 독자가 정보를 더 많이 가지고 있기 때문에 조마조마한 긴장감을 느끼게 된다.

시가 아키라志賀晃의 소설 《스마트폰을 떨어뜨렸을 뿐인데スマホを落としただけなのに》를 예를 들어 보자.

이 소설은 스마트 폰을 택시에 두고 내린 남자친구 도미타 마코토, 그의 여친이면서 연쇄 살인범의 표적이 된 이나바 아사미, 살인 사건을 수사하는 형사 부스지마 토오루가 주요 등장인물로 나온다. 살인범 남자, 표적 아사미, 형사 시점으로 번갈아 진행되며, 이 세 가지 시점을 읽은 독자들은 등장인물보다 더 많은 정보를 알게 되고, 긴장감을 느끼게 된다.

3) 반전

반전에는 장면의 반전과 상황의 반전이 있다. 장면의 반전은 주로 서프라이즈고, 주로 공포 영화에 등장한다.

상황의 반전은 이야기의 전체를 전복시키는 것이다.

절름발이가 사실 다리가 멀쩡한 사람이었다거나^{영화 〈유주얼 서스펙트, The Usual Suspects〉} 함께 이야기하던 사람이 귀신이었다든지^{영화 〈식스센스, The Sixth Sense〉} 서로 다른 등장인물과 서로 다른 인격^{영화 〈아이덴티티, Identity〉}이 있다.

이 기술은(작법은) 앞부분부터 미리 씨가 뿌려져 있어야 한다. 암시 없는 반전은 반전이 아니다. 뜬금없을 뿐이다.

관객들로 하여금 앞으로 돌아가 다시 뒤져 보면 교묘하게 숨겨 놓아서 이견이 없어야 한다. 사건이 끝난 뒤에 처음부터 되짚었던 것처럼 관객도 영화가 끝난 뒤에 되짚어 보면 감독이 곳곳에 뿌려 놓은 단서를 발견할 수도 있다.

미스터리
스릴러 장르를 쓰기 위한
아이디어 얻는 법

나는 주로 내 주변을 지나치거나 마주친 인물에게서 아이디어를 얻는 편이다. 남은 핫도그를 다시 차곡차곡 넣는 머리가 하얗게 센 노점상 아줌마, 꽹과리를 들고나와 아침 10시부터 막걸리를 마시며 노래를 하는 아저씨, 흰 정장을 위아래로 맞춰 입은 할아버지, 영하의 추위에도 부탄가스를 들고 슬리퍼를 신은 채 맨발로 걷는 초로의 여인. 그 사람은 어떤 인생을 살고 있을까, 어떻게 살았을까 역추적해 본다.

나는 낯익은 것에서 오는 공포가 가장 큰 공포라고 생각한다. 일상에서 오는 단순한 의문과 질문으로 시작한다. 그래서 내 소설 《30년》을 처음 구상하게 된 계기 또한 일상적이다.

나는 아버지의 존재에 대해 어릴 적부터 관심이 많았는데, 그러다가 '우리 아빠가 진짜 아빠가 아니라면?'이라고 가정해 보았다. 거기서 조금 더 확장해서 '30년 만에 잃어버린 아버지를 찾았는데, 그 아버지가 진짜 아버지가 아니었다면? 그 아버지가 단란한 가정에 숨어들어 오려고 아버지인 척하는 연쇄 살인범이라면?'이 되었다.

거기다 더해진 아이디어는 텔레비전에서 어릴 적 자주 방송하던 〈이산가족을 찾습니다〉 프로그램이었다.

그 프로그램을 보고 '만약 잃어버린 아버지를 〈이산가족을 찾습니다〉에서 다시 찾는다면?'이라는 가정을 세웠고, 이렇게 가정을 세우면 그것과 비슷한 기사들을 찾아본다. 실제로 기사를 찾아본 경우로는 이산가족이 만나 기뻐하고 함께 살아가는 사람들도 있지만, 만나길 원치 않는 사람들도 있었고, 만남을 후회하는 사람들도 있었다.

기사 중 몇십 년 만에 찾은 아들이 가난하고 막돼먹어서 그냥 모른 척하고 살았다는 이야기도 있었다. 나는 이 이야기에서 무슨 말을 하고 싶을까도 생각해 본다.

그때 이 소재를 확장하면서 느낀 점은 과연 가족이란 무엇일까, 핏줄이 가족일까. 같이 산 사람이 가족일까, 정말로 위하는 사람이 가족일까를 고민하다 이것이 글을 쓰는 주제가 되었다. 이렇게 하나의 의문에서 시작된 아이디어를 점차 넓혀 확장하면, 그다음에는 인물에 집중한다.

만약 잃어버린 아버지가 돌아온다면? 그런데 그 아버지가 연쇄 살인범이라면? 왜 아버지를 잃어버렸을까. 연쇄 살인범은 왜 연쇄 살인범이 되었을까?

이 단계에서는 아들이 주인공일 수 있고, 아버지가 범인일 수 있다. 어느 쪽으로 주인공으로 삼는 것이 글의 주제도 잘 전달이 되고 재밌을까 생각한다.

이렇게 주인공과 범인을 설정해 보고, 나이 때에 맞는 주변 인물들을 관찰하면서 깊숙이 들어가 추적해 본다. 사람의 인생을 쭉 그려 보는 것이다.

이때 특히 도움 되는 방법은 주인공과 범인의 출생 연도를 쭉 쓰고, 그해에 일어났던 사회적 사건들, 개인적 사건들을 분류해서 쓰는 것이다. 그러면 그 주인공이나 범인이 어떤 일 때문에 이런 트라우마를 겪었는지 한눈에 알 수 있어서 좋다. 특히 대사를 쓸 때도 도움이 많이 된다.

앞에서는 주변의 아이디어로 시작하는 경우를 이야기했지만, 반대로 신문 기사나 다큐멘터리를 보며 아이디어를 키우는 경우도 있다. 신문은 사회적 문제를 포함한 다양한 기사가 실리기 때문에 다양한 주제를 고를 때 좋다.

다양한 주제 중 하나를 선택한 후 그 분야에 대한 기사와 책이나 논문을 읽고 자료 조사를 해둔다. 때로는 자료 조사 과정에서 흥미로운 재료들을 만날 수도 있다.

인물 표의 예

	사회적 문제 및 이슈	등장인물
1990년	3당 합당	등장인물의 나이, 기억에 남는 개인적인 일 또는 사건들을 구체적으로 쓴다.
1991년	걸프전	
1992년	김영삼 대통령 당선	
1993년	대전 엑스포 기념관 설립	
1994년	김일성 사망, 성수대교 붕괴	성수대교 붕괴로 절친 사망
1995년	대구 상인동 가스 폭발, 삼풍백화점 붕괴	아버지 사업 망함, 아버지 실종.
1996년	조선총독부철거	어머니 병원 입원, 연애 시작
1997년	대한항공 801편 추락, 김대중 대통령 당선, IMF 외환 위기 금 모으기 운동	결혼

미스터리나 스릴러 장르의 등장인물 직업군을 정한 경우에는 그들이 쓴 에세이나 인터뷰를 찾아본다. 여기에서 디테일하고 재미있는 요소를 얻을 수 있다. 특히 말투나 외모도 참고할 수 있을 만큼 생생하다. 그 외 선택한 인물과 비슷한 인물 몇 명을 선정해서 살펴보고 섞자. 이런 과정 속에서 새로운 인물이 탄생할 수 있다.

내가 쓴 소설 《제3의 남자》를 작업할 때는 고문 기술자가 등장했다. 이근안부터 노덕술까지 여러 인물 인터뷰와 자서전을 읽으며 자료 조사를 했다. 그 안에 등장하는 여가수도 1970년대 살해당한 '정인숙'이라는 인물을 모티브로 해서

김해경이란 인물을 만들었고, 미스 박이라는 인물은 아침마다 지나치는 나물 파는 할머니를 모티브로 했다.

나는 아이디어를 얻고 나서, 주제와 클라이맥스를 붙여서 생각하는 편이다. 꼭 주인공이 주제를 이야기하거나 실어 나를 필요는 없지만, 나는 그렇게 하는 편이다. 내가 말하고자 하는 주제의 가치에서 가장 멀리 떨어져 있는 사람을 주인공으로 두고, 그 인물이 변화하여 클라이맥스와 가까워질 때 그 주제의 가치를 깨닫는 방식을 자주 차용한다.

내가 주인공을 만드는 방법은 인물에서 영감을 얻어 출발할 때도 있지만, 하고자 하는 이야기부터 고른 후 그에 맞는 인물을 찾기도 한다. 예를 들어 노인 문제를 다루고 싶으면 주인공을 노인으로 하거나 아예 아주 젊은 사람으로 할 수도 있다. 아니면 노인과 젊은이의 콤비를 만드는 방식도 생각한다. 이야기의 주제를 잘 전달할 수 있는 주인공을 찾고 나서, 그에게 어려운 미션을 주기도 한다.

미스터리,
스릴러의 주인공

주인공에게는 동기, 행동, 목표 달성이 뚜렷해야 한다. 즉, 어떤 사람인지, 무엇을 원하는지, 원하는 이유가 무엇인지, 어떤 행동을 하는지가 이야기 속에 나타나야 한다.

1) 선택하는 주인공

인생은 선택의 연속이고, 우리도 끊임없이 무언가 선택한다. 점심 메뉴를 고르는 작은 선택부터, 달리는 차에 뛰어든 아이를 구하러 나도 뛰어들어야 하나? 하는 큰 선택까지 여러 가지가 있을 것이다.

주인공은 선택해야 하며 주인공의 선택에 의해 성격을 보여 줄 수 있다. 영화 속 주인공의 첫 등장과 첫 선택도 주인공의 이해를 돕는 데 중요하다. 선택은 궁극적으로 인물의 결점에 근거한다. 인물의 가장 인간적인 특징이나 결점, 트라우마는 무엇인지 설정하는 게 좋다.

주인공은 돕는 사람인가, 냉정한 사람인가 아니면 비열한 사람인가. 그리고 그 선택을 왜 하는가.

주인공이 차에 치일 뻔한 아이를 도와주었다고 치자. 왜 그는 그런 행동을 할까? 성격이 착해서? 착한 성격을 갖게 된 이유는 무엇인가?

예를 들어, 예전에 부모님에게 학대받은 적이 있어 학대받는 아이를 보면 구해야 한다는 생각이 있다거나 혹은 자신 때문에 임신한 여자 친구가 죽었다거나 하는 과거의 트라우마가 있을 것이다. 이렇게 주인공의 선택은 과거의 트라우마와도 연결할 수 있다.

영화 〈아저씨〉 속 주인공을 예를 들어보자.

주인공은 세상과 단절된 남자다. 그는 꼬마가 좋아하는 소시지를 사고 요리한다. 그리고 엄마에게서 아이를 숨겨 준다. 초반에 이런 행동은 주인공의 성격을 보여 줄 수도 있고, 왜 이런 일을 하는지 궁금증도 일으킨다. 그리고 후반부에 그가 과거에 사랑하는 여자와 아이를 잃은 아픔이 있었다는 것이 나오면서 주인공의 선택이나 행동에 관객들은 수긍한다.

주인공의 선택은 다급해야 한다. 10초 안에 폭탄을 제거하거나 숨을 것인지 또는 대항할 것인지.

집에 강도가 들어왔다면 주인공의 선택은 고르기 어려워야 한다. 선택지 둘 다 중요하다. 하나를 선택하면 나머지는 죽거나 소중한 것을 잃게 될 정도로 중요해야 한다.

영화 〈아이언맨 3Iron Man 3〉에서 페퍼와 대통령이 동시에 악당에게 납치되는 상황이 오고, 아이언맨은 둘 중 하나만 구해야 하는 상황에 처한다. 또 〈다크 나이트The Dark Knight〉에서도 배트맨은 그가 아끼는 레이철과 지방 검사 하비덴트 둘 중 하나 구해야 한다.

영화 속 주인공이 하는 모든 선택에는 중요한 의미가 있다. 중요하지 않은 선택은 없다. 그러니 주인공의 선택 혹은 결심을 촉발시키는 요인과 동기를 만들어야 한다. 때로 그 동기는 트라우마 혹은 신념이 될 수도 있다.

2) 미스터리 주인공

미스터리 주인공은 관객과 주인공이 함께 정보를 알아간다. 이때 '누가', '왜?'라는 것을 밝혀내려는 것으로 주로 탐정이나 형사가 범죄의 단서를 찾아 사건을 해결하는 과정이 나온다. 때에 따라서는 기자나 보험 조사원, 검사, 변호사가 주인공이 되기도 한다. 그들은 사건을 파헤칠 만한 능력이나 성격인 주인공이 대부분이다.

미스터리의 주인공은 '범인은 누구인가?', '범인은 왜 그랬나?' 이 두 가지를 밝히려고 하고, 이것이 밝혀지면 극의 클라이맥스에 도달한다. 주인공이 사건 푸는 방식이 독특하고, 해결 과정이 특이하면 관객은 더 열광한다.

미스터리 주인공의 단골 직업은 탐정이다. 탐정이 등장하는 영화는 불가사의한 사건이 발생하고, 주인공 탐정이 나서서 해결책을 찾아가는 줄거리로 관객을 사로잡는다. 이때 관객은 주인공과 같이 호흡하면서 사건의 실마리를 찾기 위해 추리한다.

대표적으로 책과 TV 시리즈 그리고 영화로도 많은 사랑을 받은 〈셜록〉이 그러하다. 셜록과 왓슨은 초반에 이상한 사건을 맡게 되고 그것을 해결하는 과정을 담고 있다. 또 로만 폴란스키^{Roman Polanski} 감독의 〈차이나타운^{Chinatown}〉, 애거사 데임 크리스티의 《오리엔트 특급 살인 사건》, 《애크로이드 살인 사건^{The Murder Of Roger Ackroyd}》 모두 탐정이 주인공이다.

다음 단골 직업은 형사나 경찰이다. 때로는 기자, 보험 조사원, 교수 등이 등장해 사건을 파헤쳐갈 수도 있다. 형사나 경찰이 나오는 작품을 소개하자면, 소설 《박쥐^{The Bat}》, 《검은 집^{黒い家}》, 영화 〈세븐〉, 〈곡성〉, 〈모비딕〉이 있다. 이 작품들의 특징 또한 인물과 사건이 깊숙하고 친밀하게 연관되어 있다.

3) 스릴러 주인공의 특징

스릴러의 주인공은 주인공을 배신한 자나 위험에 처하게 만든 인물을 찾아다닌다. 그리고 주인공은 초반에 어떤 사건에 직면하게 되지만, 그 사건을 능동적으로 펼쳐 나간다.

스릴러 주인공의 직업은 다양하지만, 꼭 해결해야 하는 위기 상황에 처해지는 것은 같다.

주인공의 성격은 사건을 해결해 나가거나 문제를 풀어 나갈 때 능동적이어야 한다. 문제를 해결할 때 볼거리가 있고, 인물의 특징이나 개성을 부여하기 쉽기 때문이다. 또 주변에 있을 만한 평범한 사람이 주인공이 될 수 있다. 대신, 주인공은 이 일을 해결하지 않으면 중요한 것을 잃어버릴 위기에 놓여야 한다.

스릴러의 주인공은 악당이 하려는 일을 저지해야 한다. 추격전이나 액션 신, 카 액션이 단골이지만, 꼭 이런 역동적인 장면만 넣을 필요는 없다.

스릴러는 평범한 등장인물에게 어떤 사건이 벌어진다. 등장인물은 대부분 선^善을 추구한다. 그 이유는 그런 사람들을 응원하고 공감하게 되기 때문이다.

그러나 선하지 않은 등장인물도 있다. 신경질적인 작가나 형편없는 가장일 수도 있다. 중요한 것은 이들의 행동이 관객에게 공감을 시켜야 한다.

미드 〈브레이킹 배드^{Breaking Bad}〉에서는 주인공이 마약을 만

들지만, 그가 추구하는 것은 가족의 행복(선)이며, 주인공은
암에 걸린 시한부 인생이다. (공감, 동정심이 끌어내기)

4) 미스터리 주인공 VS 스릴러 주인공

미스터리의 주인공은 이미 벌어진 범죄의 감춰진 사실을
밝혀내는 것에 초점을 맞춘다. 미스터리가 해결되면 그것이
클라이맥스가 된다.

미스터리 주인공은 다른 이들과 다른 독특한 매력이 있어
야 한다. 미스터리 주인공 호감은 주로 카리스마, 소명 의식,
성적 매력, 설득 능력, 결함, 이질, 남들과 다른 능력, 독특함
이 될 수 있다.

예를 들어 〈셜록 홈스^{Sherlock Holmes}〉의 셜록(TV 시리즈에서는
소시오패스로 등장), 미드 〈덱스터^{Dexter}〉의 덱스터(연쇄 살인범이
자 혈액 분석가), 리 차일드^{Lee Child} 소설 《잭 리처^{Jack Reacher}》의 주
인공은 시계를 안 보고 시간을 맞추는 능력이 있는 군인으로
등장한다. 반면, 스릴러의 주인공은 독특한 매력이 없어도 상
관없다. 대신 스릴러는 주인공이 어떤 식으로 위험과 곤경에
빠지는지, 어떻게 빠져나오는지가 중요하다.

스릴러의 주인공은 아직은 실현되지 않은 악당의 범죄 기
도를 막아야 한다. 그래서 주인공이 악한을 처치하고, 자신이
나 타인의 목숨을 구해야만 해결된다. 가끔 부패한 주인공은
죽임을 당하기도 한다.

스릴러 주인공은 호감보다 급박한 상황에 놓여 선택하는 것에 공감화가 중요하기 때문에 급박한 상황을 만들어야 한다. 예를 들어 나홍진 감독의 영화 〈추격자〉의 주인공처럼 안마소를 운영하는 전직 경찰일 수도 있고, 야쿠마루 가쿠^{薬丸岳} 소설 《돌이킬 수 없는 약속^{誓約}》처럼 바를 운영하는 사람일 수도 있고, 스티븐 킹^{Stephen King} 소설 《11/22/63》 제이크처럼 평범한 교사일 수도 있다.

미스터리,
스릴러물 구성 만드는 법

구성은 누가(인물), 어디에서(배경), 무엇을 하는가(사건)를 말한다. 이 삼요소는 이야기를 이루는 가장 기본적인 뼈대가 된다. 인물은 사건의 중심이 되는 주인공이고, 배경은 인물들이 활동하는 환경, 장소, 시간 등을 의미하며, 사건은 인물들이 벌이는 행동을 말한다.

그래서 "어떤 이야기야?"라고 물었을 때 이 세 가지가 포함되어야 이야기가 전달된다.

구성은 3막 구성이 기본이다. (미스터리 스릴러 영화를 구성할 때 시퀀스[2] sequence로 나누는 것에 따라 3막은 8~12개의 시퀀스

---

2) 기승전결의 구조를 갖춘 하나의 이야기가 시작되고 끝나는 독립적인 구성단위. 에피소드는 일화, 시퀀스는 구조를 갖춤.

로 나뉜다. 1개의 시퀀스는 약 10~15분이다.)

1) 1막

미스터리 스릴러에서 특히나 1막은 중요하다. 무조건 관객이나 독자를 빠져들게 만들고 시선을 떼지 못하게 잡아 놓아야 하며, 그러기 위해서는 훅hook이 있어야 한다. 훅이란 스토리에 빠져들게 붙잡아 놓는 것으로, 주로 미스터리 스릴러 장르에서는 죽음, 섹스, 걱정, 불안, 돈 등으로 시작하는 경우가 많다.

① 1막에서는 주인공의 인생에 변화가 생긴다. 주인공의 욕구를 강조하고, 목표를 향해 주인공이 움직이기 시작한다. 주인공을 통해 초목표(작품이 지향하는 목표)와 무대를 소개하는 단계다. 1막에서 주인공은 이루고자 하는 궁극의 목표를 갖고 있다.

② 주인공은 보통 자신의 욕망을 가로막는 어떤 대립자(악역)나 문제를 해결하겠다는 초목표를 결심한다. 그리고 관객은 초목표를 통해 주인공이 2막에서 어떤 사건을 벌일지 예상할 수 있다. 초목표는 이야기가 산으로 가지 않도록 일관된 길을 제시하는 방향키 역할을 한다.

③ 사건의 발단이 있어야 한다. 주인공의 평온한 삶을 흔

드는 계기가 되는 사건이다.

1막은 영화로 따지면 초반부 5~10분으로 그 안에 무조
건 어떤 일이 벌어져야 한다. 1막 끝부분에는 2막으로
향하는 터닝 포인트이자 스토리를 새로운 방향으로 이
끈다. 이것은 새로운 정보가 될 수 있고, 새로운 위기가
될 수도 있으며, 새로운 인물의 등장이 될 수 있다.

딘 레이 쿤츠^{Dean Ray Koontz} 소설 《남편^{The Husband}》의 1막을 살
펴보자.

- 캘리포니아에서 사는 평범한 남편이자 꽃 심는 일을 하
  는 밋치에게 어느 날 전화가 걸려온다. 아내를 데리고
  있다는 것이다. (훅)
- 이백만 달러를 가져오지 않으면 사랑하는 아내, 홀리를
  죽이겠다고 협박한다. (사건의 발단)
- 납치범들은 홀리를 데리고 있다는 것을 증명하기 위해
  지나가는 남자의 머리에 총을 쏴 죽인다. (터닝 포인트)
- 주인공 밋치는 아내를 구해야 하는 소명(초목표)을 거부
  할 수 없게 된다.

이처럼 1막에는 주인공 등장의 목표와 방해 요소 등이 나
온다. 이때 지나치게 많은 양의 설명은 독이 된다.

나는 처음 글을 쓸 때 아무것도 없이 떠오르는 장면을 무턱대고 써 보니 A4용지 5장을 넘기가 힘들었다. 그러나 구성표를 써 놓으면 글을 쓸 때 길잡이가 되어 도움이 많이 된다. 그래서 구성표는 한눈에 보이고 최소한의 필요한 구성이나 놓치기 쉬운 것들을 빠짐없이 볼 수 있어서 꼭 쓰는 편이다. 또 그 안에서 사건을 더하거나 빼보기도 하고, 위치를 바꾸는 작업도 해 본다.

대강의 이야기를 아래에 대입해서 흐름을 알고 시작하면 수월하지만, 조금씩 살을 붙이면 금방 시놉시스 되거나 트리트먼트가 되기 때문에 유용하다.

구성표의 예

1막	주인공 소개, 사건의 발단, 주인공의 목표
2막	서브플롯 시작. 악역의 행동이 커지고, 주인공의 위기, 갈등이 커짐.
2막 후반	주인공이 고군분투함. 위기, 방해가 최고점, 주인공 정신적으로나 육체적으로 최악의 상황.
클라이맥스	악역과의 대결
3막	주인공의 목표 성공(해피 엔딩) 달성 또는 실패(새드 엔딩). 문제가 해결되고 주인공의 변화가 느껴지며 주제가 보임.

2) 2막

2막은 전반과 후반으로 나뉘는데, 영화 시퀀스로 나눌 때는 2막이 적게는 4개에서 많게는 6~7개까지 늘어난다.

• 2막 전반

2막 전반은 영화의 15분~60분 사이를 이야기한다. 소설로 보자면 1/3 지점이 지난 이후부터 중반까지다. 전반에 서브플롯이 전개되고, 사태나 인물 관계가 복잡하며 사건이 구체적으로 일어난다. 그리고 주로 주인공이 위기에 빠지게 되어 주인공이 중요한 선택을 해야 하는 상황이 온다.

주인공은 선택을 통해 악역을 저지하려고 노력하고, 목표를 달성하기 위해 적극적이면서 전략적으로 행동한다. 그 과정에서의 선택을 통해 성격이 드러나고, 주인공의 세계관을 알 수 있으며, 그의 고뇌나 트라우마도 무엇인지 알게 된다.

2막 전반은 주인공뿐만 아니라 다른 등장인물들도 행동하고 리액션한다. 만약 주인공이 악당을 잡거나 저지하려고 행동한다면, 악당과 악당의 부하들은 더 세고 강하게 주인공을 방해할 것이다. 이러한 갈등은 주인공의 행동을 더욱더 크게 만든다. (예를 들어 1막에서 주인공의 아이가 납치되었다고 하자. 주인공은 아이를 구해야 하는 목표가 생겼다고 치자. 2막 전반에서는 주인공 외의 다른 등장인물이 나온다. 주인공의 친구나 아내, 의심스러운 사람의 등장이 될 수 있다.)

이렇게 2막에서 등장인물들이 행동해서 갈등이 발생 → 갈등으로 인해 자극을 받아 행동 → 자극받은 행동으로 도로 갈등을 촉발 → 촉발된 갈등이 다시 자극을 만든다. 그리하

여 2막 전반 마지막에는 스토리를 새롭게 전개하는 내용이
나온다.

올리버 히르비겔Oliver Hirschbiegel 감독의 영화 〈인베이젼The
Invasion〉을 통해 2막 전반의 사건을 살펴보자. 영화 속 2막은
위기가 고조되고 긴장감이 넘치는 사건들이 차례로 터진다.

① 캐럴(니콜 키드먼)은 동료 의사이자 친구인 벤 드리스콜
　　(대니얼 크레이그)과 스티븐 박사(제프리 라이트)에게 아
　　들 올리버의 사탕 주머니에서 발견한 이상한 물질을
　　조사해 달라고 의뢰한다.
② 아들 올리버를 이혼한 남편의 집에 데려다주는 캐럴.
③ 캐럴은 벤과 파티에 가고, 올리버와 틈틈이 통화한다.
　　벤과 헤어지고 집으로 돌아온 캐럴. 캐럴의 집에 인구
　　조사원으로 가장한 괴한이 침입하려고 한다.
④ 올리버의 사탕 주머니에서 발견한 이상한 물질을 조사
　　한 결과, 그 물질은 인간들이 잠자는 사이 침투해 겉모
　　습은 그대로 둔 채 정신세계만 바뀐다는 사실을 알게
　　된다. 바이러스로 렘수면에 빠지는 동안, 물질은 활성
　　화되고 유전자를 변형시킨 것이다.
⑤ 한편, 도와 달란 전화를 받고 캐럴과 벤이 간다. 그곳에
　　서 캐럴은 바이러스에 감염된 사람을 목격한다.
⑥ 올리버가 걱정되어 구하러 가려는 캐럴. 올리버를 찾으

러 가는데 그곳엔 없고, 남편도 감염되었다.

⑦ 입에서 나오는 액으로 캐럴을 감염시키려는 사람들. 반항하고 막아 보지만, 캐럴의 입에 액이 튄다. 이제 캐럴도 잠을 자면 그들처럼 변하게 된다. 겨우 도망쳐 나오는 캐럴.

⑧ 아들 올리버가 할머니 집에 있다는 말을 듣고 캐럴은 그곳으로 향한다. 기차에서 바이러스에 감염된 사람들에게 쫓기지만, 캐럴은 자신 역시 감염된 척 속이고 무사히 넘긴다.

• 2막 전반을 잘 쓰는 법

개인적으로는 주인공과 사건의 에피소드를 여러 개 만들어 놓는 것이 유리하다. 그 후 재미있는 것만 살려 둔다. 다음엔 주인공 주변과 부딪치는 이야기를 만들어 본다. 주인공의 현재 포지션을 정하고 그 반대편 사람들과 사건들을 설정하는 것이다.

예를 들어, 주인공이 형사면 그의 포지션은 아빠 / 아들 / 남편 / 부패한 형사가 될 수 있다. 그 포지션과 반대에 있는 사람들은 아들 / 엄마 / 부패를 협박하는 범죄자 / 아내로 설정한다. 그 관계 속에서 주인공이 그들과 부딪치는 사건들을 생각해 보는 방식이다.

3) 2막의 후반

이때는 주인공의 행동이 많아져도 선택지는 줄어든다. 문제를 해결하고 초목표를 이루기 위해서 온갖 것을 다 한다. 결국 주인공은 죽을지도 모르는 거대하고 절망적인 위기에 빠지거나, 모든 것을 잃을 위기에 놓인다.

커다란 장애물의 등장, 새로운 사실의 발견, 부상, 악당에게 잡히는 등 어떠한 사태로 인해서 더 이상 주인공은 꼼짝달싹할 수 없게 된다. 보는 사람이나 읽는 사람들 역시 안타깝고 긴장되어 간이 조마조마하다.

반면, 주인공은 자신이 모든 것을 다 해 봤는데도 불구하고 위기 상황에 맞닥뜨리게 되니 좌절하고 고뇌한다. 치명상을 입은 주인공은 그대로 서서히 정신을 놓는다. 육체적으로도 최악이 되지만 정신적으로도 최악이 된다.

이제 서브플롯이 해결되며 반전이 나와 3막으로 향하는 새로운 터닝 포인트가 생긴다.

• 2막 후반이 막혔을 때

개인적으로는 이런 상황에서 먼저 주인공에게 가장 힘든 상황이나 최악의 상황을 만들어 본다. 그 예로 ① 주인공이 친구를 가장 믿었던 친구에게 배신당하기 ② 주인공이 고소공포증이 있다면 높은 곳에서 내려와야 하는 미션 주기 ③ 주인공에게 딸이 가장 소중하다면, 딸을 잃는 상황 만들기 등.

　이런 상황들을 설정하고 가장 위기의 상황에 적절하게 배치한다. 그리고 클라이맥스에는 최악의 상황을 주인공이 이겨 내는 모습을 그려 낸다.

3) 3막

　3막에서는 해결책이 나온다. 주인공의 행동이 절정으로 향하며, 모든 서브플롯이 해결되고 메인 스토리가 해결된다. 좌절한 주인공이 어떤 해결책을 찾아내서 위기를 극복한다. 주인공 스스로가 깨달음이나 방법을 찾아 극복하면서 사건이 전환된다.

　드디어 주인공이 초목표를 달성한다. 그러니 더 이상 갈등이 생길 이유도 없고, 생기지도 않으니 갈등이 해소되었다고도 한다. 또 그간 주인공이 벌인 사건(행동)의 영향으로 등장인물들의 관계가 바뀌거나 변화한다. 이번에도 초목표를 달성한다. 하지만 매번 초목표를 달성하는 것은 아니다.

　꼭 결말이 해피 엔딩일 필요는 없다. 주인공의 성장이라고 해서 선한 의미의 성장이어야만 되는 것도 아니다. 주인공이 뭔가를 얻거나 변화하면 된다.

미스터리
스릴러 속 악역

나는 주인공보다 악역이 더 욕망이 강한 존재라고 생각한다.

미스터리 스릴러 장르에서 악역은 주인공의 삶을 파괴시키려고 하며, 명확한 목표가 있어야 한다. 때로는 주인공을 괴롭히고, 주인공보다 한 수 위로 그를 방해하고 그의 목숨을 위태롭게 하거나 주인공의 목숨을 앗아갈 수도 있다.

악역은 나쁜 사람일 수도 있지만, 선한 것을 나쁜 방법으로 추구하는 사람일 수도 있다.

악역은 주인공의 성격을 더 드러내는 존재이자 주인공을 위기로 몰아넣는 존재다.

나는 악역을 만들 때, 어떤 사람이 가장 무서울까 떠올려 본다. 상대방의 수를 읽는 사람, 폭력적인 사람, 속이는 사람 등 세상에는 수많은 악역이 있지만, 가장 무서운 건 상대의 약점을 잘 아는 사람이라고 생각한다.

악역은 주인공에 대해서 모든 것을 파악한 후 그의 약점을 쥐고 있어야 한다. 그래서 나는 악역을 만들 때 막히면 주인공부터 다시 생각해 본다. 주인공의 약점은 뭐고 가장 두려워하는 것은 무엇인가. 그러면 악역을 만드는 데 큰 도움이 된다.

1) 악역의 종류

악역에는 여러 종류가 있다.

일단 괴물이나 천재지변 제외한 사람이라고 제한했을 때

① 사이코패스나 정신병자, 소시오패스, 연쇄 살인범 등의 나쁜 악역(영화 〈추격자〉의 살인범 지영민, 〈양들의 침묵〉의 버펄로 빌)

② 살인범이나 나쁜 놈을 떠나 주인공이 하려고 하는 일을 반대하고 방해하는 악역(미드 〈베이츠 모텔^{Bates Motel}〉의 노먼 베이츠 엄마인 노마 베이츠. 〈배트맨 대 슈퍼맨^{Batman v Superman}〉의 배트맨. 〈캡틴 아메리카: 시빌 워^{Captain America: Civil War}〉의 캡틴 아메리카)

③ 자신의 철학과 신념을 가지고 행동하는 악역(〈배트맨〉의

조커, 〈아이언맨 3〉의 킬리언)

④ 괴물이나 천재지변(〈미스트〉의 괴물. 〈워킹 데드〉의 좀비)

2) 악역의 조건

① 반격을 예상하고 그것을 뛰어넘는 행동을 할 것.

② 필요에 따라 같은 편도 죽일 것.

③ 악역 놈들 사이에서 그들을 평정할 것.

④ 주인공이 악역을 공격하고 죽이려고 할 때, 악역은 한 수 위일 것.

⑤ 이런 방식으로 살아가게 된 비극적 이유가 존재할 것.

⑥ 주인공의 고뇌와 약점을 알고, 그것을 파고들어 이용할 것.

미스터리 스릴러의
첫 사건과 갈등

사건이란 인물들이 벌이는 행동을 의미한다. 미스터리 스릴러 장르에서는 사건의 시작이 거의 죽음, 섹스, 걱정, 불안, 실종, 납치, 돈 중 하나이다. 바로 이해되지 않는다면 언뜻 떠오르는 미스터리 스릴러의 소설이나 영화의 앞부분 사건을 생각해 보면 된다.

갈등이란 상대방과 부딪히고 마찰을 빚는 상황을 의미한다. 이야기 속에서 여러 등장인물이 저마다의 목표나 목적을 가지고 행동을 벌이면, 서로 부딪히게 되고 갈등을 빚는다. 사건으로 인해 갈등이 형성되는 것이지, 사건이 곧 갈등은 아니다. 갈등은 쉽게 말해서 주인공의 욕망과 다른 이들의 욕망이 끊임없이 부딪치는 것이다.

갈등에는 내적 갈등과 외적 갈등이 있다. 이야기 속에는 둘 다 나오는 것도 있고 내적 갈등 없이 외적 갈등만 나오는 것도 있다.

내적 갈등은 주로 주인공의 우울증, 트라우마, 정체성에 대한 고민이다. 주인공의 내적 갈등은 두려움, 외로움 등의 심리적인 요인이며, 이야기가 끝나면 이 내적 갈등도 해결된다.

외적 갈등은 종류가 다양하다. 주변 인물들, 가족 관계, 연인, 환경, 짐승 등 주변에 존재하는 모든 요소가 주인공의 초목표를 방해하는 걸림돌이 될 수 있다.

갈등은 욕망에서 나온다. 서로의 욕망이 부딪혀 갈등이 생기고, 성격, 가치관(때로는 병이나 공포증, 습관)이 부딪쳐서 갈등이 생길 수도 있다.

갈등은 장면뿐 아니라, 사건, 대사에서도 드러나고 주인공을 위기로 빠뜨리는 원인이 될 수 있다. 그래서 갈등이 없으면 이야기는 지루해진다.

갈등이 잘 만들어지지 않을 때 등장인물의 이력서를 써보면 좋다. 가정 환경, 좋아하는 음식, 습관 등을 적으며 옷차림과 말투도 떠올려 보고 메모한다. 그러면 등장인물들이 대화를 나누거나 행동할 때 자연스럽게 그들의 욕망과 부딪치는 지점을 알 수 있다.

그리고 또 한 가지 팁은 여러 중요한 가치에 대해 주인공과 주요 등장인물들이 어떻게 생각하는지 써 놓는다. 그러면 갈등을 만들기도 좋고 나중에 대사를 쓸 때도 유효하다.

가치표 예 – 여러 중요한 가치에 대한 등장인물의 태도 설정이 중요함

	등장인물 1	등장인물 2	등장인물 3
가족	내다 버리고 싶다.	너무 소중하다.	있으나 마나 한 존재
죽음	공평하다.	두렵다.	오늘 죽어도 여한이 없다.
사랑	두뇌의 착각일 뿐이다.	다시는 하고 싶지 않은 것.	목숨을 걸 수 있다.

이런 식으로 가치에 대해 등장인물이 생각하는 것을 빼곡하게 적어 수시로 들여다본다.

예시로 든 등장인물 1과 등장인물 2가 죽음에 대해 이야기할 때 분명히 다른 가치관이기 때문에 다투게 된다.

주인공의 위기를
높이는 법

글을 쓰다가 이야기가 지루해진다 싶으면 위기를 체크해 보자. 갈등이 상대방과 부딪히고 마찰을 빚는 상황을 의미한다면, 위기는 상대방이 욕망을 이루기 위한 행동으로 인해 주인공이 힘든 상황에 놓이거나 위험한 고비에 빠지게 되는 것을 말한다. 즉, 주인공이 이루려는 목표를 방해하는 요소가 나오면 위기가 생긴다.

예를 들어 주인공이 살인 사건의 범인을 목격했다고 치자. 주인공이 살인범을 찾아내는 이야기라고 할 때 아무런 방해 없이 살인범을 찾아내 경찰에 신고하면 정말 재미없는 이야기가 될 것이다. 그러니 주인공을 방해할 만한 재료들을 몇 가지 떠올려 보자.

① 살인범이 주인공(남자)에게 협박한다.

② 주인공의 가족이나 친구들은 주인공의 말을 믿지 않는다.

③ 살인범이 증거를 조작해서 주인공을 범인으로 둔갑시키거나 살인범이 변명이나 거짓말을 해서 위기를 넘길 수도 있다.

④ 살인범이 주인공의 가족을 납치해 죽이겠다고 협박할 수 있다.

⑤ 주인공이 잘 때 들어와서 그를 해치려 할 수도 있다. 세부적으로 주인공의 행동을 쪼갤 수 있고 그 행동을 방해하는 걸 만들 수 있다(예를 들어, 주인공이 잘 때 들어와서 그를 해치려 하고, 그와 쫓고 쫓기는 싸움이 시작된다. 이 내용을 구체적으로 쪼개어 방해해 보자).

주인공이 밖으로 도망치려고 한다/ 살인범이 그의 발목을 잡는다./ 주인공은 살인범의 손을 발로 밟고 잠금장치를 열려고 한다./ 살인범은 잠금장치를 열려고 뻗은 주인공의 손을 칼로 찌른다.

이렇게 주인공의 방해 요소들을 작은 것 → 큰 것까지 종류별로 나열한 후 위기감을 체크한다. 어쩌면 그 방해 요소가 사건일 수도 있고 인물일 수도 있다. 그중 재미없는 요소는 없애고, 적절한 곳에 방해 요소들을 배치한다. 그러면 주인공의 행동에 반하는 행동이 계속되면서 위기와 긴장이 생긴다.

132

긴장감을 높이는
대사

긴장감을 주려면 대사보다는 행동하고, 보여 주는 것으로 대신하는 것이 좋다. "널 죽여 버리겠어!"라는 대사보다 조용히 식칼을 뽑아 드는 행동이 긴장감 있다. 예를 들어 주인공이 아내를 죽인 살인범의 조력자를 찾아내서 추궁한다고 치자. 그 조력자는 사실을 숨기고, 거짓말을 하는 상황이다.

조력자가 주인공에게 "나는 그놈과 짜고 죽이는 걸 도왔어. 정말 무서웠어. 하지만 나도 어쩔 수가 없었어."라고 말하는 것은 너무나 단순하다. 오히려 조력자가 주인공에게 "난 정말 죽이지 않았소. 맹세하오."라고 말하는 순간, 남자의 이마에 땀이 한 방울 흐른다면 어떨까?

살인자의 조력자는 진실을 말하지 않으려 거짓말을 했지만, 그의 행동(땀을 흘림)으로 거짓말하고 있다는 것을 알 수 있다.

소설은 더러 대사로만 진행하지만, 소설 또한 '말하기'보다 '보여 주기'를 하면 독자로 하여금 생생하게 머릿속으로 그리게 할 수 있다.

1) 서브텍스트 subtext, 대사 이면에 감춰 표현되지 않은 감정, 판단, 생각 등을 뜻함

대사 안에는 숨겨진 의미가 있어야 한다. 이 상황에서 인물이 얻으려는 것은 무엇인지, 욕망을 달성하고자 하는 행동의 의미와 대사 등을 생각해야 한다. 머릿속에 떠오르는 의미 그대로 이야기하는 사람은 없을 것이다.

2) 대사를 잘 쓰는 법

캐릭터 설정을 세밀하게 해야 대사가 나온다. 사투리 쓰는 사람, 사기꾼이라면 능변가, 감정이 앞서 일단 소리부터 지르는 사람 등 세밀하고 면밀하게 관찰한 후 캐릭터를 정하자.

캐릭터에 맞는 살아 있는 대사를 쓰기 위해서는 캐릭터 구축이 바탕이 되어야 하고 캐릭터 연구를 하려면 연구 대본을 구해서 읽거나 주변에서 비슷한 캐릭터를 찾아 관찰한다. 또 다큐멘터리나 인터뷰할 때 말투를 기록하고, 캐릭터의 디테일한 부분은 관련 에세이를 찾아 읽어 보면 도움이 된다.

미스터리 스릴러의
족쇄

족쇄는 주인공의 행동을 다급하게 하거나 초조하게 하는 장치다. 이것은 관객들로 하여금 긴장감을 높이게 한다.

1) 시간 족쇄

미스터리 스릴러 단골 족쇄이다. 시간의 제약을 주고 그 시간 안에 주인공의 목표를 꼭 해결해야 한다. 그 목표를 해결하지 못하면 위기를 겪게 된다. (위기는 보통 주인공의 죽음이나 주인공이 가장 소중하게 여기는 사람의 죽음이다.)

영화 속 예시는 아래와 같다.

• 대표적으로 공소 시효가 끝나기 전에 범인을 잡아야

한다. - 〈몽타주〉

- 백두산이 터지기 전에 폭탄을 터트려 화산의 압을 낮춰야 한다. - 〈백두산〉

- 5일 안에 진실을 밝혀내야 한다. - 〈올드보이〉

2) 장소 족쇄

주인공이 제약된 공간 안에 갇혀서 빠져나가지 않으면 죽게 된다. 영화 속 예시는 아래와 같다.

- 라이터와 칼, 휴대전화만 가지고 이곳(땅속)에서 탈출해야 한다. - 〈베리드 Buried〉

- 퍼즐처럼 생긴 이 감옥에서 빠져나가야 한다. - 〈큐브 Cube〉

- 공중전화 부스에서 나가면 죽는다. - 〈폰 부스 Phone Booth〉

독자를 속이는
소설 속 트릭

소설에서 자주 쓰이는 트릭의 예를 정리해 보았다.

1) 시점 트릭

극 후반, 한 줄의 문장으로 이야기 전체를 전복시킨다. 대표적으로는 미치오 슈스케의《해바라기가 피지 않는 여름向日葵の咲かない夏》, 오리하라 이치折原一의《도착의 론도倒錯のロンド》, 아비코 다케마루의《살육에 이르는 병》등의 작품이 있다.

소설《살육에 이르는 병》을 살펴보자. 이 소설에서는 시점이 미노루, 형사, 마사코 세 명으로 나뉜다.

① 연쇄 살인마 가모우 미노루는 처음부터 자신의 범죄를

고백한다.

② 은퇴한 형사는 자신에게 관심 보인 여자를 거절했다가 그 여자가 미노루의 희생양이 되자, 죄책감과 마지막으로 형사의 임무를 다하기 위해 미노루를 추적한다.

③ 마사코는 집에서 발견되는 수상한 증거들 때문에 혹시 아들이 살인마는 아닐까 하고 아들을 독자적으로 추적한다.

④ 미노루는 마지막 범죄의 완성을 위해 어머니를 희생양으로 선택한다.

이처럼 상식이나 선입견의 허점을 노려 특정 정보를 고의로 전달하지 않거나 일부만 전달해서 오인하게 만든다.

이 소설에서도 일부러 미노루의 엄마 이름을 언급하지 않고, 행동 시작점이 다르거나 일부러 아들 신이치를 오해하는 상황을 만들어 낸다. 이렇듯 시점 트릭은 시각이나 청각 정보를 차단할 수 있기 때문에 소설에 많이 쓰인다.

2) 밀실 트릭

닫힌 공간에서 외부 침입 없이 사람이 죽고, 남은 곳의 사람들이 살인 사건의 범인을 밝히는 이야기다. 주로 어떻게 밀실에서 사람을 죽이고 빠져나갔는지 밝혀낸다. 대표적으로 《명탐정 코난》,《셜록 홈스》,《탐정학원 Q探偵學園Q》,《소년탐정 김전일金田一少年の事件簿》 등이 있고, 주로 추리물에 많이 쓰인다.

실전!
시놉시스 쓰기

시놉시스란 이야기 줄거리 요약서다. 여기에는 등장인물의 소개와 주인공이 어떤 사건에 빠져서 어떻게 되었고, 결국 이렇게 되었다는 내용이 들어간다. 이것은 스케치 같은 것이라 꼭 필요하다.

시놉시스 안에서도 등장인물과 주인공, 주요 사건과 배경, 주요 갈등과 구성이 들어 있으며, 어떤 이야기든 시놉시스가 있어야지 소설이나 드라마 영화로 발전시키기가 수월하다.

보통 영화 작업을 할 때는 시놉시스 → 트리트먼트 → 시나리오 순서로 진행한다.

시나리오 단계에서 전체적인 수정을 하면 시간이 오래 걸리고 번거롭다. 그러니 시놉시스에서 확실한 이야기의 뼈대를 잡고, 트리트먼트에서 에피소드나 디테일을 추가한 후 시나리오에서 대사나 지문을 자세하게 쓰는 것이 좋다.

보통 영화 시놉시스는 2~3장, 트리트먼트는 20~30장 정도, 시나리오는 80~100장 정도가 된다. 최근에는 100장 넘지 않는 추세다.

소설 작업을 할 때는 시놉시스를 따로 요구하는 곳은 많지 않지만, 개인적으로는 보통 시놉시스를 쓰고 시작한다. 작가 스스로가 이야기를 정리하고 시작해야 이야기가 산으로 가지 않는다. 시놉시스는 앞서 이야기했던 구성표를 토대로 발전시키면 훨씬 수월하다.

드라마 작업을 할 때는 먼저 기획안을 쓴다. 16부작 미니시리즈라고 할 때, 기획안에 전체적 트리트먼트가 보통 A4 30장 정도의 분량이고, 그 안에 줄거리와 등장인물 소개가 들어 있다. (제작사에 따라 트리트먼트 10~20장과 회별 줄거리를 따로 요구할 수도 있다.)

빠져드는
미스터리 스릴러 장르를
쓰는 비법 정리

아래는 앞에서 소개한 내용을 정리한 것이다. 바쁜 사람이
라면 이것부터 읽어 보자.

① 주인공은 명확한 동기를 가지고 목표를 향해 나가야
   한다.

② 악역은 무자비하게 탄생해야 하며, 주인공보다 늘 한
   수 위여야 한다.

→ 악역이 비참한 과거로 인해 일을 저지를 수밖에 없고,
   그의 욕망은 쉽게 포기하지 않으면서 주인공보다 커
   야 한다.

③ 강렬하고도 흥미로운 첫 사건을 만들어라. → 죽음 /
   걱정 / 돈 / 섹스 / 불안으로 시작하라.

④ 주인공과 악역의 갈등을 유지해라. → 주인공의 철학과 악역의 철학을 만들어 놓는다.

⑤ 서스펜스, 미스터리, 반전을 적절히 배치하라.
→ 관객들이 더 정보가 많은 것은 서스펜스. 주인공과 함께 정보를 얻어 가는 것은 미스터리, 깜짝 놀라는 상황 전환이나 새로운 정보는 반전이다.

⑥ 주인공의 행보는 쉬우면 안 된다. 매사 곤란한 상황과 죽을 위기에 처해야 한다.
→ 주인공을 계속 방해하라.

⑦ 필요 없는 대사를 지우고 행동하라.

⑧ 아이디어를 메모하고 발전시키고 늘 주변을 관찰하라.

⑨ 글을 쓰기 전에 등장인물 연표와 구성표를 만들어라.

⑩ 이야기의 긴장감이 떨어지면 주인공을 힘들게 하는 상황이나 방해 요소를 넣어라.

⑪ 시간 족쇄를 걸면 주인공이 더 다급해진다.

⑫ 매일 글을 쓰고 또 쓰고, 고치고 또 고쳐라.

너도 로맨스 소설
쓸 수 있어!

- 잃어버린 설렘을 찾는 법, 로맨스 소설 쓰기

| 김보람 |

내가 로맨스 소설을
쓰는 이유

네이버에 첫 작품을 연재할 때의 일이다. 작가를 꿈꾸는 고등학생이 멘토링 활동하러 날 찾아온 적이 있었다. 그는 내게 글을 쓰는 이유를 물었고, "돈 벌려고"라고 대답하자마자 눈에 띄게 실망한 표정을 지었다. 어쩌면 이 글을 읽는 당신의 표정 역시 그와 비슷할지 모르겠다.

나는 그에게 되물었다(실제로는 존대를 했었지만, 편의상 반말로 쓰겠다).

"너는 글을 왜 쓰는데?"

그는 글에 대한 열정 넘치는 눈을 반짝이며 대답했다.

"다른 사람이 내 글을 읽어 주는 게 좋아서. 글을 쓰는 게 즐거워서."

수년 전이라 기억이 가물가물하지만, 대충 이런 대답을 들었던 것 같다.

그는 내가 글 쓰는 이유도 자신과 같기를 바랐는지 돈을 벌기 위해 소설을 쓴다는 사실에 배신감을 느낀 듯했다. 그럴 수 있었다. 상대는 학생이었고, 네이버 웹소설 〈오늘의 웹소설〉에 주 2회 업데이트하는 내 소설을 보는 무료 독자였다. 게다가 독자는 원래 작가 사정에 관심이 없는 법이니까.

나는 그를 탓하거나 나무라지 않았다. 다만 차분하게 다시 물었다.

"네가 작가가 됐을 때 사람들이 네 글을 공짜로 읽으면 어떨 것 같아?"

그는 그제야 무언가를 깨달은 듯, 얼굴을 붉히며 기어들어가는 목소리로 대답했다. 내 글은 공짜로 읽히기 싫다고.

나도 그렇다. 그때나 지금이나 나는 전업 작가고, 소설은 밥줄이다. 이쯤 되면 내가 무슨 말을 하려는지 알아챘으리라 믿는다.

나는 돈 벌려고 로맨스 소설을 쓴다. 환상을 깼다면 독자들에게 미안하다.

물론 앞서 말한 사람과 같은 이유로 쓰는 작가도 있을 것이다. 아니면 꼭 글을 써야만 하는 거창한 이유가 있는 작가도 있겠지. 독자들을 행복하게 하기 위해서, 외로운 독자들에게 연애하는 기분을 선물하기 위해서, 청춘을 잊은 독자들에게 잠시나마 설렘을 되찾아 주기 위해서, 현실에 없는 영원한 사랑을 소설 속에서나마 빚어내기 위해서.

나도 그렇다. 왜 아니겠는가? 로맨스 소설이라는 장르가 가진 특징이 이건데!

그러나 글을 쓰는 첫째 이유는 먹고 살기 위해서다. 단, 겸업 작가는 다를 수 있다. 그런데 나는 전업 작가이므로 당신에게 돈벌이가 될 만한 글을 쓰라는 조언을 할 것이다.

또 나는 웹소설 작가다. 모든 장르 시장은 단행본^{종이책 또는 전자책} 시장과 유연^{'유료 연재'의 줄임말} 시장으로 나뉘는데, 나는 이제까지 유료 연재만 해 봤기 때문에 이 글에서는 유료 연재 로맨스 소설 쓰는 법에 초점을 맞추겠다.

로맨스 소설 속
공식

로맨스에는 공식이 있다. 당신이 로맨스 소설 독자라면 "암, 그렇고말고." 하며 고개를 끄덕일 것이요, 아니라면 헛웃음 치며 "수학도 아닌데 공식은 무슨 공식?"이라고 되물을 것이다.

하지만 내가 직접 써 보니 로맨스 소설에도 수학처럼 공식이 있다. 당신 역시 로맨스 소설을 쓸 거라면 이 공식들은 지키는 것이 좋다.

1. 완벽한 남주('남자 주인공'의 줄임말)

로맨스 작가들이 말하길, "로맨스는 남주 장사"라고 한다.

'남주 매력으로 소설을 판다'는 뜻이다.

로맨스 소설 독자는 대부분 여성이다. (소녀 감성을 가진 남자 독자는 제외하겠다.)

기본적으로 로맨스 소설은 여성을 위한, 여성에 의한, 여성의 장르라고 생각한다. 대부분의 로맨스 독자들은 여주('여자 주인공'의 줄임말)에게 이입한다. 여주의 눈으로 남주를 바라보고, 여주와 함께 가슴 설레며, 여주가 되어 남주와 사랑에 빠진다.

당신이라면 어떤 남자와 사랑에 빠지고 싶겠는가? 밖에 나가면 발에 차이는 돌멩이처럼 흔한 남자를 원하진 않을 것이다.

현실에서도 다 따지는데 소설이라고 다르겠는가?

소설 속 남주는 무조건 잘생겨야 한다. 큰 키에 몸도 좋아야 한다. 잘생겼어도 키가 작다거나 피부가 나쁘다거나 뱃살이 나왔다거나 그러면 안 된다. 그것은 우리가 원하는 남주가 아니다. 독자들은 눈살을 찌푸리며 진정한 남주를 찾아 다른 작품으로 갈아탈 것이다.

모름지기 남주의 키는 최소 180센티미터 이상이어야 하고, 몸은 군살 없이 탄탄해야 하며, 피부는 모공이나 잡티 같은 건 존재하지 않는다. 그리고 재벌이어야 한다.

현실에서 우리는 남자친구나 남편 될 사람의 경제력을 무시할 수 없다. 현실도 그러한데 소설 속 남자 주인공은 어떻겠는가. 누구나 최고를 원하며, 로맨스 소설 독자도 예외가 될 순 없다. 그러니 일단 남주는 어마어마한 재력이 있어야 한다.

그렇다고 부모 잘 만난 낙하산에 불과해선 안 된다. 남주가 매력, 재력과 함께 반드시 갖추어야 하는 덕목이 바로 '능력'이다. 로맨스 남주들 직책에 이사, 상무, 전무, 부사장, 대표, CEO가 넘치는 이유가 바로 이것이다. (현실성 따지지 마라. 로맨스 남주한테 현실성 바라는 사람 아무도 없다.)

남주는 요직에 앉아 부모의 회사를 더 크게 키울 능력이 있어야 한다. 그래서 아랫사람에게는 존경을, 윗사람에게는 신뢰를 받아야 한다. 당신이 쓰려는 게 로판('로맨스 판타지'의 줄임말)이라면 회사를 가문이나 국가로 치환할 수 있겠다.

또, 남주보다 잘난 남조('남자 조연'의 줄임말)가 등장하면 안 된다. 남주의 완벽성에 흠이 간다. 남주는 매력과 재력과 능력과 권력을 포함한 모든 면에서 최고여야 한다. 우리의 여주, 즉 독자는 가장 좋은 것을 받아야 하기 때문이다. 바로 그게 로맨스 소설을 읽는 재미 아니겠는가.

소설 속 남주는 유니콘이어야 한다. 남주는 아침에 기지개를 켜면서 하품해도 입 냄새가 나지 않고, 야식을 먹었더니 다음 날 얼굴이 팅팅 부었다는 둥 그런 장면은 쓰지 말라는 소리다. 남주는 환상의 세계에 사는 유니콘이란 걸 명심하자.

TV 드라마 〈선덕여왕〉에서 미실이 말했다. "사람은 그럴 수 있습니다. 하지만 내 사람은 그럴 수 없어." 그리고 정적을 놓친 병사의 목을 단칼에 베어 버린다.

남주도 마찬가지다. 사람은 완벽하지 않을 수 있다. 하지만 로맨스 소설 속 남주는 그럴 수 없다. 남주가 완벽하지 않으면 독자들이 작품 매출을 반 토막 낼 것이다.

2. 무조건 해피 엔딩

이 부분은 로맨스 소설 독자의 입장에서 얘기하겠다.

나는 대리 만족하려고 로맨스를 본다. 나는 주인공과 더불어 행복해지길 원하지, 그들의 불행에 머리채 붙잡혀 끌려들어가고 싶지 않다. 힐링하려고 온 사람한테 스트레스 폭탄 안겨 주지 마라. 새드 엔딩은 극혐이다. 명심하자.

나와 같은 생각하는 독자가 많다. 당신이 로맨스 소설을 1종만 쓰고 절필할 거라면 몰라도, 계속 쓸 생각이라면 새드 엔딩은 꿈도 꾸지 말자. 독자들이 믿고 거르는 작가가 될 수 있다.

150

물론 예외는 있다. 당신이 신작을 내기만 하면 묻지도 따지지도 않고 지갑을 여는 팬덤이 있는 유명 작가라면 새드 엔딩 써도 된다. 뭘 쓰든 잘 팔릴 테니까. 하지만 그게 아니라면 무모한 도전은 자제하길 바란다.

이후 이야기를 독자의 상상에 맡기는 열린 결말을 쓸 바에는 차라리 새드 엔딩을 써라. 나는 열린 결말이 더 싫다. 작가가 무책임하게 느껴져서. TV 드라마가 열린 결말로 끝나도 화가 나는데, 내 돈 주고 보는 소설은 오죽하겠는가?

나는 해피 엔딩을 원한다. 대부분 그렇다. 남녀 주인공이 서로의 사랑을 확인했다면 결혼해서 영원히 행복하기를 바란다.

소설은 허구요 로맨스는 환상이다. 머리부터 발끝까지 완벽한 남편은 검은 머리 파뿌리 된 후에도 나만을 사랑해 주고, 자자손손 늙어 죽을 때까지 일하지 않아도 먹고 살 수 있으며, 하고 싶은 일 마음껏 하면서 살 수 있는 삶. 당신은 그런 삶을 원하지 않는가? 모두가 꿈꾸는 삶을 당신의 주인공에게 안겨 줘라. 삶에 지친 독자가 잠시나마 주인공과 함께 단꿈에 젖을 수 있도록.

3. 반드시 구원 서사

구원 서사란 주인공이 누군가를 구원하거나 누군가에게

구원받는 서사를 뜻한다. 한쪽이 일방적으로 구원받는 일방 구원 서사와 서로가 서로에게 구원받는 쌍방 구원 서사로 나눌 수 있다. (당신도 잘 아는 신데렐라 스토리는 일방 구원 서사에 속한다.)

로맨스 소설에서는 서민 여주가 재벌 남주를 만나 굴곡 많던 인생을 다림질하고 탄탄대로를 달리는 신데렐라 스토리가 압도적으로 많다. 자세히 들여다보면 대부분 경제적으로는 여주가 구원을 받지만, 정신적으로는 남주도 구원받는 쌍방 구원 서사에 속한다.

로맨스 소설 공식 1번에 따르자면, 남주는 재벌이다. 현실 속 우리도 좋은 남자를 만나고 싶고, 결혼을 잘하고 싶은 건 너무나도 당연한 욕망 아닌가. 남자들도 여자 잘 만나서 결혼하고 싶어 한다. 로맨스는 여성의 장르고, 따라서 여성의 욕망이 극대화된 것뿐이다. 현실에는 왕자가 없으니까 허구에서라도 왕자 만나 팔자 피는 이야기가 보고 싶은 것이다. 그래서 나와 비슷한 처지의 여주가 백마 탄 왕자 같은 남주의 손을 잡고 꽃길로 걸어 들어가는 걸 보면 대리 만족을 느끼는 것이다.

모든 로맨스 소설은 신데렐라 스토리인가? 그렇지는 않다. 신데렐라 스토리 아니어도 재미있고 잘 팔린 작품은 분명히 있다. 그런데 그런 작품들을 쓴 작가는 어떤 소재로 글을 쓰더라도 재미있고 우리 로망을 충족시킬 사람이다.

신데렐라 스토리는 어지간하면 당신이 시간과 노력을 크게 들이지 않아도 경제적으로 안정감을 줄 수 있으므로 당신이 로맨스 소설 초보 작가라면 안전하게 신데렐라 스토리를 쓰길 권한다.

4. 부도덕한 소재는 No!

2015년에 네이버 〈작가의 밤〉에 갔을 때, 김준구 이사(현 네이버 웹툰 대표)의 브리핑으로 네이버 〈오늘의 웹소설〉 독자층의 90퍼센트가 여성이라는 걸 알았다. 개중 45퍼센트는 40대, 40퍼센트는 10대, 2~30대는 한 줌이었다.

집에 돌아와 남편에게 그 얘기를 했더니, 남편은 당연한 듯 말했다.

"2~30대는 웹소설보다 재미있는 게 많을 때 아냐. 10대는 학교랑 학원에서 보는 거고. 40대는 애 낳고 집에 있는 사람이 많을 테고."

편당 결제가 쉽지 않을 10대의 주머니 사정을 고려하면, 우리에게 일용할 양식을 주시는 고객님은 주로 40대라는 결론이 나온다.

이 얘기를 왜 꺼냈냐면, 로맨스 독자들이 부도덕한 소재를 극혐하기 때문이다. 심지어 소설이 허구라고 해도 부도덕한 소재를 다룬다면 독자들은 분개한다. 동서양을 막론하고 부도덕한 소재라면 지탄받는다는 것을 기억하자.

5. 흥망이 갈리는 섹텐

섹텐이란 '섹슈얼 텐션'의 줄임말로, 성적 긴장감을 뜻한다. 로맨스에서 남주 매력만큼 중요한 것이 바로 이 '섹텐'이다.

당신이 쓰는 게 전연령가라고 해도 섹텐은 있어야 한다. 꼭 베드신이 나와야 섹텐이 있는 것은 아니다. 남녀 주인공이 마주칠 때마다 둘 사이에 야릇한 긴장감이 흐르고, 스킨십 하나 없이 대화할 때도 지켜보는 독자의 가슴이 조마조마 찌릿찌릿해야 한다. 남녀 주인공 사이에 당장 무슨 일이라도 벌어질 것처럼.

섹텐이 있느냐 없느냐, 있다면 얼마나 잘 살리느냐에 따라 작품의 흥망이 갈린다는 걸 알아 두자. (단, 로판은 이런 경향이 상대적으로 덜하다.)

로맨스의
종류

로맨스는 관람가에 따라 19금, 15금, 전연령가로 나뉘고, 분위기에 따라 로맨틱 코미디와 멜로로 나뉘며, 작중 배경에 따라 현대 로맨스(현로), 동양 로맨스(동로), 로맨스 판타지(로판)로 나뉜다. 크게는 이성애물과 동성애물로 나눌 수 있으며, 남자끼리의 사랑을 다룬 장르는 Boys love의 약자로 BL, 여자끼리의 사랑은 Girls love의 약자로 GL이라 부른다.

만약 당신이 로맨스 소설을 종이책으로만 읽은 사람이라면 15금이 낯설 수 있겠다. 19금이면 19금이고 전연령가면 전연령가지 15금은 또 뭐람?

15금은 19금 고수위물이 없는 연재 플랫폼(예 : 카카오페이지)에서 쓰는 관람가로, 주인공의 베드신을 에둘러서

비유적으로 표현하되, 야시시한 분위기를 살린 작품에 붙는다.

여러분은 15금을 써라. 내가 직접 써 보니 전연령가는 잘 안 팔리더라.

하긴. 내가 독자라도 남녀 주인공이 마침내 침대에 누웠는데 느닷없이 새가 짹짹 우는 다음 날 아침으로 건너뛰는 전연령을 보느니 빙빙 돌아서라도 베드신을 묘사해 주는 15금을 보겠다. 그렇다고 19금을 쓰라고는 하지 않겠다. 당신이 19금을 쓸 수 있다면 이미 프로일 것이다.

그렇다. 나는 19금은커녕 15금도 써 본 적이 없는 전연령가 작가다. 그래서 19금이나 15금에 대해서는 말할 수 없다. 그래도 모르는 걸 안다고 하는 것보다는 솔직하게 모른다고 하는 게 낫지 않은가? 적어도 내가 사기꾼은 아니라는 뜻이니까.

나는 모르는 건 과감하게 건너뛸 것이다. 대신, 아는 건 소상히 털어놓겠다고 약속한다. 고로 나는 현로와 동로, 로판, BL만 다루려고 한다.

1. 현로

현로는 현대를 배경으로 한 로맨스 장르다. 일반적으로 로맨스라고 하면 현로를 일컫는다. 이 글에서도 현로를 중점으로 다루겠다.

현로는 모든 로맨스 장르를 통틀어 쓰기에 가장 빡빡하다. 뭐랄까, 틀이 있다는 느낌이다. 그 틀에 맞추지 않으면 인정사정없이 쫓겨날 것 같은 느낌.

현로는 다른 로맨스에 비해 평균 연령대가 가장 높기 때문인지 독자층이 보수적이고, 통용되는 소재와 스토리라인이 매우 좁은 편이다.

1) 현로와 드라마의 차이

간혹 현로가 TV 드라마와 똑같다고 생각하는 사람들이 있다. 이것은 안일한 생각이다. 드라마 시청자들이 현로 독자들보다 훨씬 관대하다. 드라마는 일단 장르와 소재가 다양하지 않은가. 〈별에서 온 그대〉는 남주가 외계인이고, 〈도깨비〉는 남주가 도깨비다. 각각 SF와 판타지인데 히트했다.

그러나 이 두 작품이 드라마가 아니라 소설이었다면, 배우들의 비주얼과 연기, PD의 연출을 걷어 내고 활자로만 나왔다면 대박을 터트리기가 어려웠을 것이다. 독자 유입부터 난항을 겪었을 테니까. 그만큼 드라마와 소설은 소비자의 성향이 다르다는 얘기다.

현로 독자들은 다른 장르와의 접목을 좋아하지 않는다. 좋아했다면 수요가 공급을 부르니 온갖 퓨전 로맨스가 판을 쳤을 것이다. 하지만 현로 시장에서는 뻔한 신데렐라 스토리가 판친다. 그 말인즉 독자들의 취향이 일관적이라는 뜻이다.

현로 중에 SF, 판타지, 추리, 미스터리, 스릴러 등 다른 장르와 접목된 작품은 손에 꼽힌다. 당신이 아는 작품이 있다면 그것은 개쩌는 필력으로 살아남은 작품이다. 그러니 섣부른 도전은 금물이다. 도전해서 살아남는 건 오직 존잘(존나 잘 쓰는 작가)뿐이다.

2) 현로의 주요 소재

현로에서는 주로 어떤 소재를 쓸까?

나의 짧고 좁은 견식으로 살펴봤을 때, 어느 플랫폼이건 계약 연애 또는 계약결혼, 선결혼 후연애, 정략결혼, 사내연애 등이 압도적으로 많았다. 사내연애 중에서는 비서 여주가 상사인 남주와 사랑에 빠지는 비서물이 자주 보였다. 그 외에 전남친 혹은 전남편 또는 첫사랑과 만나는 재회물도 많았고, 반대로 처음 만난 남자랑 사고부터 치고 시작하는 원나잇도 추세이다.

3) 독자가 꿈꾸는 이미지를 공략!

나는 무난한 소재인 '계약결혼'을 골랐다. 무난한 소재로 쓰면 욕먹지는 않을 것 같았다.

남주는 당연히 재벌 2세. 대기업 회장 아들로 만들어 전무라는 직급을 떡하니 안겼는데, 아뿔싸. 막상 쓰려고 보니 나는 대기업 전무가 하는 일이 무엇인지 알지 못했다. 다른 현로 작가들은 어떻게 조사하나 했더니 인터넷에 검색해 보거나, 드라마를 참고하거나, 회사 다니는 지인에게 조언을 구한다는 경우가 많았다. 하지만 나는 검색한 것, 드라마로 보고 들은 것 등을 응용하는 방법에 대해 알 수 없었다. 그렇다고 남편한테 조언을 구할 수도 없었다. 남편은 게임 기획자였기 때문이다. 그렇다고 내가 현로 쓰기를 포기했다면 이 책의 공동 저자가 되지 못했을 것이다.

뭔가 있어 보이는 남주 직급 때문에 현로 쓰기를 겁내지 마라. 이사, 상무, 전무, 부사장, 대표, CEO가 하는 일이 무엇인지 몰라도 충분히 현로 쓸 수 있다.

우리가 써야 하는 것은 독자가 꿈꾸는 이미지다. 실제 대표가 하는 일이 아니라, 실제 대표가 할 법한 일. 독자들이 원하는 건 여주가 대표랑 연애하는 이야기지, 대표의 회사 생활이 아니다. 오히려 남주의 업무를 너무 자세히 기술하면 독자의 몰입력이 떨어질 수 있다.

2. 동로

동양 로맨스는 이름 그대로 동양을 배경으로 하는 시대물이다. 대표작으로 《성균관 유생들의 나날》, 《해를 품은 달》, 《구르미 그린 달빛》 등을 들 수 있다. 동로는 역사 로맨스, 사극 로맨스 등으로 불리기도 하는데 작중 배경이 조선이 아니라 조선 혹은 과거 중국과 비슷한 가상의 국가인 경우도 많으므로 나는 그냥 간단하게 시대물과 가상 시대물로 나누겠다.

당신이 쓰려는 게 시대물이건 가상 시대물이건 내가 하고 싶은 말은 딱 하나. 그럴싸하면 장땡이다.

1) 고증하되 너무 얽매이지 마라

고증할 엄두가 안 나서 시대물을 쓰지 못한다는 작가가 많다. 나도 그 마음 안다. 글을 쓰는 것만도 벅찬데, 조사하고 공부도 해야 한다고 생각하면 골치가 아프다. 역사에 대해 잘 안다고 시대물 잘 쓰는 게 아니다.

하지만 너무 어렵게 생각하지 말자. 우리는 역사학자가 아니라 소설가다. 독자가 우리에게 기대하는 건 역사적 사실이 아니다. 우리에게 독자에게 선사해야 하는 것은 그럴듯한 배경과 그럴듯한 사건, 그럴듯한 인물 그리고 모든 게 자아내는 그럴듯한 분위기다. 그 시대 속에서 펼쳐지는 이야기를 보는 듯한 착각 말이다.

2) 고증은 쓰면서 해도 된다.

나의 첫 연재작 주인공은 실제 역사 속 인물 8명의 인격을 가진 구미호였다. 장르가 판타지였는데도 회상 신을 쓸 때마다 역사 소설을 쓰는 기분이었다. 고증하느라 연재작이 끝날 때까지 계속 힘들었지만, 그래도 인터넷 검색과 참고도서 덕에 무사히 마무리했다. 이렇게 고증은 글을 쓰면서 해도 되니 너무 걱정하지 말자.

그래도 고증이 걱정된다면, 가상 시대물을 쓰자. 신라든 고려든 조선이든 원, 명, 청이든 따 오고 싶은 나라를 따 와서 비슷한 배경을 만들고 새 이름을 붙이자.

3) 그래도 지켜야 할 선은 있다.

고증에 너무 얽매일 필요는 없지만, 역사적 사실을 반영하지 못하면 왜곡이 되는 지점을 조심해야 한다. 독자가 받아들일 수 없게 쓰여진 부분들 말이다.

예를 들어, 세종대왕 또는 명백하게 세종대왕을 모티브로 따온 캐릭터를 '문자 창제의 위업을 신하로부터 훔친 비열한'으로 묘사한다면 독자들은 매우 분노할 것이다. 많은 독자들로부터 공분을 산다면 작품 외적으로 큰 어려움에 직면할 수 있다.

창작에 대한 견해는 사람마다 다를 수 있다. 하지만 자신의 작품에 기름을 붓는 건 피하는 게 좋다.

동로 쓰는 것은 어렵다. 그러나 현로와 로판에 비하면 작품 수가 현저히 적고 수요층은 꾸준히 있으므로, 로맨스 중에서는 틈새시장이라고 할 수 있겠다. 그러니 틈새시장을 공략하려면 지금 써라.

3. 로판

'로맨스 판타지'라는 명칭만 보면 로맨스 더하기 판타지인 것 같은데, 실상은 그렇지 않다. 로판이랍시고 로맨스에 판타지를 더하면 쫄딱 망한다.

내가 쓴 로판은 미모의 시골 처녀가 주인공으로, 가난에서 벗어날 생각에 공주 선발 대회에 출전한다. 운 좋게 우승했는데 알고 보니 드래곤한테 바칠 공주를 뽑는 대회여서 공주 되려다 공물 된다는 이야기였다. 남주는 여주를 공물로 받은 총각 드래곤이고, 서브 남주는 남주의 레어에 봉인되어 있던 마왕이었다.

라인업을 보라. 드래곤 나오고 마왕 나온다. 뿐이랴. 드래곤 부하는 키메라, 마왕 수하는 다크 엘프, 인간형 만드라고라, 유니콘 혼혈 켄타우로스까지 별이별 종족이 뒤어나온다. 그야말로 찐 판타지.

하지만 이렇게 쓰면 안 된다. 일반적인 로판을 기대하고 찾아온 독자들이 "잉? 여기가 아니네." 하면서 줄줄이 뒷걸음질한다. 경험담이다.

자, 핸드폰을 들고 네이버 웹소설 로판 카테고리로 들어가 〈재혼 황후〉를 보길 바란다.

이 작품은 현로가 지배하는 네이버에서 역성혁명易姓革命을 일으킨 이단아로, 이제는 명실상부한 네이버 최고 인기작이 되었다. (2019년 12월 기준으로 누적 매출 28억 원을 돌파했다고 한다.) 독자들이 원하는 로판은 그런 작품이다. 서양 중세 배경으로 왕족과 귀족이 나오고, 여주가 왕족 또는 귀족 남주와 사랑에 빠져 결국 행복하게 산다는 이야기 말이다.

등장인물로 마법사는 나와도 되지만 마법 생물이 나오는 순간 그 작품은 벼랑 사이에서 외줄 타기를 하게 된다. 당신이 로판 독자라면, 드래곤 혹은 마왕이 나오는 몇몇 인기작을 언급하며 반박할지도 모른다. 그러나 그들은 외줄 타기 장인들이다.

사실 로판 썼다가 쫄딱 망한 처지에 로판을 이렇게 써라 저렇게 써라 훈수를 두는 건 웃기는 일이다. 내가 당신한테 가르칠 수 있는 건 확실하게 망하는 방법밖에 없다. 자신하는데 나만큼 훌륭한 반면교사反面教師가 없다.

나처럼 쓰지 마라. 그것만으로도 반은 먹고 들어가리라.

나처럼 쓰는 게 어떤 것인지 그리고 내가 망한 이유를 분석해 보겠다.

1) 회빙환을 쓰지 않았다

회빙환이란 회귀, 빙의, 환생의 줄임말이다. 회귀란 시간을 거슬러 과거로 돌아가는 것, 빙의는 귀신에 씌는 게 아니라 주인공이 책이나 게임 속으로 들어가는 것을 뜻한다. 환생은 여러분도 아는 것이다.

회빙환은 수년 전부터 로판 시장의 메이저 소재로 군림하고 있다. 여주가 과거로 회귀하거나, 책 속에 빙의하거나, 현대인인데 사고로 죽고 이세계로 환생하면서 펼쳐지는 이야기가 줄기차게 사랑 받고 있다. 회빙환 없으면 마이너 취급 받을 정도니 무슨 말을 더하겠는가.

그렇다면 회빙환은 왜 사랑 받는가? 그것은 주인공이 회빙환으로 인해 얻는 이점 때문이다. 과거로 돌아간 주인공은 미래를 안다. 책 속으로 들어간 주인공도 마찬가지다. 책 내용을 아니까.

환생한 주인공은 아기 때부터 성인의 지능으로 인생을 다시 시작하게 된다. 천재가 된 셈이다.

셋의 공통점을 알겠는가? 이들은 남들보다 월등하게 유리한 상태로 새로운 인생을 시작한다. 속된 말로 '먹고 들어가

164

는 것'이다.

요즘 독자들은 주인공의 성장을 기다리지 않는다. 주인공이 성장하는 과정을 보여 준다고 고난과 역경을 쓰면 고구마 백 개 먹고 사이다 안 마신 격이라고 욕먹기 십상이다. 그런데 회빙환을 시키면 성장이 끝난 완성형 주인공이 미래를 알고 나를 알고 적을 알고 승승장구한다. 그러니 독자들이 열광할 수밖에.

2) 유행을 따르지 않았다

로판에는 유행하는 소재가 있다. 당신이 로판 독자가 아니라면 무슨 뜻인지 바로 이해하기 어려울 것이다.

카카오페이지 로판 카테고리에서 〈일간 로맨스판타지 TOP〉를 클릭해 보자. 30위까지 제목과 소개글을 훑어보면, 눈에 띄는 단어들이 있을 것이다.

앞서 말했다시피 회빙환은 기본이다. 내가 이 글을 쓰고 있는 지금, 상위 30편 중에 회빙환은 무려 25편이나 된다. 그중에서 주인공이 소설이나 게임 속에 빙의하는 작품도 10편이나 된다. 또한 주인공이 아기로 회귀하거나 환생해서 주변 사람들에게 애정 공세를 받는 부둥물 겸 성장물이 10편으로, 1/3을 차지하고 있다. 이게 무슨 뜻이겠는가. 수요가 쏠려 있다는 뜻이다.

당신은 로판 시장의 천편일률적인 작품 양상을 비난할 수도 있다. 모름지기 작가라면 누구와도 다른 독창적인 글을 써야 하는 것 아니냐고 열변을 토할지도 모른다. 그런 당신에게 이런 말을 해 주고 싶다.

세상에는 두 가지 종류의 사람이 있다. 대세를 만드는 자와 대세를 따르는 자. 그러니 대세를 만들 수 있을 때까지는 대세에 따르자.

3) 로맨스가 약했다

이건 굉장히 중요한 문제다. 로판도 로맨스다. 나는 로맨스 판타지라는 장르명만 보고 판타지에 로맨스를 넣으면 로판이 되는 줄 알았다. 하지만 아니었다. 로맨스가 주다. 판타지적인 요소는 아예 없는 게 좋다. 정 넣고 싶으면 발톱의 때만큼 넣는 게 좋다. 그런데 왜 로판이냐고? 회빙환이 있지 않은가. 마법사가 나올 수도 있고.

그러니 여러분은 무조건 남녀 주인공의 감정선과 관계 변화에 치중하길 바란다. 예외는 없다. 로판이든 현로든 동로든 BL이든 GL이든 로맨스를 쓸 거라면 두 주인공의 사랑에 집중하고, 사건을 만들 때는 그 사건이 러브 라인에 영향을 미치게 해라. 주인공이 자기감정을 깨닫든지, 둘 사이에 오해가 생기든지, 아니면 갈등이 해소되든지.

러브 라인과 아무 상관 없는 사건은 처음부터 넣지 마라.

군더더기에 불과하니까.

4) 대중적인 남주가 아니었다

내가 망한 결정적인 이유는 바로 이 네 번째라고 생각한다.

나는 남주의 매력이 약했다고는 생각하지 않는다. 내가 보기에 내 남주는 매력 터지는 캐릭터였고, 독자들도 내 남주를 사랑했다.

문제는 나도 내 독자들도 마이너 취향이었다는 점이다. 당시만 해도 평균 만 명이 보던 로판 작품들 틈에서, 완결할 때까지 내 로판의 관심 수는 4천이 채 되지 않았다.

내 남주는 악룡 행세하는 애송이 드래곤이었는데, 리디북스에서 쓰는 키워드로 표현하자면 다정남, 순진남, 조신남, 순정남이었다. 차라리 진짜 악룡이었으면 인기가 훨씬 좋았을 것이다. 다수의 로판 독자들은 폭군과 악당과 흑막을 사랑하니까.

모두한테 나쁜 남자가 나한테만 착하게 굴 때, 여자의 마음은 속수무책으로 녹아내리는 모양이다. 당신이 좋아하는 글보다 독자가 원하는 글을 써야 한다. 그래야 살아남을 수 있다.

바라건대, 당신은 나와 같은 실수를 하지 않기를.

4. BL

BL은 실제 동성애와는 다르다. BL은 어디까지나 여성향 로맨스의 한 장르에 불과하다는 걸 명심하자.

나는 중학생 시절부터 BL을 좋아했다. 고등학생 때는 19세 미만 관람 불가 딱지가 붙은 BL 만화책들을 어찌어찌 몰래 모았는데, 어느 날 엄마한테 들키고 말았다. (우리 엄마는 독실한 기독교인이다.)

나는 엄마한테 뒤지게 맞고 보물처럼 숨겨 놨던 BL 만화책들을 몽땅 버렸다. 학교에선 친구들과 함께 BL을 교과서 속에 끼우거나 책상 서랍 밑에 펼쳐 놓고 몰래 읽었다. 만화건 소설이건 BL을 대놓고 볼 수 없던 시절이었다. 하지만 이제는 아니다. 리디북스, 네이버 시리즈, 조아라, 북팔, 북큐브, 톡소다, 그 외 모든 소설 플랫폼에서 BL은 장르 소설 카테고리의 한자리를 당당하게 차지하고 있다. 지난번에는 남편하고 서점에 갔다가 베스트셀러 코너에 떡하니 올라와 있는 〈마도조사〉를 봤다. 〈마도조사〉는 중국에서 수입한 무협 BL 소설로, 바야흐로 취향이 존중받는 시대가 온 것이다.

BL은 모든 로맨스를 통틀어 소재와 스토리에 가장 관대한 장르다. 다른 장르와 얼마든지 접목해도 된다. BL은 정통 판타지, 현대 판타지, 무협, 추리, 스릴러, 공포, 좀비, SF까지 망라한다. BL 독자들은 새로운 시도에 너그럽다. 물론, 잘 쓴다는 가정하에. 심지어 BL은 로맨스의 공식에서도 비교적 자유로운 편이다.

그렇다면 BL은 어떻게 써야 하는가? 내가 느낀 바로는 두 가지만 챙기면 된다.

1) 남남 로맨스

로맨스를 쓰되, 여주 성별을 남자로 바꾸기만 하면 BL이 될까? 그렇지 않다. BL 감성과 헤테로(이성애) 감성은 다르다. BL에는 특유의 분위기가 있다. 남녀가 아니라 남남이 빚어내는 분위기. 남성적이고 육욕적이고 관능적인…

19금이라는 얘기가 아니다. 베드신 없는 소프트 BL도 있다. 그런 소프트물조차 BL 특유의 분위기가 있다. 아직까지 터부시되는 남남 간의 사랑을 다루기 때문에, 감정선이 더 짙고 깊은 편이다.

BL에서는 남성 포지션을 맡는 쪽이 공격수라는 뜻으로 '공'이라 불리고, 여성 포지션을 맡는 쪽이 수비수라고 '수'로 불린다. 여기서 중요한 건 둘 다 남자라는 사실이다. 여타의 로맨스와 다르게 BL 독자들은 '수'에게 이입하지 않는다. 한발 떨어져서 공과 수 모두를 관망한다. 왜? 성별이 다르니까.

헤테로에서는 독자가 여주에게 이입하므로, 강압적 관계, 감금 따위의 민감한 소재는 다루기 힘들다. 보는 사람이 불편해지기 때문이다. 그런데 BL은 덜 불편하고, 헤테로에 쓸 수 없는 소재도 얼마든지 쓸 수 있다. 시선 차이가 있다고나 할까.

BL에서 가장 인기 있는 공 키워드가 '집착공'이다. 집착공이 다른 로맨스로 가면 데이트 폭력과 가스라이팅과 스토킹을 일삼는 범죄자 취급받으며 외면하겠지만, BL에서는 '쓰레기'라고 욕먹어도 외면당하진 않는다. 쓰레기 취향인 독자들이 찾아와 아늑한 쓰레기통이라고 칭찬하며 드러눕기 때문이다. BL 시장에서는 다소 위험한 취향도 존중받는다.

2) 19금

BL은 전반적으로 수위가 세다. 19금이 메이저요, 전 연령이 마이너다. 리디북스에서 BL 소설 단행본 베스트셀러 순위를 보면 알 수 있다. 주간 베스트, 월간 베스트, 스테디셀러 페이지를 다 들어가면, 전연령기는 한 작품도 없다. BL 녹자들은 명백하게 19금을 선호한다. 주워듣기로 신^{scene} 쓸 자신 없으면 BL 쓰지 말라카더라.

로맨스 소설 속 캐릭터

1. 남주

앞에서도 말했던 것처럼 로맨스에서 가장 중요한 건 남주다. 남주가 독자의 하트를 단숨에 가로챌 수 있을 만큼 매력적이냐, 아니냐로 승부가 갈린다.

어쩌면 당신은 이렇게 따질 수도 있다. 남주가 다 똑같은 완벽남이면 무슨 재미로 로맨스를 보나?

모르는 소리! 모든 남주는 완벽하지만 그렇다고 다 똑같진 않다. 왜? 성격은 남주마다 다 다르니까! 성격에 따라 행동 양상도 전부 다르다.

1) 남주 유형

리디북스에서 검색할 수 있는 남주 키워드는 무려 32개나 된다.

- 성격에 따라 : 츤데레남, 조신남, 능글남, 다정남, 애교남, 순진남, 까칠남, 냉정남, 오만남, 무심남, 카리스마남, 사차원남
- 능력에 따라 : 평범남, 재벌남, 뇌섹남, 능력남
- 태도에 따라 : 나쁜 남자, 직진남, 계략남, 집착남, 유혹남, 후회남, 상처남, 짝사랑남, 철벽남, 순정남, 존댓말남, 대형견남
- 밤일 능력에 따라 : 절륜남, 동정남
- 나이에 따라 : 연하남

로맨스 독자가 아닌 당신을 위해 몇 가지를 간단하게 짚고 넘어가겠다.

직진남은 여주한테 곧장 직진하는 남자, 계략남은 여주를 얻으려고 계략을 짜는 남자, 후회남은 여주가 있을 때는 더럽게 못하다가 여주가 떠나면 그제야 자기 마음을 깨닫고 후회하는 남자다.

상처남은 말 그대로 상처받은 남자인데, 그 상처를 준 사람이 백이면 백 여주다. 상처를 안고 있을 정도로 다른 여자

를 사랑했던 남자는 남주가 될 수 없다. 있다면 마이너다.

짝사랑남은 당연히 여주를 짝사랑하는 남자요, 철벽남은 여주한테 철벽 치는 남자고, 대형견남은 마치 강아지가 주인 따르듯 여주를 따르는 남자다. 그런데 왜 소형견 아니고 대형견이냐, 그것은 남주의 조건에 훤칠한 키가 있기 때문이다. 다시 말하지만 남주는 기본적으로 키가 크다. 옵션으로 덩치가 붙는 경우도 많다. 커다란 남자가 강아지처럼 나만을 바라보고 충성하고 사랑하면 대형견남이다.

절륜남은 성적 능력이 두드러지게 뛰어난 남자요, 동정남은 두말할 나위 없는 숫총각이다.

그런데 물과 기름처럼 섞이지 않을 것 같은 이 두 가지 키워드는 상충하지 않는다. 어떻게 그럴 수가 있을까? 그것은 남주의 완벽성에서 기인한다.

자, 여기 남주가 있다. 잘생기고 키 크고 유능하고 재벌 2세라 돈도 많은데 아직까지 여자 경험이 없다. 현실에서 이런 남자는 게이 아니면 사기꾼일 확률이 높지만(종교적인 이유 제외), 소설은 허구 아닌가. 남주에게는 여주가 첫 여자인 편이 좋다. 이유를 설명할 필요는 없으리라.

남주와 여주가 만리장성을 쌓게 되었다. 그런데 이상하다. 남주는 분명 처음인데 너무 잘 쌓는다. 당신은 믿을 수가 없다. 하지만 여기에서는 당연히 그럴 수 있다. 이놈은

남주다! 선천적으로 절륜하게 태어났다. 남주가 어떤 놈인
가. 모든 면에서 완벽한 놈 아닌가. 침대에서도 마찬가지
다. 남주는 하나를 보면 열을 깨우치는 테크닉으로 여주를
열락에 빠트리고, 지치지 않는 체력으로 밤을 지새울 것
이다.

2) 남주 매력 드러내기

재벌남을 예로 들어 보자.

남주가 여주를 백화점으로 데려가 이 옷 저 옷 갈아입히
는 장면은 유구한 클리셰라고 할 수 있다. 비슷한 예로, 남
주라면 꼭 한 번씩 내뱉는 대사 "여기부터 저기까지 다 주세
요."가 있다.

대체 왜 남주는 돈을 쓰지 못해 안달일까? 그것은 독자가
원하기 때문이다. 적어도 남주라면 돈 있는 티를 팍팍 내야
한다.

독자들은 단순히 재벌을 좋아하는 게 아니다. 재벌답게 논
쓰는 걸 좋아하는 것이다. 돈 쓰는 능력을 보여 주는 것. 즉
행동을 보고 싶어 한다. 설정을 행동으로 드러내지 않는다면,
그 설정은 죽은 설정이다.

'체호프의 총Chekhov's gun'이라는 개념이 있다. 러시아 작가
안톤 파블로비치 체호프Anton Pavlovich Chekhov가 내세운 장치 이
론으로, 작중에 총이 나왔다면 그 총을 반드시 쏴야 하며, 안

쏠 거면 아예 없애 버려야 한다는 내용이다. 남주가 절륜남이면 침대 위에서 여주를 녹이는 장면이 나와야 하고, 계략남이면 치밀한 계략으로 여주를 사로잡는 모습이 나와야 한다. 속성을 가감 없이 드러내야 한다는 소리다. 그게 바로 남주의 매력이다.

2. 여주

로맨스의 꽃은 남주다. 여주일 것 같지만, 아니다. 남주가 꽃이다. 그럼 여주는 뭘까. 남주를 돋보이게 만드는 풀이다.

완벽남으로 그려지는 남주에 반해, 여주는 상대적으로 부족하게 나온다. 하지만 어쩔 수 없다. 남녀 주인공이 둘 다 완벽하면 무슨 재미가 있겠는가.

그렇다고 완벽한 여주한테 부족한 남주를 붙이면 아무도 안 읽는다. 결국 수요에 따라 로맨스는 완벽한 남주와 부족한 여주의 조합이 될 수밖에 없다. 어디까지나 남주에 비해서 부족하다는 뜻이라는 걸 명심하자.

그럼 여주는 어떻게 만들어야 좋을까?

1) 수동적인 여주

요즘 같은 시대에 이게 무슨 소리인가 뜨악하겠지만, 여주가 능동적이고 주체적일수록 남주의 역할이 줄어든다.

거듭 말하는데, 로맨스는 남주 장사다. 남주가 다 해야 한다.

여주는 독자의 아바타이다. 독자가 이입할 수 있어야 한다. 여기서 잠깐, 모순점을 짚고 넘어가자.

로맨스를 비롯한 장르 소설의 목적은 대리 만족 아닌가? 장르 소설의 목적은 대리 만족이 맞다. 그래서 무협지 주인공이 중원을 제패하고 판타지 주인공이 마왕을 물리치는 것이다.

그런데 로맨스의 대리 만족은 다르다. 로맨스 독자들은 나랑 비슷한 평범한 여자가 백마 탄 왕자와 사랑에 빠져 결국 구원되는 이야기를 원한다.

사이다 빵빵 터트리는 여주는 나랑 다르다. 사이다 같은 여주를 선망할 순 있어도 나를 보듯 이입할 순 없다. 왜? 현실에서 사이다 터트릴 수 있는 사람 거의 없으니까.

2) 여주는 신데렐라

누구나 한 번쯤 신데렐라를 꿈꾸었을 것이다. 이것은 성별이나 나이와 상관없다. 지금까지 해왔던 수많은 노력은 그만하고 이미 성공한 상대에게 기대고 싶어 하기 때문이다.

내가 첫 작품 여주 판타지를 연재할 때, 나처럼 여주 판타지를 연재하던 모 작가님과 이런 대화를 나눈 적이 있다.

모: 댓글 보면서 느끼는데 뭔가 그런 상황을 원해요. 보통

여성 독자들은 내가 구원자가 되는 것보단 날 구해 줄 구원자가 오기를 기다리는 것 같아요.

나: 하긴 그래요. 저도 절 구하기가 귀찮아요.

모: ㅋㅋㅋㅋㅋㅋㅋㅋㅋㅋㅋㅋㅋㅋㅋㅋㅋㅋㅋㅋ

우스갯소리였지만 진심이었다. 나 자신을 보살피기도 피곤한 인생이다. 누가 날 도와주고 구해 주길 바라는 게 당연하지 않은가. 그러나 현실에서는 백마 탄 왕자를 만날 수가 없으니까, 나 같은 서민 여주가 재벌 남주를 만나 신데렐라 되는 이야기에 열광하는 것이다.

3) 여주의 감정에 치중

말했다시피 로맨스 독자는 여주에게 이입한다. 그래서 대부분 로맨스 소설은 여주 시점이다. 일인칭 주인공 시점으로 화자가 여주라는 뜻이 아니라, 전지적 작가 시점이나 삼인칭 관찰자 시점이라도 여주 입장에서 서술한다는 뜻이다. 따라서 로맨스에서는 여주의 심리 묘사가 관건이다. 특히 여주를 통해 남주의 매력을 드러내야 한다.

얼굴이 개연성이라는 말이 있다. 드라마의 경우, 남자 배우 얼굴만 봐도 여주가 사랑에 빠진 이유를 이해할 수 있다. 남녀 주인공 사이의 서사가 헐거워도 배우의 미모가 부족한 개연성을 채운다. 활자로는 불가능한 일이다. 아무리 남주의

미모를 자세히 묘사하고, 남주를 향한 주위의 반응을 꼼꼼하게 표현한다 해도 소설이 상상력의 영역에 있는 이상 독자에게 미남 배우 얼굴 같은 임팩트를 줄 수는 없다.

여주가 남주로 인해 가슴 설레게 하자. 남주의 말에 동요하고, 남주 때문에 들뜨게 만들자. 여주의 감정으로 독자를 휩쓸어야 한다. 독자가 여주와 한마음이 되어 남주를 사랑하게 해야 한다. 그게 우리 로맨스 작가의 역할이다.

그러나 어디에나 예외는 있다. 로판의 경우, 잘만 쓰면 여주 장사도 가능하다. 현로에선 센 여주가 안 팔리지만, 로판에선 걸크러쉬가 먹힌다. 강하고 주도적인 여주를 세우고 싶다면 로판을 쓰자. 그렇다고 로맨스보다 여주의 성장과 성공에 초점을 맞춘 여주 판타지로 흘러갔다간 쫄딱 망하기 십상이다. 앞서 말했다시피 로판도 로맨스다. 남주 매력부터 챙기자.

3. 서브 남주

서브 남주는 남주 후보라고 할 수 있다. 이 녀석은 '서브'일 뿐 절대 남주가 될 수 없다.

독자들이 남주보다 서브 남주를 더 좋아한다면, 당신은 인물 매력 분배에 실패했다는 뜻이다. 독자들이 원하는 대로 남주를 바꾸면 되지 않냐고? 그러면 또 원래 남주 때문에 보던 독자들이 우수수 떨어져 나갈 것이다. 그러니 노선은 정확하게 남주를 향해야 하며, 여주와 독자를 이탈시키면 안된다.

1) 서브 남주는 장치다

서브 남주의 주된 역할은 남녀 주인공의 사랑을 위한 장치일 뿐이다. 그래서 남주의 질투심을 유발해야 한다. 여주를 좋아한다고 다 서브 남주가 되는 게 아니다. 기본적으로 남주를 자극할 수 있을 만큼 여주와 친해야 한다. 고백하든 안 하든, 여주에 대한 감정을 속으로 삭이고 티 내지 않는 놈은 서브 남주가 아니다. 무릇 서브 남주는 여주 좋아하는 티를 팍팍 내면서 남주의 속을 뒤집어야 한다. 그래서 결국 남녀 주인공의 관계에 변화를 가하는 외부 요인이 되어야 한다.

2) 서브 남주는 한 명만

역하렘(한 여자가 많은 남자에게 둘러싸여 살거나 가끔 같이 사는 내용을 담은 것)으로 가는 순간 현로는 끝장이요 로판은 마이너로 빠진다. 역하렘 키워드가 있긴 있는데 미리 알려 줘야 한다. 안 그러면 독자들이 누가 남주인지 모르겠다며 줄줄이 하차하는 모습을 볼 수 있다.

3) 서브 남주 잘 치우자

모름지기 서브 남주란 낄끼빠빠를 잘해야 한다. 남녀 주인공이 서로의 마음을 확인하고 사귀기 시작한 뒤에도 서브 남주가 짠내 풀풀 풍기며 질척거린다면, 독자들은 서브 남주를 동정하느라 남녀 주인공의 로맨스에 몰입하지 못할 것이다.

4. 악역

로맨스가 무엇인가. 남녀 주인공이 우여곡절 끝에 사랑을 이루는 이야기다. 여기서 우여곡절을 만들어 주는 게 악역의 역할이다.

고난과 역경이 있어야 재미도 있다. 가슴 조마조마한 위기! 그걸 극복했을 때의 쾌감!

단권이면 몰라도, 장편을 연재하려면 악역은 필수다. 악역 없이 무슨 사건을 만들어 낼 것이며, 전개를 어떻게 이끌어 갈 것인가?

물론 악역이 없으면 없는 대로 쓰는 작가들도 있다. 나도 악역 없이 장편 써 봤다. 그랬더니 아주 잔잔해지더라.

악역 없이도 사건을 일으킬 수 있고 위기를 만들 수는 있지만, 눈에 보이는 적이 있고 없고에는 큰 차이가 있으며, 있는 편이 쓰기도 더 쉽고 재미있기도 더 쉽다.

소설을 요리에 비유하자면, 악역은 MSG다. 악역이 없으면 심심하고 밍밍하다. 사람들은 자극적인 맛을 좋아하고, 소설에서도 마찬가지다. 그러니 주인공을 크고 작은 위기로 몰아넣자. 남녀 주인공이 위기를 극복할 때마다 재미는 배가 될 것이요, 마침내 악역을 물리칠 때 독자들은 사이다 폭포를 맞으며 전율할 것이다.

악역의 역할은 무엇인가? 나는 두 가지라고 본다. 남녀 주인공의 사랑을 방해하거나, 목적을 방해하거나.

사랑을 방해하는 경우는 여러분도 잘 알 것이다. 대체로 여주를 짝사랑하는 서브 남주, 남주를 짝사랑하는 서브 여주, 여주를 못마땅하게 여기는 남주 부모(특히 남주 엄마)가 남녀 주인공 사이를 적극적으로 방해한다.

개중에서도 남주 엄마는 무수한 매체에서 악역을 도맡고 있다. 돈 봉투, 물벼락 등.

정말이지 식상하기 짝이 없지만, 그럼에도 계속해서 나온다는 건 그만큼 먹힌다는 뜻이다. 고부갈등. 유구한 전통의 고질병 아닌가. 대다수의 기혼 여성이 겪었거나 겪고 있기 때문에 공감을 사기 쉬운 시어머니와의 트러블 말이다. 당신은 이런 질문을 할 수도 있겠지. 독자가 시어머니라면, 남주 엄마한테 이입하지 않을까? 동지여, 시어머니도 누군가의 며느리였다. 아들 내외랑 한집에 사는 경우를 제외하면, 1년 365일 중에 시어머니가 되는 시간은 얼마 되지 않는다. 누군가의 시어머니, 누군가의 엄마, 누군가의 아내이기 이전에 여자라는 걸 명심하자.

로맨스 독자라면 누구라도 여주에게 이입하고 남주에게 설레며 악역에게 분노한다.

목적을 방해한다는 건 무슨 소리인가?

모든 주인공에게는 목적이 있다. 로맨스 소설의 주인공이라고 해서, 꼭 연애에 관한 목적만 가지고 있지는 않다. 로판으로 예를 들면, 책 속 악녀로 빙의한 여주의 목적은 대체로 원작의 전개를 뒤틀어 살아남는 것이다. 이 경우 상황을 원작의 전개로 몰아가며 결과적으로 여주의 목숨을 위협하는 것이 악역의 역할이다.

강조하고 싶은 것은, 악역이 주는 시련을 반드시 로맨스와 엮어야 한다. 시련과 로맨스는 같이 가야지 따로 놀면 안 된다. 악역 때문에 고통받는 여주를 남주가 구원하든지, 위로하든지. 아니면 악역의 간계로 남녀 주인공 사이에 오해가 생기든지, 갈등이 생기든지. 남녀 주인공의 관계가 가까워지거나 멀어지는 계기로 써야 한다.

나만의 로맨스
작법

1. 들어가며

1) 일단 쓰자

시작이 반이다. 언젠가는 글을 쓰겠다고 미루지 마라. 당신이 시작하지 않으면 그 언젠가는 영영 오지 않을 것이다. 쓰기를 미루고 싶을 때마다 실제 뜻보다 오역으로 더 유명한 묘비명을 상기하자.

'우물쭈물하다 내 이럴 줄 알았다.'

2) 결말을 정해 두자

결말을 정해 두지 않으면 이야기가 산으로 간다. 다행히 우리가 쓰는 건 로맨스이고, 결말은 해피 엔딩이다. 예를 들어, 남녀 주인공의 결혼으로 막을 내리겠다고 결심했으면, 이야기가 샛길로 빠지더라도 결혼으로 가는 큰길로 돌아올 수 있다.

줄거리를 정해 두라고는 하지 않겠다. 쓰다 보면 내용이 달라질 수 있다. 나와 친한 모 작가는 작품 구상 단계에서부터 전체적인 플롯을 짜놓고, 매 회차의 트리트먼트까지 세세히 써 두지만, 그런 사람 흔치 않다. 나 역시 에피소드는 그때그때 만들어 내는 편이다.

가끔 보면 독자들이 우스갯소리로 "작가님은 좋겠다. 다음 편 내용도 알아서."라고 말할 때가 있다.

실은, 나도 모른다. 아마 모르는 작가가 더 많을 것이다. 몰라도 된다. 소설을 쓰다 보면 인물은 살아서 움직이고 도리어 작가를 설득한다. 우리의 역할은 주인공을 결말까지 안내하는 길잡이가 되는 것이다.

3) 무조건 완결!

쓰다 만 글은 소설이 아니다. 일단 시작을 했으면 끝을 봐야 한다. 그래야 경험치가 쌓인다. 작품을 하나 완성해 본 사람과 안 해 본 사람의 차이는 이마어마하나. 완결을 내면 역량이 달라진다. 작가는 글쓰기 연습을 많이 하는 사람이 아니다. 한 편 한 편 완결 짓는 사람이다.

4) 1~5화에 집중하자

작품에서는 1~5화가 가장 중요하다. 초반에 독자를 휘어잡아야 한다. 네이버 웹소설 편집부는 정식 연재를 지원하는 작가에게 작품 시놉시스와 1~5화 원고를 요구하고, 카카오페이지 편집부가 심사를 볼 때도 마찬가지다. 시놉시스와 1~5화, 혹은 1~10화 원고로 당락을 결정한다. 될성부른 나무는 떡잎부터 알아보는 법이고, 작품에서는 도입부가 곧 떡잎이기 때문이다. 그러니 도입부에 사활을 걸어라.

일단 읽기 시작하면 관성으로 읽는 독자가 많다. 가장 좋은 건 완결까지 독자의 멱살을 잡고 끌고 가는 몰입력 쩌는 전개지만, 이건 프로에게도 버거운 일이다.

대기만성보다는 용두사미가 낫다. 갈수록 재미있는 것보다 처음부터 재미있는 작품이 좋다.

5) 고구마 먹은 구간은 적당히

유료 연재에 있어서 가장 중요한 건 연독률이고, 유료 전환율은 그다음이다. 계속 읽을 마음이 들어야 돈을 낼 것 아닌가.

독자들은 궁금증이 많아 빨리 다음 이야기를 알고 싶어 한다. 그래서 주인공이 고난에 처하자마자 고구마 먹은 것 같다고 욕하며 얼른 사이다를 내놓으라고 독촉한다. 오죽하면 사이코패스에 빗대 사이다패스라는 말까지 나왔겠는가.

하지만 사이다가 맛있으려면 고구마부터 먹어야 한다. 그러나 고구마를 너무 많이 먹이면 독자들이 꽉 막힌 가슴을 주먹으로 치며 탈주한다. 그러니 고구마 구간은 세 편 이하로, 사이다 떡밥을 뿌리면서 쓰자.

2. 제목 정하기

제목은 작품의 얼굴로, 독자 유입에 지대한 영향을 미친다. 수많은 독자들이 표지와 제목만 보고 작품을 읽을지 말지 결정한다. 그러니 무조건 제목을 잘 지어야 한다. 그렇다면 어떻게 지어야 잘 지었다고 할 수 있을까?

나는 글을 쓰면서 좋은 제목을 알아보는 눈이 생겼다. 그것은 바로 어그로를 끄는 제목이다. 보다 많은 사람에게 읽히기 위해, 그리하여 많이 팔기 위해, 우리는 제목으로 어그로를 끌어야 한다. 하지만 어떻게?

여전히 감을 못 잡는 당신을 위해 예시를 준비했다.

다음은 네이버 시리즈와 카카오페이지와 리디북스에서 찾아온 실제 소설 제목들이며, 해당 작품의 작가님들과는 일면식도 없다는 사실을 밝혀 둔다.

- 선정적이고 자극적인 제목

《상사와의 수상한 잠자리》,《아파도 하고 싶은》,《맞바람을 핀다는 건》,《내 남편 너 가져》,《미치게 조여 오는》,《크고 아름다워》등.

- 궁금증을 유발하는 제목

《김 비서가 왜 그럴까》,《죽은 애인에게서 메일이 온다》,《왜 이러세요, 공작님!》,《답장을 주세요, 왕자님》등.

- 내용을 직관적으로 드러내는 제목

《사내 맞선》,《절대갑 길들이기》,《아기는 악당을 키운다》,《이번 생은 가주가 되겠습니다》,《남주의 엄마가 되어 버렸다》등.

이 중 하나쯤은 당신이 읽어 보고 싶어서 검색해 보는 작품이 있을 것이다.

어떤가, 대충 감이 오지 않는가?

3. 소개글 쓰기

제목 다음으로 중요한 게 소개글이다. 나는 소개글을 보고 작품을 읽을지 말지 결정한다. 물론 소개글은 가뿐히 넘기고,

제목과 표지만 보고 결정하는 독자도 있다. 하지만 우리는 작가이고, 작품을 어느 플랫폼에 런칭하든 소개글은 필요하므로 소개글 쓰는 요령을 소개하고자 한다.

소개글은 어떻게 써야 할까?

소개글 역시 제목처럼 어그로를 끌어야 한다. 소개글도 최대한 맵고 짜고 달게, 자극적으로 재미있게 써라.

너무 추상적인가? 카카오페이지나 리디북스, 조아라에 들어가 다른 작품들의 소개글을 읽어 보자.

나는 카카오페이지에 런칭할 현로 소개글을 쓸 때 당시 인기 랭킹 100위까지의 타 작품 소개글을 꼼꼼하게 읽어 봤었다. 그리고 작품마다 셀링 포인트가 다르다는 걸 알았다. 소개글에는 셀링 포인트를 드러내야 한다.

1) 남녀 주인공의 관계성 밝히기

예를 들면, 사장 남주와 사원 여주가 맞선을 보는 작품은 남녀 주인공의 관계성부터 재미있었다. 작가도 그걸 알아 소개글에 맞선 상황을 내세웠다. 또 어떤 작품은 비혼주의인 여주가 혼전 순결 주의인 남주에게 원나잇 제안을 하는 상황을 소개하며 흥미를 끌었다. 이렇듯 남녀 주인공만 놓고 봐도 케미가 드러나는 작품은 소개글에 밝히는 게 이득이다.

2) 가장 재미있는 장면 스포하기

소개글들을 쭉 읽어 보면, 대다수가 작중 한 장면을 뽑아 소개글에 옮겨 놓았다는 것을 알 수 있다. 로맨스 소설에서 가장 재미있는 장면이 무엇이겠는가. 바로 러브신이다. 남주가 박력 있게 고백하는 장면 또는 주인공이 당장이라도 어른의 역사(!)를 쓸 것처럼 야릇한 분위기로 얽히는 장면.

이것은 영화 예고편과 같은 효과로, 독자들은 소개글에 러브신이 나오길 기대하며 작품을 정주행하게 된다.

3) 줄거리를 최대한 재미있게 포장하기

이것은 내가 썼던 방법이다. 내 소설은 남주가 재벌, 여주가 백수라 관계성에서 오는 케미는 없었다. 또 전연령가라서 야한 장면을 내세울 수도 없었다.

영화 예고편에 키스 신이 나왔다고 치자. 뒤에 나올 베드신을 기대하며 영화를 봤는데, 예고에 나온 장면이 전부일 때 얼마나 허무한가. 나는 독자들에게 그런 허무감을 안길 수는 없었다.

앞서 소개한 1), 2)번을 모두 쓸 수 없는 경우에는 줄거리를 요약하는 수밖에 없다. 하지만 단순 요약은 재미없다. 그러니 2)번처럼 가장 재미있는 설정과 대사만 뽑아 그럴싸하게 보여야 한다. 내 작품 《사이다입니다》 소개글을 예시로 든다.

남이 나한테 X같이 굴면 그럴 만한 이유를 만들어 주는 여자, 사이다.

카페에서 친구 기다리다가 생판 모르는 아줌마한테 물 싸대기를 맞았다.

나는 받은 만큼 돌려주지 않아. 두 배로 돌려주지!

눈 뒤집고 커피 싸대기로 갚아 줬더니,

그 아줌마 의붓아들이 쫓아와서 한다는 말이,

"결혼합시다. 백억 드리죠."

알고 보니 이 남자, 대기업 전무요, 회장 아들이었다.

결혼을 해야 사업을 물려받을 수 있는데 계모의 방해로 번번이 물만 먹고 있다고,

나중에 백억 받고 이혼해 달란다.

어머나, 세상에. 인생은 한 방이야!

(중략)

"각오 단단히 하는 게 좋아요. 장담하는데 나랑 결혼하는 게 공무원 시험보다 어려울 겁니다."

나, 무사히 먹고 떨어질 수 있을까?

#계약결혼 #걸크러시 #사이다녀 #재벌남 #신데렐라

마지막에는 키워드도 붙였다. 최대한 연관 키워드는 많이 붙이는 게 좋다. 독자 취향은 다양한 법.

4. 캐릭터 만들기

소설 구성의 삼요소는 인물, 사건, 배경이다. 이 중 제일 중요한 것은 '인물'이다. 비단 인물이 중요한 것은 로맨스 소설에 국한되는 이야기가 아니다. 장편 장르 소설을 쓴다면 캐릭터의 매력으로 끌고 가는 수밖에 없다. 작품의 승패가 주인공에게 달렸다고 해도 과언이 아니다.

그렇다면 매력적인 캐릭터는 어떻게 만들 수 있을까?

나는 목적, 행동, 변화 이 세 가지만 뚜렷하면 된다고 본다.

1) 목적

주인공을 비롯한 모든 등장인물에게는 등장하는 목적이 있어야 한다. 그 목적이 캐릭터를 움직이는 축이 된다.

로맨스 소설 속 주인공이라고 해서 사랑하고 사랑 받는 것만이 목적일까? 천만에. 오히려 정반대다. 상대방과 사랑에 빠지지 않는 게 목적인 경우가 많다. 왜? 순탄하게 이루어지는 사랑보다 저항 끝에 빠져드는 사랑이 훨씬 재밌으니까!

열애 끝에 결혼한 두 사람에게 갈등이 생기고, 오해 끝에 이혼했다고 치자. 여주가 일하는 회사에 전남편 남주가 상사가 되어 나타난다. 남주라서 최고로 잘생기고 유능하고 부유하고 섹시한 전남편이 자기를 피하는 여주를 붙들고 '널 용서할 수 없다, 하지만 가장 용서할 수 없는 건 여전히 널 사랑하는 나!'라고 화를 낼 때, 여기에서부터 로맨스가 시작된다.

내가 강조하고 싶은 것은 주인공에게 목적을 주라는 것이다. 둘의 목적이 맞물리면 좋다. 현로에서 끊임없이 나오는 계약결혼이 이 경우다. 남주에게는 결혼해야 하는 이유가 있고, 여주에게는 돈이 필요할 때, 우리는 비즈니스 파트너가 인생의 동반자로 발전하는 이야기를 볼 수 있다. 한쪽이 다른 한쪽을 짝사랑해서 계약결혼을 제안하거나 수락하는 이야기도 흥미진진하다.

목적은 곧 욕망이다. 당신이 이 책을 읽는 목적이 글쓰기 요령을 배우기 위해서라면, 그 뒤에는 글을 잘 쓰고 싶은 욕망이 도사리고 있다는 소리다. 캐릭터에게 욕망을 주자. 출세욕. 명예욕. 물욕. 독점욕. 소유욕. 집착욕. 애욕. 그 욕망이 당신의 캐릭터를 움직일 것이다.

2) 행동

캐릭터에게 목적을 줬으면 그것을 위해 행동하게 만들어라.

여주를 짝사랑하는 남주가 있다고 치자. 남주의 목적은 여주가 자신을 사랑하게 만드는 것이다. 그렇다면 이 목적을 행동으로 옮겨야 한다. 적극적으로 유혹하고 구애하든지, 돈을 미끼로 계약결혼을 제안하든지, 여주가 자신에게 의지할 수밖에 없는 계략을 짜든지. 만일 (로맨스 소설에는 어울리지 않지만) 성격이 소심한 남주라면 여주의 곁을 맴돌기라도 할 것이다. 그런데 남주가 서브 남주의 프러포즈 계획을 알면서도 아무것도 하지 않는다면, 그것은 캐릭터 붕괴다.

행동이 인물을 말한다. 행동에는 성격이 드러나고, 욕망도 나타나기 마련이다. 바꿔 말하면, 캐릭터의 욕망과 성격이 행동을 좌지우지한다는 뜻도 된다. 술 취한 남주가 여주에게 전화를 걸어 어디 있는지 묻고, 곧바로 여주 있는 곳으로 찾아간다면, 우리는 이 남자가 감정에 솔직하고 적극적이며 여주를 보고 싶어 한다는 것까지 알 수 있다.

당신의 캐릭터는 사랑에 빠졌을 때 어떻게 행동하는가? 자기감정을 가감 없이 드러내며 상대에게 직진하는가, 고백할 용기가 없어 주위를 맴도는가? 혹은 자기감정을 부정하며 상대를 피해 다니는가?

행동으로 캐릭터를 표현하라.

3) 변화

변화야말로 캐릭터의 핵심이다. 캐릭터의 감정, 생각, 태도가 어떤 계기로 인해 변화하는 이야기가 곧 소설이 된다.

일반적인 장르 소설에서 캐릭터의 변화는 성장으로 나타난다. 아이는 어른이 되고, 소년은 남자가 된다. 예를 들어 무협지 주인공이라면, 길거리에서 구걸하던 고아가 기연을 만나고, 무공도 익히고, 동료도 만나고, 배신도 당했다가, 위기에도 빠졌다가, 부모의 원수를 갚고, 결국 모든 고난을 극복하고 중원의 패자로 우뚝 서게 된다. 거지 고아가 무림의 패자로 변화(성장)한 것이다.

하지만 로맨스에서 캐릭터의 변화는 상대를 향한 감정의 변화다. 만나고, 데이트하고, 오해하고, 싸우고, 화해하는 사건들을 통해 상대를 향한 호감이 오르락내리락하면서 성숙하는 것이 로맨스 소설 속 캐릭터 변화의 핵심이다. 그러니 현실성이나 개연성 같은 걸 다소 희생하더라도 이 부분에 주력해야 한다. 로맨스에서 가장 중요한 건 남녀 주인공의 감정선이니까.

5. 원고 쓰기

나는 원고를 쓸 때 여러 단계를 거친다.

① 큰 줄기를 만든다. ② 각 에피소드를 구체화한다. ③대

사와 상황 위주로 간략한 초고를 쓴다. ④ 완성한 콘티를 검토한다. ⑤ 콘티를 수정하거나 보완한 뒤 살을 붙여 원고로 만든다. ⑥ 원고를 퇴고한다.

이번에도 내 작품《사이다입니다》로 예시를 들겠다.

1) 큰 줄기 만들기

최소 10화 분량의 줄거리를 정한다. 로맨스 / 사이다 / 고구마로 분류하고, 3화 안에 로맨스 또는 사이다를 등장시킨 후 고구마 구간을 3화 이상 끌지 않게 조절한다.

회차	분류	진행	심쿵 포인트
41	로맨스	남주 집에서 데이트	여주 왈 "라면 먹고 갈래요."
42		악녀 등판	키스 신
43	사이다	남주 철벽. 여주가 악녀 처바름	각 주인공 사이다
44	로맨스	기일 이벤트	
45		남주 여주한테 올인	결혼합시다, 우리
46	사이다	남주 아빠가 결혼 허락함	여주가 악역 처바름
47	고구마	악녀가 남주 납치	
48	고구마 약사이다	악녀가 남주 약 먹임. 위기의 순간 여주 등장	폐차하러 왔다, 이 ***아
49	사이다	여주가 남주 구출	악녀를 처바르는 막강 여주
50	로맨스	주인공, 아슬아슬 위태로운 밤	

2) 에피소드 설정

한 회차의 내용과 목표를 정한다.

• 예시 - 《사이다입니다》 49화

1) 여주가 악녀 폭풍 싸대기 : 사이다 폭포수, 권선징악!

2) 남주 구출

3) 남주 집에서 아슬아슬 으른이다 으른 : 나는 할 수 있다
19금 분위기

4) 약기운에 져서 하고 싶지 않은 남주. 극기! 인내!

6. 콘티 작성

"너 미쳤냐? 어? 미쳤냐고!"

이다, 세연 멱살 부여잡고 일으켜 세움. 세연은 이다 손목
잡고 사색이 된 얼굴로.

"근데 안 했어요! 안 했다고!"

"뭔 개소리야!"

"오빠가 지금까지 반항해서 아무것도 못 했다고!"

"못 하면 다야!?"

짝!

(하략)

7. 콘티 검토 및 수정

악녀가 여주에게 마지막 싸대기를 맞고 나가떨어지는 장

면을 보다 극적으로 연출하는 게 좋겠다는 조언을 들었다. 그래서 나는 악녀가 테이블을 넘어뜨리며 잡동사니들 사이에 쓰레기처럼 널브러지게 만들기로 했다.

8. 원고 작성

이다는 기가 막힌 얼굴로 헛웃음을 쳤다가, 무시무시한 표정으로 세연의 멱살을 부여잡고 일으켜 세웠다.

"너 미쳤냐? 어? 미쳤냐고!"

"근데 안 했어! 안 했다고!"

사색이 된 세연이 다급하게 외쳤다.

"뭔 개소리야!"

"오빠가 지금까지 반항해서 아무것도 못 했다고!"

"못 하면 다야?"

짜악!

이다는 세연의 멱살을 잡고 따귀를 후려쳤다.

세연의 고개가 거세게 돌아갔다.

이다의 손이 어찌나 매운지, 따귀 한 대에 뺨이 찢어진 기분이었다.

(하략)

9. 원고 검토 및 퇴고

나는 고치면서 쓰는 버릇이 있다. 그것이 바로 내가 손이 느린 이유다. 그래서 나는 퇴고를 많이 하지 않는다. 내 초고는 진짜 초고가 아니기 때문이다. 나는 완성한 원고와 씨름하는 걸 질색하는 사람이지만, 부족한 점은 보완해야 한다. 독자는 소비자요, 글은 상품이고, 나는 브랜드라는 걸 명심 또 명심하자.

시놉시스 쓰기

시놉시스는 작품의 광고지라고 할 수 있다. 누군가 우리 집 현관문에 귀신같이 붙이고 가는 배달 음식 광고지랑 비슷하다고 보면 된다. 배달 음식 광고지가 메뉴와 음식 사진과 가격을 내보이며 가게를 홍보하는 것처럼, 시놉시스는 기획 의도, 등장인물, 줄거리를 드러내며 작품을 홍보하는 수단이다. 공모전에 참가할 때나 출판사에 원고를 투고할 때도 시놉시스가 필요하다.

네이버 정연('정식 연재'의 준말) 작가에게도 시놉시스가 필요하다. 정연 작가라고 해도 차기작 연재가 확실한 건 아니기 때문이다. 그래서 매번 투고를 해야 한다. 시놉시스와 1~5화 원고를 보낸 후 정연 심사를 통과해야만 한다.

원고를 투고하지 않고 무료 연재를 하면서 출판사의 연락을 기다리더라도, 결국에는 시놉시스를 쓸 일이 생긴다. 출판사와 계약하면, 출판사에서 프로모션 영업할 때 쓸 시놉시스를 요구하기 때문이다.

프로모션이란 플랫폼에서 작품을 홍보하는 방법으로, 네이버 시리즈의 '매일 10시 무료', '타임딜', 카카오페이지의 '기다리면 무료', '기간 한정 무료', '선물함', 리디북스의 '기다리면 무료', '오늘 리디의 발견', '리뷰뽕' 등이 해당된다.

작가에게 프로모션은 매우 중요하다. 독자 유입률이 매출로 이어지니 내 작품이 팔리려면 일단 무료 회차를 읽어 보는 사람이 있어야 한다. 읽어 보는 사람이 많을수록 사서 보는 사람도 늘어나는 것은 당연지사. 고로 프로모션은 다다익선이다. 잠깐 이야기가 옆길로 샜는데, 작가라면 응당 시놉시스를 쓸 줄 알아야 한다. 그런데 대다수의 작가가 시놉시스 쓰는 걸 어려워하고, 쉽게 쓰지 못한다. 나도 그렇다. 시놉시스를 쓸 때마다 골머리가 다 썩는다. 기껏해야 A4 용지 한두 장만 쓰면 되는데도!

그렇다, 시놉시스는 작품 광고지답게 한두 장이면 족하다. 광고는 짧고 굵어야 하니까. 그런데 그게 더 어렵다. 생각해보라, 겨우 한두 장으로 흥미를 유발해야 한단 말이다.

시놉시스 쓰기가 막막한 당신에게 나의 부족한 시놉시스를 보여 주려고 한다. 부디 도움이 되기를.

《사이다입니다》 시놉시스

장르	로맨틱 코미디
특징	드라마처럼 살아 있는 캐릭터들의 통통 튀는 케미 익숙한 소재를 활용한 독창적인 전개 웹소설에 어울리는 글쓰기로 술술 읽히는 가독성
예상 분량	50만 자
키워드	계약결혼, 사이다, 걸크러시, 재벌남, 신데렐라
로그라인 (한 문장으로 요약된 줄거리)	이름대로 사이다 같은 성격을 가진 여자가 재벌 남자와 결혼 계약을 맺었다가 진짜로 사랑에 빠지고, 역경을 헤치며 통쾌하게 사랑을 이루는 이야기
기획 의도	바야흐로 사이다의 시대다. 요즘 독자들에게 고진감래는 옛말이다. 주인공의 고난은 속을 꽉 막는 고구마일 뿐, 빨리 사이다가 터지기만을 바란다. 그리고 걸크러시 뿜뿜하는 당찬 여주를 원한다. 걸크러시를 동경하고, 사이다를 찾는 독자들을 위해 맞춤형 여주를 준비했다. 또한, 대중에게 익숙한 신데렐라 스토리를 골조로 삼아 걸크러시가 낯선 독자들도 재미있게 읽을 수 있도록 기획했다.
줄거리 요약	남이 나한테 X같이 굴면 그럴 만한 이유를 만들어 주는 여자, 사이다. 처음 보는 아줌마한테 물 싸대기 맞아 커피 싸대기로 갚았더니, 그 아줌마 의붓아들이 쫓아와 대뜸 결혼하자네? 돈이면 다 되는 줄 아는 남자, 이윤. 계모 때문에 되는 일이 하나도 없던 중, 계모의 맞수를 발견했다! 백억을 미끼로 신부를 낚고 나서야 밝힌다. 사실 이 계약결혼, 연애결혼처럼 보여야 한다는 걸. 그러나 방해꾼이 너무 많다! 이다를 10년간 짝사랑하고 있는 꽃미남 소꿉친구 차인후, 윤의 입지가 공고할수록 곤란한 그의 계모 허영심, 이모의 사주로 윤의 여친을 여럿 빼앗은 허영심 조카 반하진까지. 알고 보면 서로의 첫사랑인 이다와 윤, 우연인 듯 운명처럼 재회한 남녀가 연애하는 척 연기하다 진짜로 눈 맞아 온갖 방해 끝에 사랑을 이루는 이야기.

2. 작가 소개

필명	일월랑	이메일	*****@	연락처	010-****-****
경력	• 〈미래도둑〉 황금가지 주최 제1회 신체강탈자 문학공모전 우수상 수상 (스릴러 부문) • 〈환수의 소원〉 네이버 주최 제3회 네이버 킹오브판타지 공모전 당선 　네이버 오늘의 웹소설 연재 (판타지 부문) • 〈로제와 애송이 드래곤〉 네이버 오늘의 웹소설 연재 (로맨스 판타지 부문)				

3. 주요 등장인물

주요 등장인물 관계도

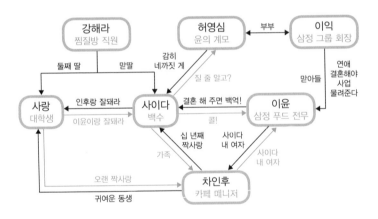

이름	설명
사이다	여 / 27세 / 대담. 활발. 다부짐 / 백수 편모 가정의 장녀. 연극영화과를 졸업 후 극단에 들어갔지만, 성희롱 문제로 연출과 싸우고 뛰쳐나옴. 이때껏 엄마를 고생시키고 있다는 생각에 부채 의식이 있음. 알바 경력은 화려하지만, 대쪽 같은 성격으로 트러블 잦음. 오래 한 일이 없음. (하략)
이윤	남 / 30세 / 권위적. 계산적. 능청스러움 / 대기업 전무 삼정 그룹 총수 이익의 장남. 3년 전, 사업을 물려받고 싶으면 연애결혼을 하라는 아버지의 지령을 받고 결혼하려 애썼으나, 계모의 방해로 번번이 실패. (하략)
차인후	남 / 27세 / 진짜 성격 : 예민보스. 지랄 맞은 성격 → 위장 성격 : 친절의 아이콘 / 카페 매니저 이다의 십년지기 친구. 고1 때부터 절친. 이다에게 고백했다가 차인 전적 3번. 여전히 이다를 좋아하지만, 티를 못 냄. 위성처럼 이다의 주위를 맴도는 중. 중3 때부터 부모의 불화가 심해져 삐딱선을 탐. 고1 때 비 오는 날, 일진들한테 다굴 당하고 골목에 만신창이로 주저앉아 있는 걸 이다가 발견. (하략)
이익	남 / 60세 / 근엄. 권위적. 신사적 / 대기업 회장 삼정 그룹 총수. 윤의 아버지. 정략결혼으로 삼정 그룹에 들어온 데릴사위. 사별한 전처와의 결혼 생활에 불만이 많았음. 자식은 연애결혼하길 바람. 윤에게 사업을 물려주는 조건으로 연애결혼을 요구함. 후처 허영심을 애지중지함. 그녀가 아들의 연애를 번번이 방해하는 것을 알고도 방관. 윤이 스스로 지켜야 한다고 생각하는 것도 있음.
허영심	여 / 53세 / 탐욕. 이기적 / 재벌가 사모 이익의 후처. 윤과 사이가 매우 나쁨. 이 회장의 공언대로 윤이 결혼에 성공하고 회사의 실권을 물려받은 뒤의 본인 처지를 걱정함. 윤을 미워하며, 이다를 눈엣가시로 여김. 상견례 자리에서 이다가 과거의 연적인 해라의 딸이라는 것을 알고 괴롭힘에 박차를 가함.

강해라	여 / 53세 / 야무지고 억척스러움 / 찜질방 종업원 이다 엄마. 17년 전, 다정한 남편을 교통사고로 여의고 혼자 억척스럽게 두 딸을 키움. 10년간 돌보다시피 한 인후를 아들처럼 여김.
사랑	여 / 23세 / 쾌활, 발랄 / 대학생 이다 동생. 학기 중에는 대학교에서 기숙사 생활을 함. 언니 껌딱지 인후 오빠를 6년째 짝사랑하고 있음. 예비 형부 윤과 의기투합해 서로의 연애를 지원함.

4. 주요 인물 간의 배경

1) 사이다 ↔ 이윤
"결혼합시다. 돈 줄게요."

윤, 26번째 여자 친구가 허 여사에게 돈을 받는지 안 받는지 감시하러 나왔다가 허 여사가 이다를 윤의 여친으로 착각하고 행패 부리는 장면 목격함. 이다가 물 싸대기를 커피 싸대기로 갚아 주는 모습과 허 여사에게 받은 돈다발을 진짜 여친에게 돌려주는 모습을 보고 결혼을 결심, 곧장 청혼함. 이다에게 윤은 초면에 청혼하는 미친놈. 자꾸만 돈타령하는 윤에게 반 농담으로 백억을 제시했다가 덜컥 결혼 계약을 맺음.

"오빠가 우리 아빠 하고, 나는 오빠 엄마 하는 거야. 여기

있는 동안."

윤 13세, 이다 10세 때 윤 엄마와 이다 아빠가 같은 교통 사고에 휘말려 사망함. 같은 병원 영안실 앞에서 첫 만남. 비슷한 처지에 공감하며 장례식을 치르는 동안 서로의 엄마, 아빠가 되어 애틋한 소꿉놀이를 함. 서로가 첫사랑임. 윤은 이다가 엄마인 척하고 써준 편지를 성인이 된 지금까지도 소중하게 간직하고 있음. 그러나 당시 이름에 콤플렉스가 있던 이다가 윤에게 자기 이름을 사랑이라고 거짓말해서 현재 이다를 알아보지 못함.

2) 사이다 ↔ 차인후

"얘가 저 주웠어요. 비 오는 날, 골목에서."

10년 전, 인후는 가정불화로 인한 스트레스를 싸움박질로 풀던 비행 청소년이었음. 폭우 쏟아지던 어느 날, 일진 패거리에게 집단 폭행을 당하고 골목에 자빠져 있던 인후를 이다가 발견하고 집으로 데려감. 해라가 씻기고 먹이고 재워 줌. 이날을 기점으로 인후는 이다네 식구가 됨.

(하략)

5. 시놉시스

사이다는 친구 만나러 갔던 카페에서 남의 치정극에 휘말린다. 모르는 사람에게 물 싸대기를 맞아 커피 싸대기로 갚아주니, 이번엔 돈다발이 날아온다. 우리 아들이랑 헤어지라는 고함과 함께. 알고 보니 의붓아들의 여자 친구로 오해받은 것. 사이다는 한발 늦게 나타난 진짜 여친에게 돈다발을 돌려주고 카페를 떠난다.

문제의 의붓아들인 이윤은 그녀의 통쾌한 반격과 쿨한 태도를 보고 결혼을 결심한다. 사실 그는 사업을 물려받기 위해서 결혼해야 하는 처지인데, 계모의 훼방으로 실연을 거듭하던 중이다. 윤은 이다를 계모의 맞수로 보고 바로 쫓아가 청혼한다. 이다는 백억을 받는 조건으로, 윤은 사업을 물려받으면 이혼하는 조건으로 결혼 계약을 맺는다.

(하략)

당부의 말

작가들이 하는 말 중에 이런 말이 있다. 될작될. 될 놈은 된다는 될놈될에서 파생한 말로, 될 작품은 된다는 뜻이다.

또 이런 말도 있다. 잘 쓰면 메이저 못 쓰면 마이너. 아무도 쓰지 않는 마이너한 소재를 쓰더라도 기똥차게 재미있는 글을 써낸다면 독자는 늘어나고 작품은 성공하기 마련이다. 메이저가 별건가. 많이 보면 메이저다. 또한, 유행에 편승해서 누구나 좋아하는 메이저한 소재로 글을 쓴다 해도 재미가 없으면 망하기 십상이다.

결국 중요한 건 필력이다. 여기서 필력은 단순히 문장력을 말하는 게 아니다. 가독성과 재미, 캐릭터의 매력, 이야기 구성력, 장면 연출력, 이야기를 끌고 나가는 전개력, 독자를 휘어잡는 흡입력, 이 모든 것을 통칭한다.

그래서 무슨 말이 하고 싶은 거냐 묻는다면 이렇게 대답하겠다.

내가 지금까지 한 이야기는 진리가 아니다. 그저 로맨스의 정석일 뿐이며, 정석을 따르지 않아도 얼마든지 성공할 수 있다. 완벽하지 않아도 매력적인 남주를 쓸 수 있고 능동적인 여주가 인기 있을 수 있으며, 새드 엔딩이라도 사랑 받을 수 있고 부도덕한 소재로 대박칠 수 있다. 당신이 공식을 씹어 먹을 만큼 잘 쓴다면 말이다. 하지만 그랬다면 이 글을 읽고 있지도 않았겠지.

기본이 탄탄해야 변주도 할 수 있다. 잘 모를수록 기본을 지켜야 한다. 기본이 괜히 기본이 아니다. 수많은 성공의 노하우가 쌓여서 기본이 된 것이다. 기본을 지키자. 그래야 나 같은 실수를 안 할 수 있다.

건투를 빈다.

독특한 설정과 신비롭고 자유롭게
세계관을 넘나드는

- 대중문화가 된 판타지 소설 창작법

| 김선민 |

판타지 소설을
쓰기 위해
필요한 것

웹소설 시장의 부흥으로 주변에서도 웹소설 창작에 대해 관심이 늘어나고 있다. 웹소설에서도 가장 큰 카테고리가 판타지 분야이기 때문에, 처음부터 판타지 소설에 도전하려는 지망생이 많다. 문제는 판타지 소설의 분야가 상당히 넓다는 점이다.

《반지의 제왕》이나 《나니아 연대기》 같은 고전 판타지 작품부터, 전 세계적으로 유명한 〈해리포터 시리즈〉, 2천 년 대 초 판타지 소설 붐을 불러왔던 이영도 작가의 《드래곤 라자》와 전민희 작가의 《룬의 아이들》 모두 판타지 소설이라고 할 수 있다. 여기에 도서 대여점 시절에 우후죽순 쏟아져 나왔던 수많은 판타지 소설들과 현재 카카오페이지와 같은 플랫폼에서 큰 인기를 끌고 있는 판타지 웹소설까지도 모두 판타지 소설에 속한다.

만약 자신이 판타지 소설을 쓰고 싶고, 이에 대한 작가가 되고 싶다고 한다면 이 많은 판타지 소설의 갈래 중에서 자신이 어떤 소설을 쓰고 싶은지를 명확히 할 필요가 있다. 생각보다 지망생 중에서 이 부분을 간과하는 경우가 많다.

예를 들면 A라는 지망생이 자신은 《반지의 제왕》 시리즈와 같은 고전 하이 판타지^{high fantasy, 판타지 세계에서 벌어지는 일들을 연대기처럼 기록한 것} 장르를 좋아한다고 가정해 보자. A는 《반지의 제왕》을 비롯해서 고전 판타지 소설류만 계속 읽는다. 웹소설식 판타지 소설은 유치해서 혹은 너무 가벼워서 읽지 못하겠다고 한다. 하지만 요즘 돈이 되는 건 웹소설 판타지기 때문에 이걸 어떻게 쓰는지 배워서 돈을 벌고 싶어 한다. 이럴 경우 A는 어떤 식으로 판타지 소설을 쓰게 될까?

위와 같은 사례가 스토리 창작 강의를 하면서 가장 많이 보이는 패턴이다. 웹소설식 판타지 소설을 배우는 프로그램인데, 웹소설 판타지는 한 번도 읽어 본 적이 없는 지망생들이 상당히 많다.

고전 하이 판타지만 읽는다는 것이 나쁘다는 뜻은 아니다. 다만, 자신이 웹소설식 판타지를 쓰고자 한다면 적어도 그 카테고리 내에서 상위권에 있는 여러 작품을 읽어 본 후 흐름이나 설정들이 어떻게 되어 있는지를 파악해야 해당 카테고리를 소비하는 소비자의 취향과 트렌드를 이해할 수 있다.

물론 고전 하이 판타지를 단행본으로 출간한 소설이 엄청나게 잘 팔릴 수도 있다. 하지만 장르 문학판의 평균을 따져 보면 그럴 수 있는 작가는 이미 유명한 소수다. 적어도 이 책에서 대상으로 하는 작가는 흔히 '글먹'이라고 부르는 글로 먹고살 수 있는 전업 작가로서의 판타지 소설 작가를 기준으로 삼는다.

한 달에 평균적으로 150만 원 이상의 수익을 지속적으로 소설 판매로만 올릴 수 있는 곳은 웹소설 플랫폼에 연재를 하는 것이 일반적이다. 때문에 판타지 소설 작법 파트에서는 기준을 웹소설 플랫폼에 맞춰서 설명하는 부분이 많다는 점을 먼저 짚고 넘어간다.

우리가 흔히 판타지 소설이라고 말하는 텍스트 콘텐츠는 대중문학의 한 갈래로 봐야 한다. 특히 작가와 독자층의 거리감이 매우 가까운 판타지 웹소설의 경우, 수익성이 높은 만큼 대중성의 비율이 높은 편이다. 이런 대중 콘텐츠와 가장 비슷한 것은 다름 아닌 우리가 흔히게 먹는 대중음식이다. 외식할 때 자주 찾는 부대찌개, 칼국수, 돈가스 등 저렴한 가격에 적절한 퀄리티를 제공하는 대중음식에 비유할 수 있다.

부대찌개를 예시로 들자면, 부대찌개는 다양한 종류의 재료를 넣어서 여러 메뉴를 만들 수 있다. 그럼에도 우리가 부대찌개를 부대찌개라고 부르기 위해서는 기본적으로 들어가야 할 재료가 있다. 햄과 소시지, 김치, 매운 양념 등 이런 기본적인 재료들에 부가적인 비법 재료들이 들어가면서 프리미엄 부대찌개로 변화를 주는 것이 가능하다.

그런데 완전히 새로운 부대찌개를 만들겠다고 부대찌개에서 햄과 소시지를 빼면 소비자들이 어떤 반응을 보이게 될까. 열 명 중 여덟 명은 햄과 소시지가 들어간 다른 부대찌개 집을 찾을 가능성이 클 것이다. 판타지 소설도 이와 비슷하다. 대부분의 소비자가 바라는 바가 존재하는데 자신의 취향과 맞지 않는다고 필수적인 소재를 뺀다면 소비자는 그 작품에 돈을 쓰지 않고 자신이 원하는 바를 충실이 갖춘 다른 작품으로 이탈할 가능성이 커진다.

판타지와 무협 장르를 이르는 이른바 판무소설들은 위와 같이 소비자가 바라는 바가 매우 명확한 대중 콘텐츠인 만큼 이 부분을 명확히 파악하는 것이 매우 중요하다. 즉, 작가가 원하는 취향보다는 대중이 원하는 취향에 맞추는 것이 대중 콘텐츠로서 생산자가 갖춰야 할 자세라는 점을 강조하고 싶다.

만약 내가 대중성보다는 작품성 혹은 내가 강력하게 쓰고
싶은 장르적 소재가 있다면 웹소설이 아닌 장르 문학 쪽으
로 작품을 구상해 볼 필요가 있다. 다만, 수익성 측면에서는
아무래도 웹소설보다 장르 문학이 평균적으로 떨어질 수밖
에 없다. 이러한 점을 감안하여 창작자인 내가 어떤 종류의
판타지 소설을 좋아하는지, 어떤 종류의 판타지 소설을 쓰고
싶은지를 파악하는 것이 가장 중요하다.

크게 판타지 소설을 장르 문학적 판타지 소설과 웹소설적
판타지로 나누어서 소개를 하자면 다음과 같다.

사실 이 부분을 지망생들이 가장 어려워하는데, 이 두 가
지에는 분명한 차이가 존재한다. 먼저 장르 문학으로서의
판타지 소설은 흔히 말하는 종이책 중심의 '단행본'으로 구
성된 콘텐츠라고 생각하면 이해하기가 쉽다. 《반지의 제
왕》, 《나니아 연대기》, 〈해리포터〉 시리즈, 《드래곤 라자》,
《퇴마록》 등 종이책으로 서점에 깔리는 작품들을 생각하면
된다.

사실 우리나라에서는 이런 장르 문학으로서의 판타지 소
설은 출간이 많이 되는 편은 아니다. 그나마 명맥을 유지하
는 곳이 이영도 작가의 《드래곤 라자》와 김영민 작가의 《팔
란티어》 등을 출간한 황금가지 출판사다. 황금가지는 현재

'브릿G'라는 장르 문학 플랫폼을 운영하고 있는데, 그중에서 전통 중세 서양식 판타지 소설의 계보를 잇는 작품인 신서로 작가의 《피어클리벤의 금화》가 연재 중이며, 현재 종이책으로도 출간이 됐다. 또 하지은 작가의 《얼음나무 숲》, 이시우 작가의 《이계리 판타지아》, 장아미 작가의 《오직 달님만이》 등 중세 서양, 현대, 동양 배경의 다양한 국내 판타지 소설을 출간하고 있다.

브릿G 플랫폼은 중단편 작품을 올리거나 장편 작품을 연재하면, 분기별로 편집부에서 출간 작품을 선정하거나 자체적인 공모전도 진행한다. 판타지 장르 문학을 지속적으로 지원하고 출간하는 플랫폼은 '환상문학웹진 거울'을 비롯해 '브릿G'가 있다. 국내 판타지 장르 문학 장르로 출간에 관심이 있는 지망생은 해당 플랫폼을 눈여겨보는 것을 추천한다.

문제는, 판타지 장르 문학 단행본을 출간하고 싶은 작가들은 꽤 있지만, 출간 기회를 잡기가 쉽지 않다. 우리나라에서 출간되는 단행본식 판타지 소설은 해외 번역 작품이 대부분이다.

얼마 전 넷플릭스에서 오리지널 시리즈로 런칭한 〈위쳐The Witcher〉의 경우는 폴란드 판타지 소설이 원작인데, 게임과 드라마의 인기에 힘입어 소설 역시 출간작이 나왔다. HBO의 인기 드라마였던 〈왕좌의 게임Game of Thrones〉 역시 원작 소설을 바탕으로 만들어진 판타지 드라마로 볼 수 있다.

이 밖에 1990년~2000년대에 인기를 끌었던 판타지 작품들의 애장판이나 후속 작품 정도만 제작되기 때문에 상품성이 보장되지 않은 신인들의 작품이 출간되는 경우는 더욱 드물다. 전자책이나 웹소설과 달리 종이책 단행본은 초기 투자 비용이 크기 때문에 출판사에서도 출간을 결정하기에 부담을 느끼기 때문이다.

그럼에도 장르 문학 판타지 소설에 대한 수요가 있는 이유는, 그 특유의 독특함 때문이다. 방대한 세계관과 묵직한 철학, 장엄한 분위기, 수려한 문장 등은 독자들에게 깊은 여운과 감동을 전해 주고, 다채로운 상상력을 자극한다. 이런 단행본 중심의 장르 문학적 판타지 소설에 익숙한 지망생은 위와 같은 종이책으로 이루어진 판타지 소설을 먼저 접했을 가능성이 높다. 만약 자신이 이런 방식의 판타지 소설을 좋아한다면 장르 문학 카테고리의 판타지 소설류를 좋아한다고 생각하면 된다.

웹소설류의 판타지 소설이라는 카테고리는, 넓게 보자면 2000년대 초 도서 대여점 시절에 쏟아져 나왔던 판타지 소설들부터 계보를 밟아갈 수 있다. 위의 장르 문학적 판타지 소설과 가장 큰 차이를 두는 것은 바로 '연재 방식'과 '분량'이라고 볼 수 있다.

웹소설류의 판타지 소설은 우선 분량 자체가 길다. 단행본으로 환산하면 기본적으로 열 권 이상은 되어야 독자들이 읽을 만하다고 생각한다. 전체 분량 자체가 길다 보니 상대적으로 1~3권 정도가 되는 장르 문학적 판타지 소설과는 쓰는 방식이나 구조가 다를 수밖에 없다.

특히 모바일 디바이스를 중심으로 하는 웹소설의 경우에는 종이책으로 나오던 도서 대여점 시절과는 또 방식이 달라졌다. 카카오페이지, 네이버 시리즈, 문피아, 조아라 등의 다양한 웹소설 플랫폼을 통해 유통되는 판타지 소설들은 모바일 화면에 맞는 조판 형식으로 화면이 구성된다. 그래서 소비자들은 스마트폰을 통해 언제 어디서든 웹소설을 읽을 수 있게 됐다. 그러다 보니 짧은 시간 동안 몰입해서 읽을 수 있게 문장을 단순화하고 서사 구조를 선명히 하면서 가독성 있게 구성해야 한다. 단행본 단위로 판매가 되는 장르 문학 판타지 소설과 가장 큰 차이가 여기에 있다.

이런 상황에서 스토리 구조가 복잡하고, 세계관이 지나치게 방대해서 마치 공부하듯이 읽어야 한다면 소비자들에게 외면당할 수밖에 없다. 창작자가 좋아하는 판타지 취향을 독자들에게 강요할 수 없기 때문에 만약 내가 웹소설 판타지로 인기 작가가 되고 싶다면 그에 맞게 내용과 구조를 구성할 필요가 있다.

현재 카카오페이지의 상위권 작품인 가상 현실 게임 소재인《템빨》, 전통 판타지 장르와 무협이 섞인《검술명가 막내아들》, 레이드물 판타지로 엄청난 인기를 끌고 있는《나 혼자만 레벨업》등은 웹소설 플랫폼 구조 안에서 독자들의 취향과 트렌드에 잘 맞춘 수작들이라고 볼 수 있다.

지금까지 장르 문학 카테고리의 판타지와 웹소설 카테고리의 판타지를 크게 나누어 보고, 두 가지 방향성의 차이를 짚어 봤다. 이제 판타지 장르 자체를 세분화해서 어떤 소재를 어떻게 사용해야 할지를 살펴보고 나에게 맞는 장르적 소재를 무엇인지를 함께 알아볼 필요가 있다. 그래야 어떤 방향으로 쓸 수 있을지를 결정하고 계획을 세우기 용이하기 때문이다.

판타지의
분류

1. 중세 서양 판타지

판타지의 다양한 갈래를 말하기 전에 우선 '판타지 장르'란 무엇인가에 대해 짚고 넘어가겠다.

앞에서 말한 장르 문학적 판타지와 웹소설적 판타지 두 개의 구분 이전에 우리가 흔히 말하는 '판타지'라는 것은, 통상적으로 '서양 중세를 배경으로 한 검과 마법이 나오는 로맨스 소설'을 지칭한다.

판타지 소설의 역사는 무척 길다. 판타지 소설의 원형을 영웅 서사시로 보면, 수메르 신화의 길가메시 서사시^{Epic of Gilgamesh}를 그 첫 번째로 볼 수 있다.

길가메시 서사시는 기원전 28세기경 고대 메소포타미아 Mesopotamia 수메르Sumer 남부 도시인 우루크Uruk의 왕인 길가메시에 관한 전설적인 일대기를 담고 있다.

길가메시는 반인반신으로, 너무나도 강한 존재였기에 신들은 그의 힘을 낮추고 징벌하기 위해 온갖 시련을 내린다. 하지만 길가메시는 신들이 내린 역경을 물리친다. 그 과정에서 길가메시는 친구를 잃고 영생의 비밀을 찾으려 했지만, 모두 실패한 뒤 다시 우루크로 돌아온다.

우리가 흔히 접하는 그리스 로마 신화의 영웅들이나 동양 신화 영웅들의 모습과 길가메시의 영웅 신화담의 전체 구조는 크게 다르지 않다. 제우스의 아들이자 반인반신의 능력을 갖춘 헤라클레스의 영웅담 역시 이와 비슷한 구조를 띠고 있다. 특히 길가메시 서사시를 포함한 영웅의 모험담은 각 문명의 신화에서 유사한 형태로 나타난다.

어쩌면 고난과 역경을 이겨 내는 영웅담 자체를 사람이 본능적으로 좋아하는 것일지도 모른다. 이 때문에 현대에는 판타지 소설이라는 형태로 변형되어 나타나는 것일지도 모른다.

영웅 서사에 관한 부분은 서사 구조를 다룰 때 짚고 넘어가겠다.

판타지 장르를 말할 때 흔히 중세 기사의 모험담을 떠올리게 되는데, 이는 판타지적 세계관의 원형이 되는 작품들의 영향 때문이라고 생각한다. 판타지 소설의 원형을 잡은 작품을 존 로널드 로얼 톨킨John Ronald Reuel Tolkien의 《반지의 제왕》으로 보는 경우가 일반적이다. 톨킨은 다양한 신화, 민담, 전설 속에 등장하는 소재들을 차용해 중간계라는 세계관을 만들었다. 엘프, 오크, 트롤 등 판타지 장르에서 흔히 보는 유사 인종과 몬스터들은 여기서 차용된 부분이 많다. 물론 톨킨 스스로가 만들어 낸 설정도 많다. 심지어 영어학 교수였던 그는 소설 속 엘프들이 쓰는 언어 자체를 만들기도 했다.

이런 반지의 제왕 세계관은 게임 쪽에도 큰 영향을 주는데 TRPGTabletop Role Playing Game의 약자. 게임 참가자가 연설을 통해 자신의 캐릭터의 행동을 설명하고, 참가자들에 따라 캐릭터의 특성을 결정함. 이때 규칙과 지점에 따라 성공하거나 행동이 실패할 수 있음. 규칙 내에서 플레이어가 자유롭게 선택하며, 그들의 선택에 따라 게임의 방향과 결과가 바뀜. 장르의 D&D(던전 앤 드래곤)의 기본적인 구성이 중세 판타지 세계관을 정립하는 한 축이 된다. 기사와 마법사, 신관 등의 파티가 던전에 들어가 몬스터를 사냥하면서 레벨을 올리고 성장하는 방식이다. 이런 D&D 룰이 비디오 게임에도 영향을 주게 되는데 이게 일본으로 넘어오면서 〈드래곤 퀘스트〉의 세계관을 형성한다.

이때 또 영향을 준 작품이 바로 '러브크래프트의 세계관'이다. 코스믹 호러Cosmic horror. 인간이 대적하거나 거부할 수 없는 것에 대한 공포 또는 우주 전체의 관점에서 인간의 무가치함을 기본 전제로 하는 공포라 불리는 우주적 공포, 아우터 갓과 같은 고대의 존재와 외계의 신을 다루는 러브크래프트의 세계관이 결합되면서 판타지 세계에 등장하는 마신이 지배하고, 마족들이 사는 마계라는 공간적 배경 설정이 추가된다.

초기 중세 판타지에서는 기사가 마지막으로 싸우는 적은 대부분 드래곤이나 사악한 마법사였는데, 마계의 설정이 생겨나면서 최종 적이 '마왕'으로 변화하게 된다. 이를 통해 판타지 RPG^{Role Playing Game의 약자. 게임 이용자가 게임 프로그램에 등장하는 어떤 인물의 역할을 맡아 직접 수행하는 형식인 컴퓨터 게임 유형}의 전형인 '용사'와 '마왕'의 대결 구도가 중세 판타지 세계관의 기본 형태로 자리 잡게 된다.

용사(기사)가 성검과 동료들을 얻어서 성장하며 마왕을 물리치고 평화를 가져오는 기본적인 이야기 구조는 게임과 만화, 소설 등에서 반복적으로 쓰이고, 변형된다. 여기서 한 가지 명심해야 할 점은 '중세 판타지'가 다루는 시대가 역사 속 '중세'와는 다르다는 점이다.

실제 유럽의 중세는 나라별, 시기별, 상황에 따라 완전히 다른 양상을 보인다. 움베르트 에코^{Umberto Eco}의 《장미의 이름^{Il nome della rosa}》은 추리 역사 소설 장르로 구분해야 한다. 이 소설에서는 암울한 중세 시대의 모습을 수도사들을 통해 보여주는데, 우리가 상상하는 중세 판타지와는 상당히 다른 모습이다.

중세 판타지물에 가까운 《왕좌의 게임》이나 《반지의 제왕》 역시 엄밀히 말하면 역사적 시대상을 중세라고 확정 짓기 어렵다. 중세에는 대부분 봉건제 사회였기 때문에 영주의 힘이 더 강하고 황제나 왕 역시 절대적인 권력을 휘두르지는 못했다. 하지만 우리가 흔히 중세 서양 판타지 소설의 세계관에서 나오는 단일 국가의 왕과 강력한 권력을 지닌 제국의 황제는 절대 왕정 혹은 근대 정치 구조에 가깝다.

그렇다고 해서 이 부분을 고증 오류라고 말하기는 어렵다. 판타지 소설은 역사 소설과는 다르다. 만약 자신이 중세 유럽 배경의 역사 소설을 쓰겠다고 한다면 이런 고증에 대한 부분은 매우 중요하다.

판타지 소설은 창작자가 세계관을 만들 수 있다는 점이 매력이다. 현실과는 달리 문명의 발전 속도와 정치 제도가 맞지 않는다면 그럴 만한 이유를 만들어 주면 된다.

제국의 형태는 로마 제국 시대의 정치 구조를 갖추었지만, 각 지역은 중세 봉건 제도를 유지하고 있고, 각 도시는 고대 그리스 시대의 도시 국가 형태를 띠고 있다고 설정해도 문제는 없다. 실제 역사와는 달리 '마법'을 이용해 도시나 제국이 발전했을 수 있기 때문이다. 하지만 현실에서는 마법이 존재하지 않으니 통신망이 발전하기까지는 오랜 시간이 걸린다.

그러나 마법으로 실시간 통신이 이루어지거나, 텔레포트 게이트를 통해 물자를 순식간에 옮겨서 이동 시간을 줄이는 등여러 변수로 얼마든지 다른 세계관을 만들 수 있다. 그래서기사들이 검을 차고, 갑옷을 차고 다니지만, 마력 기관을 이용한 철도가 다닌다거나 거대한 비행정이 하늘을 날아다니거나 하는 상황도 충분히 만들 수 있다.

때문에 지나치게 '중세'라는 시대 고증에 매몰되어 판타지세계관의 자유로운 설정들을 스스로 옭아맬 필요는 없다. 판타지 세계관에 독자들이 기대하는 바는, 앞에서 밝힌 기본적인 설정들을 포함해서 창작자가 어떻게 그 세계관이라는 무대에서 주인공이 성장하고 문제를 해결하는지를 보고자 하는 것이다.

용사, 기사, 검사 등 주인공은 어떤 목표를 가지고 성장해가는데 그 과정이 현실과는 다른 신비로운 판타지적 설정들로 가득 차기를 바란다. 그 소재가 바로 검과 마법, 드래곤,몬스터, 요정 등으로 이루어져 있다. 여기서 차용되는 소재들은 유럽과 북유럽 지역의 민담, 전설뿐 아니라 아랍, 아프리카나 인도, 아시아, 남미 등의 문명권 신화에서 나타난 신과요괴, 괴이, 전설까지도 포함된다. 사실상 중세 판타지 세계관을 기본으로 하되 주인공이 무대를 오가며 전혀 다른 느낌을 주는 소재를 차용하는 것은 문제없다.

2. 한국식 판타지

한국식 판타지 소설은 톨킨의 중간계나 D&D, 일본식 RPG 게임과는 또 다른 양상의 세계관을 보인다. 여기서 중요한 것은 80~90년대 한국에서 크게 인기를 끌었던 무협 소설이 판타지 세계관에 큰 영향을 주었다는 점이다. 〈영웅문〉 시리즈, 중국에서 신필로 불리는 김용의 작품들을 비롯한 중국 무협 소설은 80년대 무협 붐을 일으켰다.

당시의 중국 무협 소설은 대체 역사물로 분류될 만큼 중국 역사와 결부되어 있었다. 그런 무협 소설의 세계관을 중심으로 한국에서도 다양한 연재식 무협 소설들이 쏟아져 나온다. 이때 구파일방, 오대세가, 단전, 내공, 검기, 검강 등 무협 소설적 클리셰들이 만들어지고, 시간이 흐르면서 정작 중국 무협 소설에는 없는 개념들이 생겨난다.

한국적 무협 소설이 90년대를 거쳐 2000년대로 넘어오면서 판타지 소설과 무협 소설이 같은 카테고리로 묶이며 함께 소비됐다. 이때 무협 작가들이 판타지를 쓰기도 하고, 판타지 작가들이 무협을 쓰면서 서로에게 영향을 주게 됐다. 2000년대 초반 판타지 소설을 보면 기사들이 마법사들과 힘을 합쳐서 드래곤이나 마왕을 잡기는 하지만 인간의 범주를 넘어서지는 않는다. 그러다가 임경배 작가의 판타지 소설 《카르세

아린》에서 처음으로 '소드 마스터' 개념이 도입이 되면서 무협 소설적 설정들이 판타지에 녹아들게 된다. 무림인들이 내공심법을 통해 기를 단전에 모아 축기하는 과정을 오러 단련법, 오러 연공법으로 대체하고, 검기를 오러블레이드로 변환하면서 초인적인 힘을 갖는 기사들의 모습이 판타지 소설의 정석으로 자리 잡는다.

딱 맞는 분류는 아니지만 장르 문학적 판타지 소설에서는 주로 주인공이나 기사들이 검술 자체의 달인이거나, 약물, 마법, 고대의 힘을 통해 강해지는 경우가 많다. 하지만 웹소설적 판타지에서는 무협식 설정을 차용한 소드 마스터 개념을 사용해 주인공이 오러 수련을 통해 검기나 검강을 다루는 초인으로 성장한다. 그래서 영웅이나 반신, 혹은 신 그 자체가 되기도 한다. 작품에 따라서는 마법이나 정령술, 흑마법 등을 배워 더 강해지기도 한다.

특히 웹소설식 판타지 소설에서는 더욱 두드러지게 무협적 요소가 강화되는 모습이 많이 보인다. 무협에서 흔히 쓰이는 오대세가(남궁세가, 모용세가, 제갈세가, 하북팽가, 사천당문) 같은 혈족으로 구성된 가문을 판타지적 상황에 바꿔서 세력 전쟁을 벌이는 내용이 주요 소재로 쓰기도 한다.

카카오페이지 판타지 순위에서 상위권을 놓치지 않는 황제펭귄 작가의 《검술명가 막내아들》의 경우에도 판타지적 세계관과 소재를 앞에 두고 있지만, 주인공의 가문인 검술명가 룬칸델이나 또 다른 검술명가 하이란가, 마법명가인 지플, 비궁 등의 구성은 무협적 설정에 가깝다고 볼 수 있다.

이처럼 한국적 판타지 소설은 딱 잘라서 전통적인 중세 판타지 소설 세계관이라고 보기가 어렵고, 다양한 소재와 세계관들이 섞이면서 그 특유의 독특한 특징을 만들어 냈다. 판타지 소설임에도 게임 시스템이 차용되거나, 죽었다가 과거로 회귀하거나, 다른 사람 몸으로 환생하거나 하는 등의 설정들도 이런 특징들에 포함된다.

여기서 또 다른 갈래 중 하나가 바로 일본식 라이트 노벨 _{light novel, 주로 청소년 독자를 대상으로 하는 가벼운 대중 소설. 1970년대 중반 일본에서 처음 사용하기 시작한 말로, 삽화를 많이 사용하며, 과학, 환상, 추리, 공포 등을 다룸}인데, 앞에서 설명한 일본식 RPG 게임의 구성과는 또 다른 카테고리로 봐야 한다. 용사파티의 기본 구성인 용사, 성직자, 마법사, 도둑, 전사 등의 기본 공식을 정립한 것이 일본식 RPG다. 일본의 라이트 노벨은 이런 일본식 RPG 게임 방식의 중세 판타지 세계관을 변형하며 만들어진 판타지 장르로 볼 수 있다.

2000년대 초에는 한국 판타지에서도 흔히 '이고깽_{이세계 진입 고교 깽판물의 준말}'이라는 차원 이동 장르가 큰 인기를 끌었다. 수능 공부에 힘들어하던 고교생들이 차원 이동에 휩쓸려 판타지 세계로 넘어가서 현대적인 지식과 이능을 이용해 최강자가 되어 그 세계를 구한다는 것이 기본 구성이다.

웹소설식 판타지에서는 차원 이동물보다는 회귀나 환생물이 더 큰 인기를 끌고 있지만, 일본의 라이트 노벨이나 만화에서는 여전히 이세계 차원 이동물이 주요 소재로 자리 잡고 있다. 이유는 모르겠지만, 평범한 현대인이 트럭에 치여서 죽은 뒤에 신에게 능력을 받고 이세계로 환생을 한다는 설정이 클리셰가 되어 반복 등장한다. 현실에서는 평범하거나 혹은 히키코모리여서 제대로 인정도 받지 못하다가 이세계에 가서는 엄청난 재능으로 모든 사람들에게 존경과 환호를 받으며 영웅으로 성장하게 된다. 성장 서사라는 점은 한국식 웹소설 판타지 장르와 크게 다르지 않지만 전개되는 방식이나 구조에서 큰 차이를 보인다.

아직 웹소설 플랫폼에 제대로 정립되지 않은 2000년에서부터 2010년대에 일본식 라이트 노벨이 한국에 들어오면서 큰 인기를 끌었었다. 시드노벨에서 출판된 반재원 작가의 《오라전대 피스메이커》, 《초인동맹에 어서 오세요》를 비롯해 한국식 라이트 노벨도 활발하게 출간되었다. 하지만 현재는 라이트 노벨 장르로 따로 분류되기보다는 웹소설 판타지 카테고리 안으로 흡수됐다. 라이트 노벨 자체가 애초에 마니아적 성향이 강한 장르라서 메인 카테고리로 따로 분류가 되기에는 독자층이 두텁지 못하다는 지적이 이유라고 생각한다.

이런 일본식 라이트 노벨류의 판타지 소설이나 일본 판타지 만화 장르를 즐겨 보던 독자의 경우에는 특유의 전개 방식이 익숙할 수 있지만, 한국 웹소설 판타지 카테고리의 전개 방식과는 방향성이 다르기 때문에 라이트 노벨 방식으로 웹소설을 쓸 때는 초반에 어려움을 겪을 수도 있다.

라이트 노벨 방식으로 웹소설을 쓸 때 가장 대중적인 방법은 '아카데미물'이라고 불리는 학원 배경의 성장물로 에피소드를 엮는 것이다. 지갑송 작가의 《소설 속 엑스트라》가 라이트 노벨적 감성과 웹소설적 설정을 결합해 대중적 인기를 얻은 작품이다.

한국 판타지 소설 카테고리에서는 현재로서는 반드시 '중세 서양 판타지물'만이 판타지라고 하기는 어려울 정도로 엄청나게 많은 갈래가 생겨났다. 검과 마법, 기사, 드래곤이 나오는 정통 판타지에 대한 향수와 기대감은 여전히 존재하고 그 세계관이 익숙한 것은 맞지만, 그렇다고 해서 꼭 그것만을 고집할 필요는 없다. 자신이 가장 잘 쓸 수 있고, 흥미를 느끼는 소재와 세계관을 찾아 자신에게 맞게 변형해서 설정해 나가는 것이 제일 좋다고 생각한다.

판타지 소설의 가장 큰 장점은 자유롭게 세계관을 설정해 나갈 수 있다는 점이기 때문이다. 지금도 한국 판타지 소설은 다양한 소재와 설정으로 더욱 확장해 나가고 있다. 이런 확장과 발전은 매우 고무적이다.

3. 동양 판타지

'판타지 소설'이라고 하면 대부분 서양 배경을 떠올리지만, 의외로 동양을 배경으로 한 판타지 세계관도 수요가 있는 편이다. 여기서 주의할 점은 동양 판타지와 무협은 다르다는 점이다. 동양 판타지는 일반 무협이 아닌 '기환무협' 장르에 가깝다. 기환무협이란 일반 무협처럼 무림 고수를 다루는 세계관이 아닌 선인들이 도술과 법술로 세력 전쟁을 하는 장르를 뜻한다.

언뜻 보면 기환무협과 일반 무협이 별다른 차이가 없어 보이지만 이 장르를 좋아하는 독자층은 상당히 엄격하게 구분한다. 중국에서는 이런 기환무협을 '신마검협소설神魔劍俠小說'이라고 부르는데, 대표적인 작품이 이수민의 《촉산검협전蜀山劍俠傳》이다. 더 멀리 가면 《봉신연의封神演義》나 《서유기西遊記》 역시 이 장르로 볼 수 있다. 한국에서는 격기, 협정류의 무협 소설이 인기가 많지만, 중국에서는 오히려 기환무협, 선협물 쪽이 더 인기가 많다.

최근에는 네이버 시리즈와 문피아 플랫폼에서 중국의 인

기 선협물을 번역해서 런칭하면서 국내에서도 기환무협의 수요가 점차 늘어나고 있다. 대표적인 작품은 왕위忘語의《학사신공學士神功》이다. 중국에서는 드라마와 애니메이션으로도 만들어지는데, 방대한 스케일과 촘촘한 세계관이 동양 판타지라고 불리기에 부족함이 없다.

《반지의 제왕》을 기초로 한 서양 판타지 세계관의 정립과 함께 동양 판타지 세계관을 정립하기 위한 시도들은 이전에도 있었다. 일본의 소설 원작이자 유명 애니메이션은 오노 휴우미小野 不由美의《십이국기十二國記》의 경우 중국풍 동양 판타지 세계관을 담고 있다.

전반적인 구조는 고등학생이 차원 이동을 해서 십이국기 세계관에서 겪는 일을 다룬다. 일본 작품 중에는 중국과 옛 일본의 문화, 풍경을 섞어서 만든 동양 판타지풍 세계관이 자주 나오는 편이다.

한국에서도 이런 시도가 있었는데 의외로 게임 분야에서 나타난다. 게임사에 한 획을 그은 넥슨의 MMORPG 게임 '바람의 나라'가 대표적이다. 이와 비교해볼 만한 게임은 엔씨소프트의 '블레이드 앤 소울'이다. '바람의 나라'는 김진 작가의 동명 만화를 원작으로 만든 동양 판타지 배경의 MMORPG다중접속 온라인 역할 수행 게임 Massively Multiplayer Online Role-Playing

Games의 약자. 캐릭터의 성장과 직업을 통한 역할 수행을 기반으로, 가상 세계에서 다른 사람들과 의 사소통을 할 수 있음 게임이다. 주로 서양 판타지 세계관을 차용하는 MMORPG와 달리 동아시아 신화를 차용한 '바람의 나라'는 기환무협, 선협물에 가까운 설정을 보여 준다.

엔씨소프트의 '블레이드 앤 소울'은 한국식 무협 설정이 활용됐다. '막내'라는 플레이어 캐릭터이자 주인공이 홍문파의 6번째 제자가 되는 것으로 시작한다.

한국식 무협과 다른 점은 다양한 종족이 존재하고, 일반 무협에서는 나오지 않는 직업군과 무기들이 나온다는 점이다. 이러다 보니 게임 초반 세계관에서는 무협 및 선협물 장르를 표방하다가 점차 서양 RPG 판타지 세계관으로 확장이 되면서 현재는 퓨전 판타지 장르가 되었다.

처음부터 선협물의 정체성을 중심으로 세계관이 설정된 '바람의 나라'와 다른 방식으로 세계관을 확장한 셈인데, 이에 대한 유저층의 평이 좋지 않은 이유는 다양한 요소가 있겠지만 그중에는 세계관의 일관성이 떨어진다는 점도 포함된다.

퓨전 판타지 장르를 쓰고자 하는 긱가들의 경우에 이 부분에서 상당히 혼란스러울 수 있다. 서양 판타지 세계관으로 시작해서 대륙을 넘어, 동양 판타지 세계관으로 넘어가는 경우와 동양 판타지 세계관으로 시작해서 서양 판타지 세계관으로 넘어가는 경우가 종종 있다. 제일 좋은 것은 본인이 처음으로 시작했던 세계관을 유지하고 스토리 상 다른 문화권의 세계관이 등장해야 할 때는 전체적인 비중에 대한 밸런스를 조정할 필요가 있다. 무협 세계관에 서양식 판타지 세계관을 섞어서 퓨전 판타지를 하는 사례가 몇 차례 있었지만, 대중적으로 성공한 작품은 많지 않다.

대표적으로 성공한 작품은 《묵향》이다. 판타지와 무협을 섞은 '퓨전 판타지'라는 장르 자체를 개척한 기념비적인 작품인데, 무협의 고수인 묵향이 차원 이동으로 판타지 세계로 넘어가서 그곳에서 저주에 걸려 여기사가 된다는 설정이다.

당시에는 차원 이동물이 워낙 많았고, 무협과 판타지를 섞은 시도 자체가 이 작품이 처음이었기에 신선하고 재밌다는 평가가 주를 이루었다. 현재는 학산문화사에서 2부 내용을 웹툰 《다크레이디》로 런칭하였고, 카카오페이지에서 인기리에 연재 중이다.

무협 장르에 크툴루 신화 하워드 필립스 러브크래프트 Howard Philips Lovecraft 의 저작물을 기반으로 후대의 작가들이 보충한 신화 체계와 회귀설정을 섞어서 만든 구로수번 작가의 《전생검신》의 경우가 독특하게 성공 사례로 꼽힌다.

크게 보면 이와 같은 작품들을 모두 동양 판타지 장르로 묶을 수 있지만, 이는 상당히 독특한 사례기 때문에 이들을 성공 모델로 일반화하기란 어렵다. 애초에 국내 웹소설, 장르 문학 쪽에서 동양 판타지 세계관으로 성공을 한 작품 자체와 수요가 많지 않기 때문이다. 그럼에도 창작자들이 동양 판타지 세계관에 대해 계속 관심을 갖고 이를 차용하고 싶어 하는 이유는 동아시아적 판타지 세계관이 갖는 독특한 설정과 신비로움이 창작 욕구를 자극하기 때문일 것이다.

이를 활용한 콘텐츠 중에서 가장 대중적인 인기를 끄는 카테고리는 다름 아닌 웹툰과 드라마 쪽이다. 웹툰에서는 동양 판타지 세계관을 조선 시대와 같은 사극 콘텐츠와 접목해 전통 민담, 전설 쪽의 소재들을 활용해서 이미지적으로 아름다운 세계를 전달한다.

4. 현대 판타지 _{가상 현실 게임 판타지 소설, 레이드물 판타지 소설}

웹소설 플랫폼의 발전과 함께 가장 한국 판타지 카테고리에서 가장 두드러진 변화를 보여 주는 것이 바로 현대 판타지 장르다. 현대 판타지 장르의 시작은 게임 판타지였다. 근미래 가상 현실 게임이 만들어지고, 주인공은 그 게임 속에 들어가 레벨 업을 하며 게임 속 최강자가 된다. 게임 판타지가 일반 판타지 세계관에서 파생된 이유는 소설 속의 게임이 바로 서양 중세 판타지 세계관 설정으로 만들어졌기 때문이다.

우리나라는 '리니지'나 '바람의 나라'와 같은 MMORPG
는 물론, 온갖 장르의 게임에 익숙한 게임 강대국이다. 그러
다 보니 게임 시스템이라는 설정 자체가 익숙하다. 가상 현
실 게임 장르에서 가장 유명한 소설인 《달빛조각사》는 카카
오페이지의 성장을 이끌었다고 해도 과언이 아니다. 이 소설
은 도서 대여점 시절부터 현재의 웹소설 플랫폼까지 온갖 유
통 과정을 다 겪으면서 2007년 1권의 출간을 시작으로 2019
년 58권으로 완결했다.

가상 현실 게임류의 판타지 소설은 현재도 웹소설 플랫폼
내에서 꾸준한 인기를 끌며 상위권에 안착한 작품이 꽤 많은
편이다. 박새날 작가의 《템빨》, 글쓰는 기계 작가의 《나는 될
놈이다》, 디다트 작가의 《BJ 대마도사》, 하이엔드 작가의 《천
재의 게임방송》 등이 있다.

가상 현실 게임이 중세 판타지물에서 파생이 된 것이라면,
현대 판타지의 대표격인 '레이드물'은 가상 현실 게임에서
파생이 된 장르라고 볼 수 있다.

가상 현실 게임은 게임 캡슐을 통해 현실과 중세 판타지
세계를 게임이라는 매개체를 통해 오고 가지만, 레이드물은
이와 다르다. 가장 전형적인 설정은 게이트가 열리고 그 안
에서 게임 속에서나 보던 몬스터들이 쏟아져 나와 세상을 파

괴하는데, 사람들 중에서 시스템 창을 볼 수 있는 각성자들이 생긴다. 이들은 '헌터'라 불리며 각성한 능력을 이용해 몬스터를 사냥할 수 있다. 사냥한 몬스터에게서 얻은 경험치와 아이템들로 헌터는 능력을 상승시킬 수 있다.

레이드물은 MMORPG 게임 중에서 블리자드 엔터테인먼트의 '월드 오브 워크래프트(와우)'의 게임 시스템에서 차용된 개념이 많다. 과거 판타지 RPG 파티에서는 용사, 신관, 전사, 궁수, 도적 등의 직업별 파티로 구성되는 경우가 일반적이었다. 하지만 와우에서는 보스 몬스터를 잡기 위해 '레이드'를 뛸 참여자를 구성해야 하는데 이때 사용하는 탱커, 딜러, 힐러 등의 개념이 레이드물 웹소설에 반영됐다. 결국 레이드물은 가상 현실 게임이 현실과 결합이 되면서 게이머들이 헌터가 되어 몬스터를 사냥하는 현대 판타지 장르로 변형이 된 것이라 이해할 수 있다.

레이드물은 무대가 현대기 때문에 중세 판타지 세계관을 만드는 것에 부담감을 느끼는 지망생들이 쉽게 진입을 할 수 있다는 장점이 있다. 현대 배경(주로 서울)에 익숙한 게임 시스템 설정(레벨 업 및 던전 레이드)과 익숙한 몬스터 및 아이템들을 활용할 수 있기 때문에 호빈을 이끌어 가는 것이 다른 판타지 장르 카테고리보다 수월하다.

'문피아'와 '카카오페이지'의 '판타지' 카테고리에 이런 레이드물 장르의 작품이 상위권에 많이 올라와 있는 것을 확인할 수 있다. 그만큼 대중에게 익숙한 장르이고, 2000년대 초반에 판타지의 대명사가 중세 서양 판타지였다면 요즘은 현대 레이드물 판타지가 독자들에게 더 익숙한 판타지 장르가 됐다.

레이드물 판타지는 기존의 포맷에서 다른 설정들이 붙으면서 여러 갈래가 나뉘기 때문에 작가가 다양한 시도를 해볼 수 있다는 장점이 있다. 하지만 만약 자신이 게임을 많이 해 보지 않았거나, 이런 레이드물을 한 번도 읽어 보지 않았다면 오히려 반대로 진입 장벽이 높게 느껴질 수도 있다. 현대 판타지 웹소설을 많이 읽는 독자들에게는 너무나도 익숙할 클리셰들이 처음 접하는 사람에게는 그 맥락과 의미를 제대로 이해하지 못하고 넘어가는 경우도 많기 때문이다.

레이드물 판타지 소설로 가장 유명한 것은 추공 작가의 《나 혼자만 레벨업》이다. 완결한 작품이지만 웹툰의 엄청난 인기로 원작까지 여전히 판매 지수가 높은 작품이다. 레이드물이 무엇인지 이해하고 웹소설의 정석적인 작품을 보고 싶다면 이 작품을 읽어 보는 걸 추천하고 싶다. 살짝 변형되어 있지만 웹소설계에 한 획을 그은 작품인 싱숑 작가의 《전지적 독자 시점》 역시 레이드물 현대 판타지를 기본으로 다양한 장르들을 복합적으로 섞은 작품이다. 워낙 유명하고, 심지어 영화화 및 드라마 판권까지 팔린 작품이니 참고하면 좋겠다.

현대 판타지 작품은 위의 갈래 말고도 다양한 카테고리가 존재한다. 공포, 스릴러, SF, 아포칼립스, 좀비 등이 그렇다. 사실 장르를 갖다가 붙이면 전부 현대 판타지 장르라고 할 수 있다. 그럼에도 가상 현실 게임과 레이드물 두 가지를 주요하게 설명한 이유는 웹소설 카테고리에서 상위권에 오르기 좋은 대중적인 소재들을 먼저 소개하기 위함이다. 마이너한 소재와 비주류 카테고리로도 얼마든지 좋은 작품을 쓸 수 있다. 만약 판매를 목적으로 하는 판타지 소설 창작을 시도하는 지망생이라면, 대중성 있는 소재와 갈래를 먼저 사용해보고 감을 익히면서 자신에게 맞는 것이 무엇인지를 찾아보는 것이 좋다.

5. 어반 판타지 & SF 판타지

지금까지 대중적으로 먹힐 만한 주류 장르의 갈래를 소개했다면 이번에는 비주류 장르의 판타지에 대해 짚고 넘어가려고 한다. 바로 어반 판타지와 SF 판타지다. 여기서 오해를 하면 안 되는 것이 있다. 어반 판타지나 SF 판타지라는 소재 자체가 비주류라는 것은 아니다. 한국 웹소설 장르 카테고

238

리에서 현재 대중적인 인기를 얻기 어려운 갈래라는 점이다. 간과해서는 안 되는 부분은 콘텐츠 시장은 항상 유동적이기 때문에 언제 이런 장르가 트렌드 될지는 아무도 알 수 없다.

어반 판타지라는 용어 자체가 생소할 수도 있는데 쉽게 말하면 현대 도시에서 일어나는 판타지는 모두 어반 판타지의 범주에 들어갈 수 있다. 앞에서 설명한 현대 판타지 장르도 엄밀히 말하면 어반 판타지의 한 갈래로 볼 수 있다. 하지만 가상 현실 게임과 레이드물을 어반 판타지에 넣어서 설명하지 않은 이유가 있다. 어반 판타지는 웹소설보다는 장르 문학의 범주에 더 가깝기 때문이다.

어반 판타지에 대해 조금 더 자세하게 설명하자면, 이 장르는 고딕풍 호러와 연결되어 있다. '빌딩으로 뒤덮인 대도시, 어두운 골목길, 화려한 네온사인과 약에 찌들어 널브러진 사람들. 그 밤을 지배하는 어둠의 종족들. 뱀파이어와 늑대인간.' 어디서 많이 본 듯한 장면일 수 있다. 넷플릭스나 미드를 보면 많이 차용되는 설정이다. 중세 서양 판타지의 원형이 반지의 제왕과 그에 영향을 받은 TRPG 게임인 D&D 라면 어반 판타지 장르는 '월드 오브 다크니스'라는 스토리텔링 게임의 세계관에서 영향을 받았다.

비밀을 간직한 도시의 어둠 속에 사는 뱀파이어와 워울프와 같은 어둠의 종족들이 서로의 영역을 지키며 살아가는 설정은 많은 영화와 드라마, 소설 작품 등에 영향을 미쳤다. 대표적인 영화 작품으로는 뱀파이어와 워울프의 전쟁을 다룬 〈언더월드 : 블러드 워Underworld : Blood Wars〉 시리즈가 있다. 한국 소설에서는 홍정훈 작가의 〈월야환담〉 시리즈로 독특한 세계관과 화려한 액션신 등을 보여 준다.

넓게 보자면 《해리포터》 시리즈 역시 어반 판타지, 현대 판타지 장르에 속한다고 볼 수 있다.

가끔 지망생 중에서 자신은 해리포터 같은 소설을 쓰고 싶다고 하면서 웹소설 작가가 되겠다고 하는 사람이 있다. 앞서 설명했다시피 한국 웹소설 현대 판타지 장르와 〈해리포터〉 시리즈는 분류할 수 있는 카테고리가 다르다. 만약 해리포터 같은 소설을 쓰고자 하는 지망생들은 웹소설 쪽이 아닌 청소년 소설이나, 책으로 출간이 가능한 장르 문학 출판사 쪽에 투고 혹은 공모전 도전을 하는 것이 더 적합하다.

어반 판타지 장르는 분명 매력적이고, 영미권에서는 주요 장르지만, 한국에서는 살짝 주요 장르에서는 비켜나 있다. 어반 판타지의 소재나 세계관을 좋아하지만 상황 상 웹소설 쪽으로 작품을 써야 한다면, 이를 메인 소재로 삼지 말고 차용을 해서 활용을 하는 것이 나을 수 있다. 실제로 그런 방식으로 웹소설 작품을 쓰고, 세계관을 확장해 나가며 좋은 성적을 거두는 작가도 꽤 있다.

대중의 반응이라는 것은 사실 실제 작품이 시장에 나가 봐야 아는 것이기 때문에 실험적인 도전을 하는 것도 어느 정도 범위 안에서는 필요하다고 생각한다. 그러지 않으면 독자들 역시 매번 같은 패턴의 세계관을 보면서 점차 지루함을 느낄 수 있기 때문이다.

어반 판타지 장르만큼 질문이 많이 들어오는 것 중 하나가 바로 SF 장르다. 사실 SF는 판타지 장르와 떼려야 뗄 수 없는 카테고리다. 외국에서는 유명한 판타지 작가들이 모두 SF도 같이 쓰기도 하고 그 두 가지를 굳이 구분하지 않는 경우도 많다. 장르 문학계의 노벨상이라 불리는 휴고상^{Hugo Award, 매년 전 해의 최우수 과학소설과 환상 문학 작품에 대해 수여하는 과학소설상} 역시 과학소설과 환상 문학에 수여하는 과학소설상이다. 그럼에도 한국에서는 판타지와 SF의 갈래가 엄격하게 분리된 편이다.

SF 장르를 통해 웹소설을 도전하고 싶은 창작자가 있다면 아포칼립스 소재를 차용해서 웹소설적인 방식으로 접근하는 게 좋다.

최근 '문피아'에서 슬리버 작가의 《아포칼립스의 고인물》이 큰 인기를 끌면서 웹소설에서 약세였던 좀비물과 아포칼립스 장르의 선전이 기대가 됐다. 《아포칼립스의 고인물》역시 생존 VR 게임이 현실 세계와 결합이 되면서 현대 판타지 장르 카테고리의 기본을 깔고, 그 위에 레이드물과 좀비물, 아포칼립스적 소재를 섞은 작품이다. 현대 판타지 웹소설처럼 시스템 상태창이 보이고, 몬스터를 죽이면서 레벨 업과 강화를 할 수 있다는 기본 공식은 동일한데 그 소재가 아포칼립스와 좀비라는 점이 바뀌었기에 비주류 소재의 진입 장벽을 낮출 수 있었다.

이처럼 자신이 좋아하는데 마이너한 장르적 소재나 진입 장벽이 높은 소재를 잘 활용하면 오히려 자신만의 무기가 될 수 있다.

문제는 이 소재들을 제대로 다루기 위해서는 기본적인 창작에 대한 감을 익히고, 내가 쓰고자 하는 장르의 카테고리에 대한 이해도가 충분해야 한다. 그러니 조급해하지 말고 차분하게 내가 쓰고자 하는 장르를 조사하면서 접근 방법을 전략적으로 고민해 본다면 훨씬 효율적으로 소재를 활용할 수 있다.

영웅의
존재

1. 주인공 만들기

앞부분에서는 판타지 장르에 대한 이야기를 주로 다루었다. 중세 서양 판타지 세계관에서부터 동양 판타지, 무협, 현대, 어반, SF 등 다양한 판타지의 갈래가 있지만, 이 모든 설정을 통틀어서 관통하는 하나의 키워드가 있다. 바로 '영웅'의 존재다.

판타지 소설은 엄밀히 말하면 '영웅 서사시'를 원형으로 하는 모험담이다. 비범한 능력을 갖춘 영웅이 고난과 역경을 이겨 내고 성취를 얻는 것이 영웅 서사시의 기본적인 구조다. 여기서 중요한 것은 다름 아닌 '영웅'이라고 불리는 주인공이다.

내가 판타지 소설 창작법 강의를 하면서 지망생들과 소통하며 느낀 것 중 하나가 의외로 주인공의 중요성에 대해서 간과하고 있다는 점이었다.

주인공은 극 중에서 가장 중요한 캐릭터다. 결국 주인공의 움직임에 따라 스토리의 모든 방향성이 달라진다.

주인공의 말과 행동은 스토리의 중요한 분기점을 가르는 선택지이자 근거가 된다. 그런데도 주인공 자체를 면밀하게 만들기보다는 오히려 그 주변의 조연들이나 기타 인물들을 만드는데 더 큰 공을 들이는 경우가 많았다.

가장 활발하게 움직여야 할 주인공은 가만히 있고, 주변 인물들이 더 활발하게 움직인다면 극 중에서 주인공이 활동할 수 있는 비중이 줄어들게 된다. 판타지 장르에서 서사가 일관성 있게 진행되려면 주인공의 역할이 분명해야 한다. 그렇다면 주인공의 역할이 분명하다는 것은 어떤 의미일까?

본래 영웅 서사극에서 영웅의 역할은 매우 단순했다. 주인공은 주민들을 괴롭히는 악당이나 괴물들을 물리치고, 그에 대한 보상을 받았다. 영웅은 명예를 위해 악룡을 물리치거나 무시무시한 괴물들을 해치운다. 명예를 위해, 신에게 인정받기 위해, 사명감을 위해 고난과 역경을 피하지 않고 받아들인다. 이것이 바로 고전적인 영웅의 모습이다. 하지만 고전 영웅 서사극이 아닌 현대의 판타지 소설에서는 이보다는 좀 더 주인공의 목표나 모티베이션^{motivation, 소설이나 희곡 등에서 인물이나 사건의 자연스러운 전개를 위해 어떤 동기를 부여함으로써 사실성을 획득하는 것}이 분명해야 한다. 이때 필요한 것이 주인공의 히스토리다.

작품의 시작점 이후가 스토리라고 한다면 그 이전의 '전사'를 히스토리라고 부른다. 주인공이 앞으로 스토리를 이끌어 갈 때 여러 가지 결정을 내리게 되는데 그 결정의 근거가 되는 부분들을 히스토리에서 찾을 수 있다.

예를 들면, 주인공이 살던 평화로운 마을에 갑자기 몬스터가 들이닥쳐서 주인공을 뺀 모든 이들이 죽어 버렸다. 주인공은 몬스터를 부린 사악한 마법사에게 복수를 다짐하고 검술을 익히기 위해 산에 들어가 은퇴한 용사를 찾아간다.

위의 예시에서 시작점을 어디로 두느냐에 따라 히스토리와 스토리의 범위가 달라진다. 만약 몬스터가 마을을 파괴하는 것부터 시작한다면 평화로운 마을에서 살았던 주인공의 과거가 히스토리가 된다. 하지만 시작점을 은퇴한 용사에게 검술을 배우고 몬스터와 사악한 마법사에게 복수하는 것부터 나오면 그 이전의 내용이 히스토리가 된다.

시작점이 뒤로 가면서 히스토리의 범위가 달라지면 작품 안에서 주인공을 표현하는 방법도 변한다. 만약 위의 예시에서 마을이 파괴되는 장면부터 나오면 아직 어린 주인공은 공포에 덜덜 떨면서 초반 부분에는 나약한 모습을 보일 수밖에 없다. 그 상황에서 은퇴한 용사에게 직접 자신이 찾아갈지 아니면 용사가 그를 구해 주고 제자로 삼을지 등의 요소를 정할 수 있다. 만약 주인공이 직접 용사에게 찾아간다면 복수심에 대한 의지가 더 강한 캐릭터가 될 것이고, 은퇴한 용사가 그 아이를 구해서 검술을 가르쳐 주면서 자신이 이루지 못한 무엇인가를 주인공을 통해 이루고자 한다면 캐릭터의 목표나 설정이 달라질 것이다.

아예 모든 검술을 배우고 하산해서 몬스터를 죽이는 것부터 시작한다면 독자는 이 주인공이 왜 이렇게 독기를 품고 몬스터를 죽이는지 알 수가 없다. 뭔가 주인공과 몬스터 사이에 뭔가가 있었다고 추측할 뿐 주인공의 행동 자체에 집중하게 된다. 그리고 주인공이 사악한 마법사를 찾아가는 과정에서 자연스럽게 그의 과거와 목표를 알게 된다. 시작점이 뒤로 옮겨지면서 초반 부분에 더 빠르고 가독성 있는 전개가 가능해진 것이다.

흔히 말하는 '매력적인 조연'이라는 함정에 빠져서 주인공이 아닌 주변 인물들을 습관적으로 많이 만드는 지망생들이 꽤 많다. 하지만 조연은 조연일 뿐이다. 주인공이 설정상 할 수 없는 일을 대신해 주는 역할이 조력자이자 조연의 역할이다.

만약 내가 짠 스토리에서 지나치게 조연의 수가 많거나 비중이 크다면 그 숫자를 줄이고, 한 명에게 그 분산된 역할을 맡기는 것이 좋다. 그들은 주인공을 빛내 주는 역할이라는 걸 항상 명심해야 한다.

2. 대적자 만들기

판타지 소설에서 주인공만큼이나 중요한 것이 바로 대적자다. 대적자란 주인공에게 대항하는 인물을 뜻한다. 반드시 스토리상에서 주인공과 대적자는 한 명씩 만들어야 한다. 그 이유는, 앞부분은 술술 쓰는데 중반에서 결말까지 가지 못하는 작가들과 지망생들의 스토리를 분석해 보면 대부분 주인공과 대적자가 지나치게 많거나 서로 갈등 구조가 제대로 연결되지 않기 때문이다.

주인공과 대적자가 여러 명이어도 초반은 어떻게든 쓰는 것이 가능하다. 하지만 보통 중반으로 넘어갈 때 글이 무너지는 경우가 많다. 설정과 캐릭터를 일단 내놓는 초반과 달리 중반과 결말에서는 그 캐릭터들과 설정을 엮어서 사건을 진행시켜야 하기 때문이다. 이때 스토리 전체를 관통하는 주요한 사건이 수면 위로 드러나야 한다.

특히 연재 분량이 많은 웹소설의 경우에는 더 어렵다. 보통 판타지 웹소설의 경우에는 300~500화를 전체 분량으로 볼 때 초반부인 75화를 넘어서 150화가 넘어가면 본격적인 대적자와의 갈등과 사건 전개가 시작된다. 이때 독자들은 주인공의 행동과 목표에 집중하게 되는데, 만약 주인공과 대적자가 여러 명이 등장하면 누구와 대결하거나 어떻게 마무리를 내야 할지 갈피를 잡기 어렵다.

이렇게 되면 중반에서 주인공과 대적자의 대결을 다루는 주요 사건이 일관적으로 전개되지 못하고 플롯이 분산되면서 내용이 산만해질 수밖에 없다.

심지어 작가조차도 이 사건이 어떻게 전개될지 갈피를 잡을 수 없기 때문에 인물들의 과거 이야기를 무리하게 끌어오거나 억지로 갈등 상황을 만들어 무리수를 두는 일이 벌어진다. 이런 악순환을 피하기 위해서는 중요 사건을 이끌어 갈 주인공과 대적자의 서사를 중심에 두고 여기에 집중하면서, 중반과 결말로 이어지는 서사 구조를 명확하게 만드는 것이 중요하다.

주인공과 대적자를 한 명씩 두는 것을 낯설게 느끼는 가장 큰 이유는 메인 플롯과 서브플롯을 혼재해서 사용하는 콘텐츠에 익숙하기 때문이다.

우리가 흔히 볼 수 있는 할리우드식 영화나 드라마는 메인 플롯과 서브플롯이 결합되어 있는 다층 구조로 되어 있다. 하나의 사건이 아니라 여러 개의 사건이 층층이 쌓여 중반부터 이 사건들이 하나로 결합되면서 하나의 결말로 귀결되는 복합 플롯 구조다.

문제는 이런 다중 구조의 복합 플롯은 처음 스토리를 쓰는 사람이 다루기가 어렵다. 이런 플롯들을 꼼꼼히 잘 분석해 보면 결국 주인공과 대적자는 한 명씩 배치되어 있고, 이들의 대결을 심화하기 위해 서브플롯을 이끄는 조연들이 붙게 된다.

중반을 넘어가 결론으로 갈 때는 서브플롯을 이끌던 조연들이 주인공 쪽에 붙어서 주인공이 결국 사건을 해결하는 식으로 되어 있다.

초반부터 메인 대적자가 서사에 바로 나오는 경우는 드물다. 적당한 중간 보스들이 나와서 주인공과 조력자를 괴롭히고 그들이 성장할 수 있는 여지를 주다가 점차 강한 적들이 등장하고 나중에 메인 대적자가 나타난다. 대부분 주인공 그룹보다는 대적자 그룹이 더 강한 힘을 가지고 세력도 크기 때문에 주인공의 성장에 맞춰서 대적자 그룹에서도 점차 강한 적을 보내는 설정을 정석적으로 사용한다.

연재 분량이 길지 않으면 메인 대적자가 처음부터 나와도 되지만, 장기 연재를 고려한다면 대적자와 주인공을 중반 이후부터 끌어 가는 것이 좋다. 상황에 따라서는 메인 대적자로 알았던 적이 사실은 중간 보스였고, 그 뒤에 대마왕이 있었다는 식으로 반전을 주기도 한다. 이런 설정은 창작자 마음이기 때문에 얼마든지 바꿔서 넣을 수 있다. 어쨌든 중요한 것은 주인공과 대적자가 한 명씩이어야 하고, 서로 양립할 수 없는 갈등 상황에 놓여 있어야 한다.

3. 성장 서사 만들기

주인공과 대적자의 대결 구도와 갈등 구조가 만들어졌다면 기본적인 서사 구조와 플롯이 만들어진 것이나 다름없다. 만약 주인공과 대적자의 관계성이 제대로 이루어지지 않았다면, 인물 설정에 힘을 써야 한다. 아무리 해도 주인공과 대적자가 별로 싸울 이유가 없고, 금방 화해할 수 있을 것 같은 상황이라면 장기 연재로 서사를 이끌어 가기에 원동력이 부족할 가능성이 높다.

위의 설정이 모두 잡혔다면 이제 다시 주인공에게 초점을 맞춰서 영웅으로 성장할 수 있는 성장 구조를 만들어 갈 필요가 있다. 이런 영웅 서사 구조의 원형에 대해서는 비교 신화학자인 조지프 존 캠벨Joseph John Campbell의 저서들을 참고하면 좋다. 또한, 크리스토퍼 보글러Christopher Vogler가 쓴 《신화, 영웅 그리고 시나리오 쓰기The Hero with a Thousand Faces》라는 책에는 조지프 존 캠벨의 신화 분석과 카를 구스타프 융Carl Gustav Jung의 정신 분석학을 통해 보편적인 영웅 서사 구조를 어떻게 현대적인 스토리에 적용시킬지를 제시하고 있다. 판타지 소설을 쓰는 지망생들에게 도움이 될 만한 내용이 많으니 참고하기 바란다.

현대의 판타지 작가가 신화와 고전을 통해 알아야 하는 것은 고대부터 내려온 영웅 서사의 원형을 통해 그 안의 인물들이 어떤 방식으로 행동했는지를 알기 위함이다. 신화와 고전 속에 담겨 있는 서사 방식을 이해한다면 작가는 기존의 서사를 비틀거나 채움으로써 작가의 독특한 시선으로 영웅 서사를 새롭게 재구성할 수 있다.

판타지 소설은 소재는 시대에 따라 다르지만, 그 구조는 거의 변화하지 않는다. 추공 작가의 《나 혼자 레벨업》, 남희성 작가의 《달빛조각사》, 황제펭귄 작가의 《검술명가 막내아들》 모두 카카오페이지에서 엄청나게 큰 인기를 끈 작품이다.

같은 판타지 범주 안에 있는 작품들인데도 다루는 소재와 배경은 모두 다르다. 그럼에도 이 소설들을 '판타지'라는 장르로 묶은 이유는, 주인공이 성장해서 영웅이 되고 적을 물리친다는 서사 구조가 동일하기 때문이다. 전개 방식은 유사하지만 담고 있는 인물과 내용, 작가의 메시지는 다르게 나타난다.

흔히 판타지 소설이나 웹소설을 두고 내용이 가볍거나 구조가 단순해서 유치하다고 말하는 지망생도 있다. 이는 판타지 소설의 신화적, 서사 구조에 대한 오해 때문이라고 생각한다. 엄밀히 말하면 서사 구조와 사건을 단순화해서 가독성을 높이는 것이 판타지 소설에서는 굉장히 중요한 요소 중 하나다. 내용과 구조가 너무 복잡해서 독자들이 지루하게 여겨 이탈하면, 아무리 뒤의 내용이 좋고 흥미로워도 이를 읽어 줄 사람이 없기 때문이다.

장르 문학적 판타지와 웹소설적 판타지를 구분해서 자신이 원하는 창작 방식이 무엇인지를 제대로 파악하는 것이 중요한 이유가 여기에 있다.

판타지라는
가상 공간

1. 무대 만들기

주인공과 대적자의 관계성과 기본적인 서사 구조와 플롯
역시 결정했다면 구체적인 에피소드를 만들기 전에 먼저 주
요 무대를 만들 필요가 있다.

판타지 소설은 가상의 세계를 다룬다. 애초에 작가의 머
릿속에 담긴 세계는 아무리 현실 세계와 유사하게 닮았다 하
더라도 가상의 세계일 수밖에 없다. 작가는 자신의 머릿속에
담긴 자신만이 아는 세계를 독자들에게 전달하기 위해 문장
으로 그곳을 형상화해야 한다. 이때, 중요한 것이 바로 배경
즉, 공간 설정이다.

연극에서도 가상의 공간을 설정하기 위해 가장 공을 많이 들이는 것이 바로 무대다. 무대 뒤에 어떤 배경을 붙이고, 조명을 어떻게 배치하는지에 따라 관객들이 그 연극에 몰입하는 정도가 달라진다. 판타지 소설 역시 마찬가지다. 주인공이 활약할 무대가 제대로 만들어져야 독자들은 그 모험극을 흥미진진하게 따라갈 수 있다. 무대를 만든다는 것은 구체적인 에피소드를 만들 때 상당히 큰 비중을 차지한다.

다음 사건이 일어날 에피소드를 고민해야 하는데 아무리 머리를 짜내도 생각이 나지 않는다면 대부분 무대 설정이 제대로 되어 있지 않은 경우가 많다. 주인공의 활약을 가장 적절하게 보여 줄 수 있는 무대를 미리 설정하고 꾸미면 효율적으로 플롯에 따라 세부 에피소드를 만들어 낼 수 있다.

초반에 세계관을 구성하는 주요 설정과 소재들을 중심으로 카테고리를 나누었다. 중세 서양 판타지의 세계관에서는 주로 검과 마법, 드래곤, 몬스터들이 등장하는 세계관이 주를 이룬다. 동시에 이런 세계관에 어울리는 무대 역시 미리 설정을 해두어야 한다. 중세 서양 판타지 소설에서 많이 나오는 배경들을 차용할 수 있지만, 자신이 쓰는 세계관의 고유한 설정에 따라 다양한 것들이 추가될 수 있다.

예를 들면, 중세 서양 판타지 세계관에 기본을 두고 마력석을 바탕으로 내연기관이 존재하는 세계라고 가정해 보자.

이때 마력 내연기관이 증기 기관을 대체하면서 증기 기관을 활용하던 시대의 시설들이 중세 배경에 만들어지는 것 역시 가능하다.

일반적으로는 마차를 타고 다니지만, 도시와 도시를 연결하는 철도는 있었기 때문에 중앙역이 도시의 중심에 존재할 수 있다. 그럼 중세 배경의 판타지 소설 속 중앙 철도역은 어떻게 구성되어 있을지를 설정하고 그에 대한 묘사를 해볼 수 있다.

더불어 이런 중앙 철도역과 마력으로 움직이는 기차를 배경으로 하는 무대에서 주인공은 대적자와 어떤 대결을 펼칠 수 있을까를 고민하며 에피소드를 만들어 보는 것이다.

중세 배경의 판타지 소설이지만 철도역과 기차를 배경으로 하는 추격전을 레퍼런스로 삼아서 영화적인 연출이 가미된 에피소드를 만드는 것도 가능하다. 만약 중앙 기차역이나 기차가 없이 이런 연출을 하게 되면 상당히 어색할 것이다.

무대를 구성하는 것은 상당히 복합적인 스토리적 요소들이 결부되어 있다. 단순히 배경 자체를 만드는 것으로 끝나는 것이 아니라 작품 전체의 분위기나 주요 설정, 시대적 배경, 문명의 발달 정도 등을 간접적으로 보여 줄 수 있다. 스치듯 지나가는 시설의 설명이나 물건의 설명만으로도 그 세계의 발전 수준이나 그 지역의 문화에 대해서 메시지를 전달하는 것이 가능하다는 뜻이다.

무대를 설정할 때는 효율적으로 고민할 필요가 있다. 앞에서도 언급했듯이 배경만으로도 전달할 수 있는 간접적인 세계관 정보가 많다.

내가 스토리를 전개해 나가면서 반드시 독자들에게 전달해야 할 세계관적 정보가 있다면 새로운 무대를 꾸밀 때 그 정보를 집어넣어서 미리 설정을 깔아 두는 것이 좋다. 나중에 주인공이나 다른 캐릭터의 입을 빌려서 설명하면 가독성이 떨어지고, 지루해지기 때문이다.

특히 판타지 소설을 쓰는 지망생 중에서는 지나치게 설정에 몰입해서 그 세계관에 대한 정보를 줄줄 나열하는 경우가 있다. 아무리 흥미로운 설정의 세계관이라도 그 설명이 길어지면 독자들은 지루해하고 흥미를 잃게 된다. 창작자로서 고유 설정을 연구하고 이를 스토리에 녹여내는 것은 필요한 일이지만, 가장 기본적인 재미 요소를 놓치게 되면 본말전도本末順倒의 우를 범하게 된다. 때문에 지루할 것 같은 설명은 무대 설정을 적극적으로 활용해서 설명 구간을 최대한 줄이는 것이 좋다.

무대가 세워지면 그 무대에서 활약할 캐릭터들을 설정해야 한다. 주인공과 누가 이 무대에서 주요하게 사건을 일으킬지, 그 사건에 따른 영향은 무엇일지를 전체 플롯에 맞추어서 고민해야 한다. 전체적인 플롯의 흐름에 맞지 않는 사건 혹은 스케일이 자꾸 나오게 되면 이는 무대 설정에 실패한 것이다. 작은 술집에서 벌어질 만한 사건이 필요한데, 대도시의 광장에 개최된 큰 축제를 무대로 설정한다면 적절한 에피소드의 범위를 넘어설 가능성이 높다.

자신이 필요한 에피소드의 크기가 어느 정도인지, 그 에피소드를 넘어서 다음 에피소드로 넘어가는 것이 자연스러운지를 보고 무대의 크기를 가늠해 봐야 한다.

무조건 무대가 크다고 해서 좋은 것은 아니다. 상황에 맞는 적절한 크기의 무대를 설정해야 그에 맞는 에피소드가 나온다.

마찬가지로 그 무대에 맞는 인물이 등장해야 한다. 작은 무대에서 주인공이 아닌 조연과 엑스트라가 잠깐 나와서 필요한 정보를 주고 빠져야 하는 장면인데, 쓸데없이 인물들이 많이 나와서 설명이 길어지거나, 불필요한 액션신이 들어가면 전개가 지루해진다. 이런 장면이 반복되면 독자들은 '고구마'라고 하면서 더 빠르고 속 시원한 전개인 '사이다'를 찾는다.

큰 사건에는 그에 맞는 큰 무대를 준비하고 그 스케일에 걸맞은 주요한 사건을 배치하며, 작은 사건일 경우에는 작은 무대와 인물들을 배치해서 빠르게 필요한 정보만 전달하고 넘어가는 것이 중요하다. 이렇게 무대 배치의 밸런스를 잘 맞추어야 에피소드가 자연스럽게 흘러갈 수 있다. 이런 단선적인 에피소드의 구성이 웹소설의 가독성을 살릴 수 있기 때문에 굳이 다중적 구조로 플롯을 복잡하게 만들 필요가 없다. 주인공의 성장에 집중해서 빠르게 내용을 전개할 수 있게 적절한 무대를 배치하는 것이 자연스러운 에피소드로 연결될 수 있다.

2. 설정 오류의 위험

판타지 소설에서 가장 중요한 것은 다름 아닌 설정 오류를 잡는 것이다. 판타지 소설의 세계관은 가상의 세계관이다. 즉, 작가가 상상력을 발휘해서 만들어 낼 수 있는 세계이기 때문에 한계가 없다. 작가가 만들어 내면 독자로서는 받아들일 수밖에 없다. 하지만 아무리 작가가 만들어 낸 세계라 하더라도 지켜야 할 부분이 있다. 바로 '인과성'이다. 설정 자체는 자유롭지만, 설정과 설정 사이에 논리적인 오류가 생기면 독자로서는 이 세계에 대한 신뢰감이 뚝 떨어지게 된다. 판타지 소설을 즐겨 읽는 독자들이 가장 민감하게 생각하는 부분이 바로 이 설정 오류에 대한 부분이다.

설정 오류에 대해 쉽게 설명하기 위해 예시를 들면 다음

258

과 같다. 작가가 초반에 세계관 설명을 진행하며 이런 내용을 언급했다고 가정하자.

'기사들은 마나연공법을 통해 심장에 마나고리를 만들 수 있다. 이 고리 하나를 서클이라고 하는데, 점차 수준이 높아지면서 3 서클 이상이 되면 검에 마나를 담을 수 있고, 4 서클이 되면 그 마나가 유형화되어 푸른빛을 띠게 된다. 그걸 오러블레이드라고 부른다. 하지만 마나연공법으로 심장에 서클을 만든 기사들은 마법을 익힐 수 없다.'

분명 마나연공법으로 심장에 서클을 만든 기사는 마법을 익힐 수 없다고 했는데, 갑자기 뒤에서 이런 장면이 나오면 설정 오류가 된다.

'심장에 고리를 만든 기사들은 마법사들과는 다른 방법으로 간단한 보조 마법들을 쓸 수 있다. 마법사들은 수식과 마나유도를 이용해 마법을 형상화하지만, 기사들은 다르다. 심장의 마나를 끌어와 압축한 뒤 간단한 명령어를 외친다. 고위급 마법은 아니지만, 파이어볼과 같은 간단한 마법 정도는 얼마든지 쓰는 게 가능했다. 하지만 군이 그들이 마법을 쓰지 않는 이유는, 같은 마나를 쓸 때 마법보다 오러블레이드로 적을 베는 것이 더 유리하기 때문이다.'

이렇게 보면 앞에서 분명 안 된다고 했는데 뒤에서 갑자기 마법을 쓸 수 있다는 뜻인지 이해가 잘 가지 않을 것이다.

하지만 연재가 지속되고 앞의 설정이 초반 15화쯤 나왔을 때, 뒤의 설정이 후반 150화쯤 나오면 작가도 자신이 쓴 설정을 잊고 에피소드의 필요에 따라 저렇게 새로운 설정을 만들 수 있다. 작가는 이런 세세한 설정에 대해 간과하고 넘어가는데, 독자들은 소설을 모아서 보는 경우가 많아 작가보다 설정 오류를 더 쉽게 찾아낸다. 이렇게 되면 특히 웹소설일 때 큰일 난다. 간단한 오류라면 쉽게 고칠 수 있지만, 만약 새롭게 덧붙인 설정이 내용 전개상 아주 중요한 역할을 하는 키워드라면 수정 자체가 어렵게 된다.

때로는 그 설정 오류를 바로잡기 위해 초반부터 스토리를 거슬러 올라가서 필요한 부분들을 모두 뒤엎어야 할 수도 있다. 기초 공사가 제대로 되어 있지 않으면 이런 대공사가 일어날 수 있다. 작가들이 쓰면서 괜히 연재 지각을 하거나 휴재, 연재 중단까지 일어나는 게 아니다.

이런 일이 계속되면 작가 역시 사람이기 때문에 글을 쓰는 것 자체가 두려워진다. 이를 제대로 극복하지 못하면 연재를 중단하거나 잠수를 타게 된다. 이런 불상사가 일어나지 않기 위해서는 반드시 자신이 별징한 내용에 대해서 인과성을 따져 보고, 그 내용에서 어긋나는 것이 없는지를 확인해야 한다.

설정 오류에 대한 부분에서 한 가지 더 주의해야 할 부분이 있다. 바로 캐릭터의 일관성이다. 내가 잡아 놓은 캐릭터의 설정에 맞게 캐릭터가 행동을 해야지 전혀 맞지 않는 행동을 하게 되면 독자들은 굉장히 혼란스러워한다.

예를 들면 내가 설정한 주인공이 거칠 것이 없고, 마음 내키는 대로 행동하는 안하무인이다. 이 주인공은 무림 맹주라 할지라도 자기가 원하는 것이 있으면 그대로 행동하고 자신에게 조금이라도 해가 되면 단호하게 처리하는 성격이다. 그런데 갑자기 주인공 옆에 예의 없고, 제멋대로인 여자 캐릭터가 조연으로 붙었다. 평소 주인공은 그런 캐릭터의 행동에 가차 없이 칼을 휘둘렀을 텐데, 이상하게 그 캐릭터에게만 인내심을 발휘해서 참아 주고 봐주는 일이 반복된다. 이럴 경우 독자들의 반응은 결코 좋지 못할 것이다.

원래 주인공 캐릭터의 설정대로 시건방진 여자 캐릭터를 참교육시키거나 단호하게 손절을 하는 등 그에 맞는 행동이 연결되어야 하는데, 적절한 근거가 없이 캐릭터의 설정과 다른 행동을 보이면 이 역시 설정의 오류가 된다. 이렇게 설명으로 하면 왜 이런 오류가 발생하는지 잘 이해가 가지 않을 것이다.

하지만 작가의 입장에서 볼 때는 두 캐릭터 사이에 앞으로 일어날 에피소드가 있고, 다른 사건의 계기를 만들어 낼 때 필요한 상황이기 때문에 설정을 벗어난 행동이 발생할 수 있다. 그래서 글을 쓰는 과정에서는 오류를 범할 수 있다.

사실 이런 부분들이 창작자로서 연재를 할 때 어렵다. 작가로서는 전혀 예상치 못한 부분에서 독자들이 설정 오류라고 분개하거나 악플을 다는 요소들이 생기곤 한다.

필자 역시 카카오페이지에서 《악역무쌍》이라는 무협 작품을 연재했을 때 예상치도 못한 지적을 받았다. 자신이 쓴 소설 속 마교의 사공자에 빙의한 주인공이 살아남기 위해 발버둥을 치다 천마의 무덤을 발견해 그곳에서 천마신공과 여러 무기들을 가지고 나왔다. 주인공은 자신이 필요한 것을 취하고 자금을 마련하기 위해 남은 천마의 물품 중 '천마환'이라는 팔찌를 경매에 부친다.

주인공의 라이벌이 그 팔찌를 경매에서 낙찰받는데, 알고 보니 그 천마환이라는 팔찌가 천마의 상징 중 하나인 천마환검으로 변하는 기물 중의 기물이었다.

작가인 나는 어차피 저 천마환검을 주인공이 다시 돌려받을 것을 알고 있었기 때문에 경매에 넘겨도 별다른 문제의식이 없었다. 그러나 독자들은 주인공이 초반에 기연이나 기물을 가져가서 빠르게 성장하는 과정 자체를 즐긴다. 그런데 독자들 입장에서는 무협에서 그리고 마교에서 엄청난 상징성을 지닌 '천마'의 물건을 저렇게 생각 없이 적에게 고스란히 갖다 바치느냐는 반발심이 엄청났다. 이것은 미처 내가 생각하지 못한 설정 오류였다. 이처럼 의외로 전혀 생각지도 못한 부분에서 설정 오류가 날 수 있기 때문에 이런 부분은 담당 편집자나 주변에서 웹소설을 돈 주고 보는 지인이 있다면 리뷰를 요청하는 것이 좋다.

3. 적극적으로 시놉시스 활용하기

요즘 웹소설을 비롯해 장르 문학에서도 공모전이나 투고에서 기획서와 시놉시스를 요구하는 곳이 많아졌다. 그런데 작가 중에서는 생각보다 이 기획서와 시놉시스를 쓰는 걸 어려워하는 사람이 있다. 책 한 권은 써도 오히려 한 장짜리 시놉시스를 쓰는 것은 못 하겠다며 손사래를 친다. 대부분 그런 분들은 이렇게 말을 한다.

"일단 써 봐야 알지 쓰기도 전에 어떻게 내용을 알아?"

이건 사실 작가마다 창작의 스타일이 다른 점도 어느 정도 반영이 되어 있다. 사건 전체를 설계도 쓰듯이 정리하고 그에 맞춰서 내용을 쓰는 작가가 있지만, 일단 문장부터 쓰고 그 뒤의 내용을 채우는 작가도 있다.

어떤 스타일이 더 맞다고 말하기는 어렵다. 하지만 요즘 스토리 콘텐츠 산업 시장에서 요구하는 작가는 기획서와 시놉시스 작업이 가능한 작가로 보인다.

얼마 전만 해도 대부분 장편 소설 공모전은 본문을 모두 써서 투고하는 방식이었다. 이때도 시놉시스와 줄거리를 받기는 했지만 어쨌든 본문을 모두 쓴 상황이기 때문에 내용을 줄여서 줄거리로 만드는 것 자체는 어렵지 않았다. 하지만 요즘은 본문을 끝까지 쓰지 않고 우선 기획서와 전체 줄거리, 트리트먼트를 먼저 받아서 기획 자체와 설정을 먼저 본다. 이 기획이 상품성이 있다고 판단이 되면 계약을 하고 뒷부분을 집필하게 한다. 본문을 끝까지 제출했던 과거의 공모전과는 상황이 달라진 것이다.

이 말뜻은 우선 첫 번째 커트라인이 바로 기획서에 들어갈 로그라인log line, 이야기의 방향을 한 문장으로 요약한 줄거리이 얼마나 재미있는지에 대한 것을 먼저 판별하겠다는 의미이다. 즉, 아무리 본문이 재미있고 문장을 잘 써도 독자들이 유입되는 기준은 바로 로그라인이다. 그 로그라인 한 줄에 따라 독자들의 유입이 갈린다. 작품 수가 많은 웹소설은 더더욱 이 부분이 중요하다.

소설 전체를 관통하는 로그라인이 중요한 이유는, 그 안에 상황과 사건이 내포되어 있기 때문이다. 제목과 로그라인은 작품 전체의 콘셉트와 전개 방향성을 보여 준다. 때문에 이것만으로도 독자들은 대충 이 작품을 판단할 수 있다. 그렇기 때문에 로그라인 자체가 매력적이지 못하면 독자들은 애초에 작품 자체를 선택하지 않는다.

영화에서는 이 부분을 '훅'이라고 부르는데, 대중 콘텐츠는 플랫폼이나 매체는 달라도 모두 이 훅이 중요하다. 특히 웹소설은 이 훅이 표지와 로그라인으로 결정된다. 이런 상황에서 기획서에 매력적인 제목과 로그라인을 제대로 뽑아내지 못하면 본문은커녕 줄거리 자체가 읽히지 못하고 탈락되는 경우도 있다.

제목과 로그라인을 통한 훅이 어느 정도 완성이 됐다면 시놉시스에 관해 고민해야 한다.

시놉시스에는 중심 사건과 캐릭터를 구체적으로 나타냄으로써 읽는 사람으로 하여금 궁금하게 해야 한다. 훅이 흥미를 이끄는 역할을 한다면 시놉시스는 전체적인 이 스토리의 컨셉과 방향성을 파악하게 만들 조감도 역할이다.

기획서에 들어갈 시놉시스에는 스토리 전체의 처음, 중간, 끝이 모두 들어가야 한다. 종종 내 스토리는 반전이 중요하고, 이걸 빼앗길까 봐 중요한 부분을 감추거나 결말을 안 쓰는 경우가 있는데, 전혀 그럴 필요가 없다. 공모전이든 투고든 자신이 드러낼 수 있는 역량을 모두 보여야 한다.

더불어서 시놉시스를 잘 쓰는 훈련을 하는 것은 창작자에게도 큰 도움이 된다. 스토리를 만들 때 시놉시스를 이용해 구체화나 체계화시키면, 안정적으로 서사를 진행시킬 수 있다.

시놉시스는 한눈에 스토리의 전체적인 구조를 파악할 수 있도록 정리하는 설계도와 비슷하다. 앞서 말했듯이 전체적인 스토리의 설정 오류나 플롯의 밸런스를 맞추는 일은 기성 작가에게도 힘든 일이다. 이때 시놉시스를 만들어서 전체적인 주인공과 대적자의 관계성, 기본적인 서사 구조, 주요 에피소드 등의 방향을 정해 놓으면, 이 밸런스를 조정하고 맞추는 데 큰 도움이 된다. 시놉시스가 스토리의 전반적인 틀을 잡아 주기 때문에 본격적으로 스토리를 전개할 지도를 그릴 수 있다.

시놉시스는 소설과 달리 기획서처럼 기술적인 글쓰기 방식을 요구한다. 문학적 글쓰기를 해 온 작가들에게는 처음에 익숙하지 않은 방식이다. 하지만 장기 연재를 진행해야 하는 판타지 소설 작가들은 어쩔 수 없이 기획자적 역량도 갖춰야 한다. 적어도 기획서와 시놉시스를 쓸 때만큼은 기계적 매커니즘을 이용해 철저하게 계산되고, 체계화된 서사 구조와 매력적인 줄거리를 만들어 낼 필요가 있다.

실제 본문을 쓸 때는 창작자의 예술적 자유도를 마음껏 발휘해도 되지만, 적어도 설계도라 할 수 있는 시놉시스나 트리트먼트를 만드는 과정에서만큼은 이 작품을 보고 상업성 여부를 판단할 사람의 기준에서 생각하고 고민해야 한다.

가상 세계에서
인물이 살아 움직이다

- 쉽고 재미나게 SF 소설 쓰는 법

| 남유하 |

잘 읽고
잘 쓰기

SF를 잘 쓰고 싶은가?

지금부터 내가 하려는 얘기는 SF를 잘 쓰는 왕도王道 같은 것이 아니다. 글을 쓰는 일에 왕도는 없다. 노력만 있을 뿐. 나는 내 앞에 펼쳐진 길을 쉼 없이 걸어갔을 뿐이다. 그 길은 몹시 험할 때도 평탄할 때도 있었다. 혹시 내가 간 길이 지름길이었을까? 모르겠다. 하지만 먼저 가 본 사람으로서, 처음 길을 나서는 여러분에게 내가 간 길을 알려줄 수는 있다. 그 길이 조금이라도 도움이 되길 바란다.

질문으로 돌아가자.

SF를 잘 쓰고 싶은가? 다문다독다상량多聞多讀多商量. 중국의 구양수欧陽修가 글을 잘 짓는 비결로서 이른 말이다. SF를 잘 쓰는 비결도 다르지 않다. SF를 많이 읽자. SF를 쓰려는 사람에게 SF는 최고의 작법서다. 읽지 않고 쓰겠다는 건 어불성설語不成說이다. 하지만 SF를 접해보지 않은 초심자가 SF 소설을 읽는 것은 만만치 않은 일이다. 특히 복잡한 과학 법칙이 나오기라도 할라치면 절로 책을 내려놓고 싶어진다. 어떻게 아느냐고? 내 얘기니까.

나는 대학에서 철학을, 대학원에서 정치학을 전공했다. 과학은 고등학교를 졸업한 후엔 들여다본 적이 거의 없다. 소위 '과알못'인 내가 하드 SF를 정복하기란 쉽지 않았다. 그래서 소프트 SF부터 읽기 시작했다. 잠깐, 여기서 하드 SF와 소프트 SF에 대해 짚고 넘어가자.

하드 SF란 물리학, 생물학, 화학, 천문학, 공학 등 자연 과학을 기반으로 한 작품들을 말한다. 우리가 흔히 SF라고 할 때 떠올리는 작품들 말이다. 대표적인 하드 SF 작가로는 아이작 아시모프Isaac Asimov, 아서 찰스 클라크Arthur Charles Clarke, 로버트 앤슨 하인라인Robert Anson Heinlein 이 세 사람을 꼽는다. 이들은 현대 SF의 3대 거장이라고 불리기도 한다.

소프트 SF란 역사학·정치학·사회학 등 사회 과학을 바탕으로 만든 SF라고 할 수 있다. 마거릿 엘리너 애트우드Margaret Eleanor Atwood의 《시녀 이야기The Handmaid's Tale》나 조지 오웰George

^{Orwell}의 《1984》에 현란한 과학 기술이 나오지는 않지만, 이 작품들은 SF다. 현실을 비틀거나 꼬아서 만든, 현실과 다른 세계를 보여 주는 작품이다. 판타지와 SF의 경계에 아슬아슬하게 걸친 작품도 많다. 그런 경계에 있는 작품을 읽은 사람들은 가끔씩 내게 질문하기도 한다.

"이런 것도 SF란 말인가요?"

나는 언제나 "그렇습니다. SF입니다."라고 말한다.

과학소설, SF의 정의를 내리는 일은 결코 쉽지 않다. 많은 이론서에서도 이에 대해서는 입을 모아 어렵다고 말한다. 그러니 내가 그 경계를 두부 자르듯 가를 수는 없는 일이다. 다만 나는 '과학소설이란 내가 손을 들어 '이것이 과학소설이다'라고 가리키는 것'이라고 한 데이먼 프랜시스 나이트^{Damon Francis Knight}의 말에 동의한다.

이론부터 파고들면 머리가 아플 테니 일단 도서관에 가자. 그리고 손에 집히는 SF를 뽑아 들고 첫 장을 읽어 보자. 여러 SF를 읽다 보면 백화점에 가서 옷을 입어 보는 것처럼 자신의 취향이 무엇인지 자연스럽게 알게 된다.

SF와 친해지는 또 하나의 방법은 SF 영화를 보는 것이다. SF 영화들은 SF를 원작으로 하는 것들이 많다. 영화 〈마션^{The Martian}〉은 앤디 위어^{Andy Weir}의 장편 소설을, 〈컨택트^{원제 : Arrival}〉는 테드 창[Ted Chiang]의 소설집 《당신 인생의 이야기》에 실린 〈네 인생의 이야기〉를 원작으로 한다. 이렇게 원작이 있는 SF 영화를 본 후 책으로 읽으면, 머릿속에 이미지가 그려져서 훨씬 이해하기 쉬울 것이다.

물론 영화를 먼저 보면 우리의 상상력이 제한된다는 단점도 있지만, 그건 조금 나중에 생각하자. 일단은 많이 보고 많이 읽자. 단, 잘 안 읽히는 작품을 억지로 읽으려 노력하지는 말자. 아무리 대가의 작품이라고 할지라도 고통에 몸부림치면서까지 읽을 필요는 없다. 때가 되면 중도 포기했던 작품들도 다시 읽을 날이 오게 된다. 그렇게 한 권 한 권 쌓다 보면 어느 순간 쾅! 하고 당신의 아이디어가 폭발할 것이다.

SF 소설을
쓰기 위한 전제

"SF를 쓰고 싶어도 과학을 잘 몰라서⋯."

작가 혹은 작가 지망생들에게 많이 듣는 말이다. 비슷한 버전으로는, "SF를 쓰고 싶은데 문과생이라⋯."와 "SF는 너무 어려워서⋯."가 있다.

예전에는 이런 말을 들으면, "SF요? 하나도 어렵지 않아요. 외계인만 나오면 SF예요. 그러니까 부담 갖지 말고 쓰세요."라고 농담 반 진담 반으로 말했다. 사실 지금도 이 생각에는 변함이 없지만, 몇 가지 부연 설명은 필요할 것 같다.

일단, 하나도 어렵지 않다, 는 말은 틀렸다. SF뿐만 아니라 모든 글을 쓰는 행위는 스스로 발등에 촛농을 떨어뜨리는 것처럼 자학적인 면이 있다. 그러니 고통스럽고 힘들 수밖에.

다만 내 얘기는 SF라고 특별히 어렵게 생각하지는 말라는 뜻이다.

SF는 과학 논문이나 과학 관련 기사가 아니다. SF는 허구의 이야기를 그리는 소설이다. 그러므로 SF에서는 현재 과학 기술로는 불가능한, 그리고 어쩌면 앞으로도 가능성이 희박해 보이는 시간 여행을 자유롭게 할 수 있다. 이 점을 마음 한구석에 잘 장착하면, 과학 때문에 괜스레 움츠러들 일은 없을 것이다.

그렇다고 과학적 개연성을 무시하고 마구 달리라는 말은 아니다. 있을 법한 세계를 만들어야 한다. 있을 법한 세계를 만드는 방법은 뒤에서 좀 더 구체적으로 말하겠다.

나는 SF 독자들이 세상의 많은 독자 중 가장 너그러운 사람들이라고 생각한다. 그들은 작가가 이끄는 가상의 세계로, 좀 더 적나라하게 말하면 거짓말 속으로 기꺼이 빠져들 준비가 되어 있다. 하지만 작가가 자신이 만든 세계 안에서 개연성을 확보하지 못하면 그들은 다른 어떤 독자들보다 엄격해진다. 그러니 작가는 그 세계를 완전히 장악하고 있어야 한다.

어느 한 부분이라도 어긋나면 개연성은 사라지고, 작가에 대한 불신이 그 자리를 가득 메우게 된다. 혀를 차고 고개를 저으며 책장을 넘기던 독자는 결국 손에서 책을 놓게 된다. 그러니 사소한 디테일이라고 대충 넘어가면 바로 들키게 될 것이다. 독자는 언제나 작가보다 똑똑하다는 것을 잊지 말자.

당신이 만든 허구의 세계 안에서 규칙만 잘 지킨다면 과학을 잘 모른다는 걱정은 할 필요가 없다. 그래도 걱정이 되는가? 그렇다면 과학 잡지를 읽자. (어렵게 느껴진다면 어린이를 위한 과학 잡지도 좋다.) 그리고 도서관에서 자연 과학, 사회 과학 책이 꽂힌 서가와 친해지자. 동시에 자신의 상상을 갈고 다듬어라. 모든 소설은 상상의 산물이지만, SF는 더 많은 상상이 필요한 장르다. 그렇게 상상을 펼치다 보면 어느 순간 당신이 구축한 허구의 세계가 디오라마^{diorama, 배경을 그려 길}고 큰 막 앞에 여러 물건을 배치하고 조명해서 실물처럼 보이게 한 장치. 스튜디오 안에서 만들 수 없는 큰 장면의 촬영을 위해 세트로 씀처럼 눈앞에 펼쳐지고, 그 안에서 인물들이 살아 움직이기 시작한다. 그때가 바로 소설을 쓸 때다.

아이디어
찾기

자, 당신을 가로막는 내면의 쫄보를 버렸는가? 이제는 SF를 쓰기 위한 아이디어를 찾아 나설 차례다.

SF의 아이디어는 어디서 얻어야 할까? 과학 잡지? 온라인 서점의 과학 카테고리? 과학 관련 뉴스? 과학 강연?

그것도 한 방법이다. 과학 잡지에는 매력적인 이야기들이 넘쳐 시의적절한 소재를 찾을 수도 있을 것이다. 거기에서 아이디어를 키워 나가는 것도 나쁘지 않다.

하지만 나는 외부에서 아이디어를 찾는 방법을 그다지 선호하지 않는다. 아무리 흥미로운 소재라도 자신의 내면과 맞닿은 지점이 없다면 진정성 있는 이야기가 나오기 어렵다. 그러므로 내가 하고 싶은 이야기가 무엇인지, 내 안에서 먼저 찾아봐야 한다.

아이디어란 파랑새와 같아서 가장 가까운 곳에 숨어 있기 마련이다. 그 아이디어를 잘 끄집어내서 요리조리 살펴보자. 그것만으로는 약간 부족하다 싶을 때 외부에서 찾은 아이디어와 버무리는 것도 괜찮은 방법이다.

머릿속 서랍을 샅샅이 뒤져봐도 SF적인 아이디어가 잘 떠오르지 않는다고? 우선 SF를 너무 거창하게 생각하고 있는 게 아닌지 자문해 보자. 그럴듯한 과학 지식이나 물리학 이론 같은 것들에 얽매이지 말자. 지금은 자유롭게 자기 안의 상상을 풀어놓는 단계다.

그런데도 여전히 SF적인 아이디어가 떠오르지 않는가? 나는 왜 SF를 쓰려고 하는지 차분하게 생각해 보자. 당신이 SF를 쓰기로 마음먹었다면, SF적인 아이디어가 한두 개쯤은 툭, 하고 튀어나와야 한다. SF에 걸맞은 아이디어가 없는데 굳이 SF를 쓸 필요는 없지 않을까?

이 책에서는 다른 장르에 대한 작법도 골고루 다루고 있으니, 책을 한번 완독하고 당신에게 맞는 장르를 찾아보는 것도 좋을 것이다.

이번에는 당신이 SF적인 아이디어를 떠올렸다고 가정하자.

"와, 이 아이디어는 정말 참신해요. 난 정말 천재가 아닐까요?"

내게 전화를 걸어 이렇게 말하고 싶은가? 그러기 전에 당신의 아이디어는 약간의 검증을 거쳐야 한다. 아이디어의 유사성 여부를 알아보자는 말이다. 내가 생각해 낸 아이디어를 지구상의 누군가 이미 생각해서 글이나 만화 혹은 영화로 만든 적이 있는지 검색해 보자.

비슷한 게 없는가? 당신은 엄청난 행운아일 수도 있고, 단지 검색 능력이 부족한 것일 수도 있다. 하지만 당신은 똑똑한 사람이니 검색 결과 유사한 작품이 없다면 그 아이디어는 참신하다고 봐도 좋다.

이럴 때는 당신에게 찾아온 행운을 누려라. 독창적인 아이디어는 날이면 날마다 찾아오지 않는다. 그러니 당신은 이제 사람들이 놀랄 만한 좋은 작품을 쓰면 된다.

서둘러라. 지금 이 순간에도 세계 인구 중 몇 명은 당신이 미래에 완성할 이야기와 비슷한 이야기의 마지막 문장을 고민하고 있을 것이다.

이번에는 내 아이디어와 비슷한 작품을 찾았다고 치자. "에이, 한발 늦었네."라며 던져야 하는가? 그렇지 않다. 잔뜩 부풀어 올랐던 마음은 한풀 수그러들었겠지만, 집어던지기 전에 이번에도 약간의 검증이 필요하다.

하늘 아래 새로운 건 없다. 어차피 인간은 인종과 성별과 나이를 떠나 먹고, 마시고 잠을 잔다. 육체라는 틀 속에 들어 있는 생물이란 말이다. 그래서일까? 사람이 생각하는 건 다 거기서 거기다.

나는 어렸을 때 《콩쥐팥쥐》와 《신데렐라》의 유사성에 너무나 큰 충격을 받았었다. 지구본을 보고 한국과 미국의 위치를 새삼 확인하며 '이렇게 멀리 있는 나라고, 비행기도 없던 시절인데 어느 한쪽이 다른 쪽을 따라 한 건 아니겠지?' 내 스스로 이런 이유를 만들며 신기한 유사성을 납득하려 애썼다. 그러니 비슷한 소재의 작품이 있을 때 검증해야 할 것은 내가 얼마나 다른 이야기를 쓸 수 있는가, 이다. 당신이 기존의 이야기와 차별화된 무언가를 쓸 수 있다면 Go, 그렇지 않다면 Stop.

"소설은 쓰지 않고 내용을 알 수는 없잖아요. 차별점이 다소 부족하다고 해도 좋은 작품이 나올 수 있죠."

누군가는 이렇게 반박할지도 모른다. 맞는 말이다. 여기서 내가 말하는 것들은 진리가 아니고, 나는 세상에 진실은 있어도 진리는 없다고 생각하는 사람이다. 더구나 소설의 영역에 진리라는 건 있을 수 없다. 다만 나는 여러분의 시행착오試行錯誤를 줄여 주고자 하는 바람으로 이 글을 쓰고 있으니 각자 마음에 드는 부분만 받아들이면 된다.

이야기를
숙성시켜라

　SF 소재로 적당한 아이디어를 골랐다면, 이제 그 아이디어를 잘 숙성시킬 차례다. 숙성의 과정을 거치지 않은 아이디어는 제대로 된 맛을 가진 이야기로 거듭날 수 없다.

　습작 초기의 나는 "글을 읽는 것보다 글을 쓰는 것이 더 좋다."라고 떠들고 다니던 망아지였다. 지금 생각하면 이불킥을 백번쯤 해도 부끄러움이 가시지 않을 일이다. 한편으로는 그만큼 쓰는 일을 사랑한 덕에 여기까지 올 수 있었다는 생각도 들긴 하지만.

　어쨌든 당시에는 이야기를 숙성시킨다는 말의 의미를 알지 못했다. 아이디어가 떠오르면 어디로 날아가기라도 할까, 허둥지둥 자판을 두드려 댔다. 그렇게 나온 결과물을 합평회에 가져가면 시놉시스 같다는 말만 들을 뿐이었다. 세부묘사가 빠진, 줄거리나 다름없는 초안이었으니 당연했다. 그러나 당연하다는 것도 지금에 와서야 깨닫게 된 일이고, 당시의 내게는 그 조언을 담을 만한 그릇이 없었다. 그래서 이렇게 반문하기 일쑤였다.

"왜요? 지지부진하게 늘어지지 않고 이야기가 술술 진행되는 편이 시원하지 않나요?"

쓰는 나도, 보는 사람들도 답답한 날이 반복되었다.

그러다 언제부터 알게 되었는지는 모르겠다. 소설의 생명은 디테일에 있다는 것을.

흔히 '디테일에 신이 있다'라고 한다. 다른 누군가는 '디테일에 악마가 있다'라고 한다.

디테일에는 신도 있고 악마도 있다. 그리고 일개 인간에 지나지 않는 우리가 신과 악마를 만들기 위해서는 흙에 심은 콩에 싹이 나기를 기다리고, 그 콩으로 빚은 메주가 발효되어 된장이 되기를 기다리듯 충분한 숙성의 시간이 필요하다.

남들은 어쩌면 다 알고 있을지도 모르는, 이 단순한 원리를 파악하기까지 나는 오랜 시간이 걸렸다. 그러니 여러분은 나와 같은 우를 범하지 말기를!

이야기는 어떻게 숙성시킬까? 디테일은 어떻게 만들어야

할까?

《다시 만난 지구》라는 환경 SF 앤솔로지에 실린 〈아마존의 라후르〉를 예로 들어 설명해 보겠다. 앤솔러지란 일정한 주제를 정하고 그 주제에 따라 여러 작가들의 작품을 모아 출판한 선집을 말한다. 한 권의 책 안에서 작가마다 색다른 단편을 만나보는 재미가 있다.

《다시 만난 지구》는 청소년을 위한 환경 SF로, 네 명의 작가가 참여했다. 기획 단계에서 배경 설정을 통일하고, 각각 선호하는 지역을 선택했다. 내가 선택한 지역은 아마존이었다. 추운 북극이나 황사는 개인적으로 너무나 싫어했고, 정글에서 일어나는 일이라면 잘 쓸 수 있을 것 같았다.

나는 어려서부터 정글에 대한 로망이 있어서 평소에도 주머니가 많이 달린 반바지나 조끼 같은 사파리 옷을 입고 학교에 다녔다. 아마존의 여전사를 좋아하고, 아마존의 눈물을 감명 깊게 봤다는 사실도 한몫했다. 그러나 막연한 동경과 그것을 소재로 글을 쓰는 일은 지구와 화성의 환경만큼이나 달랐다.

그나마 다행스러운 일은 앤솔러지 작품 간 통일성을 갖기 위해 기본적인 설정은 정해져 있었다는 것이다. 지구의 환경 오염으로 수백 년 전 프록시마 b 행성으로 이주한 사람들이 행성의 환경 파괴로 인해 다시 지구로 탐사대를 보낸다는 것. 지구의 환경이 정화 작용으로 복구되었을 수 있다는 희망적인 관측에 의한 탐사다. 그러나 우주선이 인공위성의 잔해와 충돌하며 대원들은 불시착하게 된다.

나는 비상 캡슐이 착륙할 때 머리를 부딪친 주인공이 깨어나는 장면에서 시작하기로 했다. 첫 장면은 정해졌으니 일단 안심. 다음에는 큰 줄거리를 생각할 차례였다.

인류가 오염시키고 떠난 지구에 돌아왔을 때 지구는 인류를 환영할까? 내 머릿속에 떠오른 대답은 아니오, 였다.

지구의 주인은 인간이 아니다. 돌아온 아마존은 열대 우림이 우거져 있었지만, 그것은 단순한 정화 작용이 아니라 자신들의 행성을 잃고 지구에 정착한 라후르족의 노력으로 인한 결과였다. 라후르족은 과학 기술이 발달했음에도 자연 친화적인 삶을 살아가는 특이한 종족이다.

동료를 잃은 주인공은 주변을 탐사하다 라후르에게 발견되어 납치된다. 이 '납치'는 주인공을 보호하기 위한 목적이었다. 주인공은 자기 또래의 라후르와 친구가 된다.

그러나 나는 이 이야기를 주인공이 라후르의 세계에서 동화되어 사는 해피 엔딩으로 그리고 싶지 않았다. 해피 엔딩이어서는 이 글의 주제를 드러낼 수 없었다. 더 자세한 이야기는 스포일러이므로 여기까지 말하겠다.

이로써 전체의 줄거리, 뼈대는 대충 세운 셈이다. 다음은 이야기를 풍성하게 만들 재료를 구할 차례다.

저녁거리를 사려면 마트에 가야 하듯 (요즘은 온라인몰이나 새벽 배송을 이용하는 빈도가 더 높아졌지만) 글쓰기 재료를 얻으려면 도서관에 가야 한다.

도서관에서 '아마존'이라는 단어로 검색하면 아마존과 관련된 책들이 주르륵 나온다. 그중에서 아마존 쇼핑몰에 관련된 책들을 제외하고, 동화부터 탐사기, 라틴 아메리카의 환경에 관한 과학 서적들을 두루 살펴봤다. 다큐멘터리 아마존의 눈물도 다시 보았다. 조예족 등 아마존에 살고 있는 원주민들을 보면서 외계인의 모습을 형상화했다. 수백 년 후의 아마존의 모습이, 그곳에서 사는 외계인들의 움막이, 움막 속에서 살아가는 일상이 머릿속에 그려졌다. 그들이 사용하는 그릇, 빛나는 아마존 강가, 아마존에 사는 세눈 원숭이, 바나나와 망고를 섞은 듯한 맛이 나는 바나망^{바나나와 망고 맛이 나는 가상의 과일}…. 이러한 디테일을 차곡차곡 쌓았다. 그러자 뼈대에 근육이 붙고 혈관이 생겨 피가 돌기 시작했다.

이제 피부를 입힐 차례가 되었다. 그러기 위해서는 이야기의 형식을 결정해야 했다.

나는 이 소설을 일반적인 소설의 형태로 쓰는 것보다 탐사 일지 처럼 쓰는 게 좋겠다고 판단했다. 작품을 쓸 때마다 색다른 형식으로 할 수는 없겠지만, 일기나 일지 형식의 이야기는 독자들에게 몰입감을 주는 효과가 있다. 서간체 소설도 그렇다. 가끔은 일반적인 소설의 형식에서 벗어나 새로운 형식을 시도해 보자.

5

플롯을
만들어라

플롯은 이야기의 구조다. 스토리와의 차이점에 대해서는 다들 들어 봤을 것이다.

왕이 죽었다. 그리고 왕비가 죽었다. 라고 하면 스토리, 왕이 죽었다. 슬픔을 이기지 못해 왕비도 죽었다. 라고 하면 플롯이라고.

하지만 나는 저 두 문장만으로 플롯이 뭔지 명확하게 이해하지 못했다. 그래서 여러 작법서를 찾아보고 나름대로 정의를 내렸다.

쉽게 말해 플롯은 자신의 소설이 가장 돋보일 수 있도록 만든 얼개라고 할 수 있다. 무조건 시간순으로 보여 준다면 자칫 이야기가 지루해질 수도 있다.

이렇듯 이야기의 순서를 재배치함으로써 독자의 흥미를 끌거나 충격을 주는 것도 플롯의 역할이다. 이야기의 그물을 촘촘하게 엮으면 떡밥을 회수하지 못하는 일도 막을 수 있다. 물론 개연성을 확보하는 데도 큰 도움이 된다.

아이디어를 어디에서 얻느냐, 하루에 몇 시간씩 글을 쓰느냐, 글을 쓰다 막히면 어떻게 하냐… 작가로 살다 보면 자주 듣는 질문들이 있다. 그중 하나는 "플롯을 짜고 쓰느냐 짜지 않고 쓰느냐"는 질문이다.

사람들은 세상에 두 가지 유형의 작가가 있다고 생각한다. 플롯을 짜는 작가와 플롯을 짜지 않고 쓰는 작가. 솔직히 나는 이런 구분은 별 의미가 없다고 생각한다. 플롯은 무조건 짜고 써야 한다. 당신이 함선의 선장이라면 나침반 없이 망망대해를 건너겠는가? 요즘은 가까운 마트를 가도 내비게이션을 켜고 가는데?

물론 플롯 없이 쓴다는 작가들도 드물지 않다. 그들은 겸손한 얼굴로 어깨를 으쓱하며 말한다.

"플롯을 짜고 싶어도 어떻게 짜는 건지 잘 모르겠어요."

그런데 그 목소리에서 미묘한 자부심이 배어 나온다. 음, 조금은 자부해도 될 것 같다. 그런 작가들은 분명 자신도 모르는 사이 머릿속에 플롯을 만들고 쓰는 것이다. 그러므로 머리가 좋은 것이지, 플롯을 짜지 않는다고 할 수는 없다는 게 내 생각이다. (만약 즉흥 연주처럼 글을 쓰는 분이 있다면 저에게 꼭 알려 주세요.)

혹시 당신이 "작가님, 저는 플롯 없이 쓰는 타입이에요. 저한테 플롯을 강요하지 마세요."라고 중얼거린다면, 좋다. 플롯 없이 쓰면 된다. 당신의 좋은 머리가 바쁘게 움직여 준다는 의미니까.

그래도 한 가지는 부탁하고 싶다. 초안을 완성한 후 역플롯을 만들어 보자. 역플롯은 내가 쓴 소설을 보면서 플롯을 만드는 것이다. 단락마다 중심 사건을 한 줄로 적어 보자. 이렇게 역플롯을 만든 후 읽어 보면 어느 부분의 개연성이 떨어지는지 이야기의 구멍을 자기 눈으로 확인할 수 있다.

6

책상 앞에
앉아라

이야기가 충분히 숙성됐는가? 그럼 책상 앞에 앉아라. 그리고 쓸 준비를 해라.

농담이 아니다. 많은 작가가 이 간단한 일을 하는 데 애를 먹는다. 물론 나도 그렇다.

글을 쓰려고 하면 세탁물이 쌓인 빨래 바구니가 눈에 들어오고, 거실 바닥에 굴러다니는 먼지도 신경 쓰인다.

청소부터 하고 시작할까? 고민하다 일단 청소를 한다. 그런데 청소를 했더니 땀이 난다. 목욕 재개를 하고 가뿐한 마음으로 책상 앞에 앉아야 글이 더 잘 써질 것 같다. 샤워하고 나오니 목이 마르다. 시원한 맥주 한 캔이 간절하다. 아니야, 글을 써야 해, 라고 생각할 때 택배가 온다. 어제 주문한 책이 도착했다. 상자를 열어 책을 훑어본다. 오늘따라 책의 내용이 눈에 쏙쏙 들어온다. 조금만 읽어 보자며 소파에 앉는다. 문 득 정신을 차리고 나니 어두워졌다. 글을 쓰지 못한 채 또 하 루가 저물어가는 것이다.

우리는 왜 책상 앞으로 돌진하지 않을까? 정말 이상하 지 않은가? 우리는 자유의지를 갖고 있다. 누가 채찍을 들 고 글을 쓰라고 강요하기 때문에 글을 쓰는 것이 아니다. 글 을 쓰고 싶은 열망, 그리고 글을 쓰는 것에 대한 순수한 기 쁨 때문에 쓴다. 그런데도 책상 앞에 앉는 일은 왜 이리 힘 든지!

그건 아마도 글이 내 생각대로 써지지 않는 것에 대한 두 려움 때문인지도 모른다. 문장으로 표현된 글은 언제나 머릿 속에 그려진 세계보다 실망스럽다. 하지만 작가인 이상, 머릿 속의 그림과 문장의 차이를 줄여 나가기 위해 끊임없이 노력 해야 하지 않겠는가? 그러니 두려움 따위는 밖으로 몰아내 고 마음의 문을 꼭꼭 걸어 잠그자.

자, 이제 책상 앞에 앉았는가? 여기서 끝이 아니다. 아직도 우리를 유혹하는 악마들은 가까이에 있다.

자료를 검색할 심산으로 인터넷 창을 열면, 어느새 인터넷 쇼핑몰에서 물건을 고르고 있는 당신을 보게 될 것이다. 자료 검색은 숙성 단계에서 이미 마쳤어야 한다. 지금은 오로지 글을 써야 할 시간이다.

마지막으로, 휴대폰은 최대한 멀리 두자.

준비됐는가? 이제 본격적으로 글을 써 보자.

글을 써라

자, 이제 진짜 글을 쓸 차례다.

먼저 첫 문장을 쓰자. 그리고 다음 문장을 쓰고, 그렇게 글을 쓰면 된다. 그러나 첫 문장을 쓰는 일은 쉽지 않다. 도입부에서 독자를 사로잡을 수 있는 승부수를 던져야 하는데, 그 성패는 첫 문장에 달려 있다.

사실 초안을 쓰는 방법은 모두 제각각이다. 어떤 이는 말이 되건 안 되건 비문, 오타 상관없이 쓰고, 어떤 이는 한 땀한 땀 바느질하듯 한 문장 한 문장 만들어 가며, 어떤 이는 생각나는 장면부터 쓰고 나중에 순서대로 짜 맞추기도 한다.

나는 차례로 쓰는 편이다. 중간에 막히는 부분이 있어도 건너뛰는 일은 거의 없다. 작가마다 작업 방식이 다르겠지만 내게 있어 초안은 기초 공사와 마찬가지다. 뼈대를 잘 세워야 리모델링을 하게 되더라도 힘이 덜 든다. 그래서 한 땀 한 땀 정성 들여 쓰는 정도는 아니지만, 비문은 최대한 쓰지 않으려고 한다.

이렇듯 글을 쓰는 방법이야말로 옳고 그름이 없으니 달걀 요리처럼 원하는 대로 하면 된다. 달걀 프라이, 스크램블드에 그, 달걀찜. 그 어느 것이어도 맛있게 먹으면 그만이니까.

다만 여기서는 SF를 쓰는 법에 대해 다루고 있으니, SF를 쓸 때 실제로 맞닥뜨릴 수 있는 어려운 점들에 관해 얘기해 보고자 한다.

가장 먼저 세계관 설정, 있을 법한 세계를 만드는 일에 대해 살펴보자.

앞에서 나는 세계를 만들었으면 그 세계가 삼차원 디오라마처럼 눈앞에 보일 때까지 상상하고 또 상상하라고 했다. 세계의 디테일을 구축해야 한다는 의미다.

그런데 세계를 구축하는 일과 독자에게 세계를 보여 주는 일은 전혀 다른 차원의 문제다. 작가는 내가 이 세계를 이렇게까지 정교하게 만들었어요, 라고 자랑하고 싶은 마음이 들 것이다.

절대로 내가 얼마나 이 세계를 잘 알고 있는지 뽐내지 마

라. 그것들을 다 설명하면 독자는 반드시 책장을 덮는다.

그럼 도대체 어디까지 보여 주어야 할까?

내 기준은 이렇다. 최대한 알기 쉽게, 최소한만 보여 주기.

SF에서 설정, 세계관의 설명은 피할 수가 없다. 그건 현실이 아닌 낯선 세계를 그리는 SF의 숙명이다. 영화 〈스타워즈 Star Wars〉의 오프닝을 보자.

'오래전 머나먼 은하계에….'로 시작, 배경을 설명하는 자막이 우리에게 친숙한 음악과 함께 쭈욱 올라간다. 이것은 스타워즈의 전통으로 스타워즈 팬들은 이때부터 두근거리는 가슴을 안고 스크린에 빠져든다. 하지만 우리가 쓰는 소설은 스타워즈의 후속편이 아니다.

소설에서 그런 식의 배경 설명은 그다지 환영받지 못한다. 독자가 보고 싶은 건 세계관에 대한 설명문이 아니다. 내가 만든 설정에 잡아먹히면 안 된다. 그리고 잡아먹히지 않기 위해서는 더 많이 알아야 한다.

작가가 그 세계를 어설프게 알고 있으면 조급한 마음에 더 설명하게 된다. 더 잘 알고 있어야 여유가 생기고, 낯선 설정들을 소설의 적재적소에 자연스레 녹여낼 수 있다.

소설이 시작될 때 독자를 세계의 중심에 떨어뜨려라. 그리고 주인공이 가는 길을 부지런히 따라가게 해라. 주인공이 보는 것, 듣는 것, 생각하는 것 등을 통해 세계의 모습을 자연히 이해할 수 있도록 만들자.

한낙원 과학소설상 작품집《푸른 머리카락》에 실린 내 작품 〈로이 서비스〉를 예로 들어 보자.

로이 서비스는 고인이 생전에 남긴 다양한 기록과 가사 도우미 로봇에 기록된 영상을 고인과 체형이 동일한 안드로이드에 이식하고 인공 배양 피부를 붙여 똑같이 만들어 주는 서비스다. 이 서비스는 가족을 떠나보낸 사람들이 감정을 정리할 수 있게 도와주려는 목적으로, 장례식이 끝난 후 최대 6개월까지 함께 지낼 수 있다.
(나는 로이 서비스에 대해 직접적으로 설명하고 싶지 않았다.)

작품 초반, 나는 할아버지네 집에 가는 주인공 가족 – 엄마, 아빠, 다인 – 의 모습을 보여 줬다. 그들은 검은 옷을 입고 있고, 뒷좌석의 엄마는 가끔 훌쩍거리며 운다. 그리고 할아버지 댁에 도착. 엄마는 마중 나온 할아버지와 포옹하고, 아빠는 약간 어색하게 인사한다. 엄마는 주인공 다인에게도 할아버지와 포옹하라고 한다. 다인은 어쩔 수 없이 할아버지와 포옹을 하고 뺨에 와 닿는 피부의 감촉에 진짜 할아버지에게 안긴 것 같은 착각을 느낀다. 그러나 착각은 잠시뿐, '가짜'에게서는 할아버지 냄새가 나지 않는다.

'안타깝게도 로이 서비스는 고인의 냄새까지 복제하지는 못하나 보다.'

이 문장을 시작으로 할아버지가 사흘 전에 죽었다는 사실을 보여 준다. 다음 장면에서 상조 회사 직원은 엄마에게 "로이 서비스를 신청하시겠습니까?"라고 묻는다.

직원과 엄마의 대화를 통해 로이 서비스가 어떤 것이다, 라는 것을 충분히 알려 주지만 작가가 대놓고 설명하는 느낌은 나지 않는다.

"아, 그러면 작가가 설명하는 대신 대사로 처리하면 되는 거군요!"

누군가는 이렇게 말할지도 모르겠다. 아니다. 그러면 안 된다. 등장인물의 입에서 설정이 줄줄 흘러나와서는 안 된다. 그렇게 하는 건 하나도 자연스럽지 않다. 등장인물이 과학자나 그 사건에 연루된 핵심 인물이라고 해도 마찬가지다. 그럴 바에는 차라리 설명문이 낫다.

"잠깐만요, 조금 전 작가님은 로이 서비스를 직원과 엄마의 대화를 통해 알려줬다고 하셨잖아요? 작가님은 되고, 우리는 안 된다는 겁니까?"

여기까지 오면, 나는 항상 막다른 골목에 선 기분이 된다. 솔직히 되는 것과 안 되는 것의 '한 끗 차이'를 나도 아직 잘 모르겠다. 아니, 어쩌면 영원히 모를 수도 있을 것이다. 다만 확실한 건, 읽어서 이상하지 않으면 된다는 것이다. 이상함과 이상하지 않음을 구별할 수 있는 감각을 익히기 위해 우리가 할 수 있는 일은, 좋은 SF 많이 읽기, 자기 작품을 객관적인 시선으로 보기, 합평하기 정도라고 할 수 있다.

잘 만든 세계관이란?

세계관은 아이디어, 내가 쓰고자 하는 소재에 밀접히 맞물려 있다. 내가 쓰려는 이야기에 따라 세계의 모습을 어디까지 보여 줄 것인지 결정할 수 있다.

2016년, 하오징팡郝景芳이라는 중국 작가는 〈접는 도시北京折疊〉라는 중편소설로 휴고상을 받았다. 이 작가는 베이징의 미래 모습을 그렸는데, 제목에서 짐작할 수 있듯이 엄청나게 불어난 인구를 감당하기 위해 도시를 세 개의 공간으로 접는다. 접어서 네모반듯한 정육면체로 만든 다음 지반을 뒤집으면 또 다른 도시가 나타나는 방식이다.

소설 초반에 접는 도시에 대한 세계관 설명 묘사가 웅장하게 펼쳐진다. 나는 아마도 휴고상의 심사위원들이 그랬듯 소설 속 세계로 빠져들었다.

도시가 나뉘어 있다는 설정은 그다지 참신한 것은 아니다. 영화 〈엘리시움^{Elysium}〉에 보면 공중도시 엘리시움이 있고 버려진 지구가 있다. 〈알리타: 배틀 엔젤^{Alita: Battle Angel}〉에서는 공중도시와 고철도시로 구분되어 있다. 하지만 위의 두 영화가 '같은 시간을 살아가는 다른 공간의 사람들'의 이야기라면, 접는 도시는 '같은 공간을 살아가는 다른 시간의 사람들'에 대한 이야기로 현실을 더 날카롭게 풍자했다. 이렇게 차별화된 지점이 이야기를 매력적으로 만드는 것이다.

접는 도시는 세 곳으로 나뉜다. 제 1 공간에 사는 부유층의 사람들은 더 적은 인구로, 더 오랜 시간을 보낸다. 그리고 제2 공간, 제3 공간으로 갈수록 인구도 많아지고 활동 시간도 줄어든다. 심지어 제3 공간 사람들은 밤 10시부터 다음날 아침 6시까지 활동한다. 인간의 생체 리듬에 어긋난 삶이다.

그런데 조금만 생각해 보면 이 설정은 이상하다는 것을 알 수 있다. 도시를 접을 정도의 기술이 있다면, 외계 행성을 테라포밍^{terraforming. 화성·금성 등 행성을 개조하여 인간이 생존 가능할 수 있도록 지구화하는 과정}해서 이주해서 살지, 굳이 도시를 접어서 살지는 않을 것 같다. 그렇지만 이 작품이 휴고상을 받을 수 있었던 것은,

접는 도시라는 설정과 그 안에서의 논리, 정합성이 맞아 들어가기 때문이다.

〈접는 도시〉는《고독 깊은 곳》이라는 단편집에 실려 있는데 이외에 수록된 작품들도 독특한 색을 갖고 있으므로 읽어보면 세계관 구축에 도움이 될 것이다.

또 하나의 예시로 〈더 플랫폼The Platform〉이라는 SF, 호러 장르의 영화가 있다. 〈접는 도시〉가 도시 전체를 그리고 있다면, 〈더 플랫폼〉은 감옥 안에서 일어나는 일로, 주인공이 갇힌 감옥 안을 주로 그리고 있다. 플랫폼은 사회적 실험을 진행하는 수직 감옥이다. 원제는 스페인어로 El hoyo, 구멍이라는 뜻이다.

가운데 직사각형의 구멍이 뚫린 감옥은 한 층에 2명씩 총 몇 층으로 이뤄져 있는지 (총 300층이 넘을 거라고 짐작할 수 있다.) 알 수 없는 공간이다. 중요한 건 최상위층은 0층이라는 것.

어딘가의 고급 식당에서 산해진미를 만들어 종갓집 제사상만큼 큰 테이블에 세팅해서 내려보낸다. 음식은 한 층씩 아래로 내려가고 감옥의 사람들은 위층 사람들이 먹다 남긴 음식을 정해진 시간 동안 먹을 수 있다. 그러나 주인공이 있는 33층에 온 테이블은 이미 음식물 쓰레기로 뒤덮인 수준이다. 윗층 사람들이 무리하게 식탐을 한 결과다.

먹을 게 없는 아래층 사람들은 어떻게 되겠는가? 굶던 사람들은 극한 상황까지 가게 된다.(더 이상의 자세한 묘사는 잔인하므로 생략한다.)

이 영화에 보면 초반부와 중반에 화려한 음식을 만드는 식당 장면이 잠깐씩 등장하고 나머지는 줄곧 감옥 안의 풍경만 나온다. 침대 두 개, 세면대와 변기 하나, 그리고 가운데 테이블이 통과할 수 있는 구멍이 뚫린 감옥이다. 이 영화에서 굳이 푸른 잔디와 하늘이 있는 바깥세상이 나올 필요는 없는 것이다. 갇힌 공간에서 일어나는 이야기므로 감옥 안에 있는 인물과 사건을 중심으로 이야기의 긴장감을 높여나갔다.

마지막으로 장편 소설 《더 원The one》의 세계관을 소개하겠다. 이 소설의 세계관은 비교적 간단하다. 유전자를 통해 나와 꼭 들어맞는 운명의 연인을 찾을 수 있다는 것. 머리카락한 올이나 입속에 넣었던 면봉 하나로 완벽한 나의 짝을 찾아주는 DNA 매치 사업이 성행하는 근미래를 배경으로 하고 있다.

다섯 명의 주인공을 통해 옴니버스식의 다양한 에피소드를 들려주는데 책을 보면서도 영상화에 적합한 내용이라는 생각을 했다. 아니나 다를까, 책이 나온 지 얼마 되지 않아 넷플릭스에서 드라마로 만들어졌다.

이런 세계관은 쉽고 직관적이어서 독자들이 SF에 대한 심리적 진입 장벽 없이 다가갈 수 있다는 장점이 있다.

글을 쓰다
막힐 때

　글을 쓰다 막히는 건 연인들이 다투는 것만큼이나 당연하고 종종 일어나는 일이다. 싸울 때는 잡아먹을 듯이 으르렁거리지만, 언제 그랬냐는 듯 풀어져 서로 미안하다며 콧소리를 낸다. 막힌 글도 그렇다. 막힌 순간에는 너무나 답답해 정수리에 구멍이라도 내고 싶은 심정이다. 아니 구멍은 못 내더라도 머리를 쥐어뜯고 이마를 책상에 쿵쿵 찧는다. 하지만 그래 봐야 나만 손해다.

　글을 쓰다 막혔을 때는 일단 글에서 멀어지자. 싸운 애인과 당장 화해를 하겠다고 대화를 시도해 봐야 대화는커녕 2차전에 돌입하게 될 뿐이다. 그러니 글이 안 써지면 과감히 책상에서 일어나 다른 일을 하자.

다른 일에는 두 가지 종류가 있다. 하나는 산책이나 목욕처럼 계속 생각할 수 있는 일, 다른 하나는 영화나 드라마를 보는 것처럼 생각을 멈추는 일이다.

나는 주로 계속 생각하는 일을 한다. 안달복달하는 편이라 머릿속에서 글에 대한 생각을 완전히 몰아낼 수가 없어서 영화를 보더라도 집중하기 어렵다. 그래서 주로 산책한다.

집에서 오 분 거리에 산책로가 있어서 산책로를 따라 부지런히 걷는다. 밤이건 낮이건 상관없다. 평소에는 걸음이 느린 편인데 글이 안 써져서 스트레스를 받았을 때는 발에 모터를 달아 놓은 것처럼 빨리 걷는다. 아니 걸어가는 게 아니라 스타워즈의 R2D2처럼 앞으로 스윽 나아가는 느낌이라고 해야 하나. 이렇게 음악도 없이 빠른 산책을 하면서 혼잣말을 한다. 내 귀가 들을 수 있도록 큰소리로 하는 게 좋다.

"그러니까 거기서 전원 버튼을 갑자기 누르면 안 된다는 거잖아. 그런 방식은 너무 비인간적이니까. 독자들이 충분히 감정적으로 공감할 여지를 줘야 하는데… 감정을 고조시킬 수 있는 장면이 추가되어야 하는데… 가만, 그러면 주인공이 시간을 좀 끌면 어떨까? 둘이 작별 인사를 나눌 수 있도록…."

이렇게 산책을 하다 보면 생각이 떠오를 때도 있고, 아닐 때도 있다. 그게 무슨 방법이냐고? 그래도 오랜만에 빠

른 속도로 걸으면 운동이 되니까 기분이 상쾌해지는 효과
가 있다.

산책해도 막힌 부분이 뚫리지 않았다면, 사우나에 가보
자. 목욕탕만 있는 자그마한 사우나 말고 천장이 높은 사우
나에 가는 걸 권한다. (천장의 높이가 사람들의 창의적인 사고와
집중력에 영향을 미친다는 연구 결과가 있다. 천장이 높으면 창의
력이 높아지고, 반대로 천장이 낮으면 집중력이 높아진다고 한다.
그래서 요즘 신경 건축 분야에서는 도서관의 천장을 높이 짓는 추
세라고 한다.) 그리고 탕 안에 멍하니 앉아 있자. 손가락, 발
가락 끝이 탕 안에서 불어 쪼글쪼글해질 때쯤 아이디어가
번뜩, 떠오를 것이다. 이때 아르키메데스처럼 "유레카!"를
외치며 벌거벗은 채 집으로 달려가고 싶겠지만 진정하자.
탈의실로 나와 발목에 찬 열쇠를 빼서 사물함 문을 열고
떠오른 아이디어를 핸드폰 메모장에 적자. 그 정도로 됐겠
다 싶으면 다시 탕으로 들어가서 여유롭게 목욕을 즐기자.
그렇지 않고 엄지손가락 두 개만으로 감당할 수 없을 정도
의 문장들이 쏟아져 나오면, 목욕비가 아까워도 얼른 물기
를 닦고 집으로 달려가자. 그리고 책상 앞에 앉아서 신나게
키보드를 두드리자.

9

검토하기

초안을 완성했는가. 이제 다른 사람에게 보여 주고 싶어 근질근질한 마음이 들 것이다. 하지만 그 전에 할 일이 있다. 스스로 내 작품이 나아질 수 있도록 검토하는 작업이다.

설익은 초안을 평가받는 것은, 요리 대회에서 설익은 요리를 내놓는 것만큼이나 어리석은 일이다. 기본적인 완성도는 갖춘 다음에 타인의 평가를 받는 편이 나에게 훨씬 이득이 된다. 그러니 초안을 다 썼으면 만세를 부르기 전에, 혹은 만세를 부르고 나서라도 다음 항목을 점검하자.

① 갈등이 부족하지 않은가?

갈등이 없거나 너무 약하면 소설이 자장가처럼 잔잔하게

흘러간다. 잔잔한 소설이 무조건 나쁘다는 의미는 아니다. 잔잔하게 흘러가더라도 절정에 이르렀을 때 독자에게 울림을 줄 수 있는 한 방이 있어야 한다. 그러기 위해서는 표면적인 갈등, 즉 외적 갈등이 아닌 내적갈등을 차곡차곡 쌓아가야 하는 것이다.

② 추상적인 문장을 많이 쓰고 있지는 않은가?

추상적인 문장은 얼핏 보면 멋져 보인다. 그러나 아무리 멋진 문장도 의미 전달이 제대로 되지 않으면 문장으로서 제 역할을 한다고 볼 수 없다. 추상적이고 모호한 문장은 독자에게도 추상적이고 모호하게 전달된다. 구체적이고 정확한 문장을 쓰는 편이 좋다.

③ 대화가 캐릭터의 개성을 드러내고 있는가?

습작생들의 소설을 보면 분명 서너 명의 등장인물이 대화를 나누고 있음에도 전부 한 사람이 말을 하는 것처럼 느껴질 때가 있다. 캐릭터마다 말투에 개성을 부여하자. 사투리나 특정 단어를 반복하는 말버릇 같은 것들은 등장인물의 대화 다음에 일일이 '누구누구가 말했다'라고 쓰는 수고를 덜어 줄 것이다. 그렇다고 너무 과도하게 집어넣으면 안 된다. 지나침은 안 하느니만 못하니까.

④ 목적이 뚜렷한가? 주인공은 공감할 수 있는 인물인가?

소설의 주인공은 목적을 가지고 그 목적을 이루기 위해 행동해야 한다. 그래야 소설이 진행된다. 주인공은 능동적인 편이 좋다. 주인공이 수동적이면 네모 바퀴 자동차처럼 이야기가 덜컥거리기만 하고 앞으로 굴러가지 않을 것이다.

⑤ 인물이 많아 혼란스럽지는 않은가?

단편 소설에서 많은 등장인물은 독자들에게 혼란을 줄 수 있다. 단편 소설은 대하드라마가 아니다. 많은 인물을 집어넣다가는 독자들이 캐릭터에 익숙해지기도 전에 소설이 끝나버리고 말 것이다. 몇 명이 적정한 선이냐고? 딱 규정짓기 어려운 대답이다. 그저 우리 할머니들이 양념은 소금, 간장 적당히, 라고 말하듯 적당히, 라고 대답할 수밖에.

⑥ 회상 장면이 자주 등장하지는 않는가?

작가에게 회상은 여러모로 편리하다. 주인공의 과거사를 설명하기에 회상보다 쉬운 장치는 없다. 하지만 회상을 남용하지는 말자. 회상은 이야기를 뒤로 잡아당긴다. 독자는 빨리 나아가고 싶은데 주인공 혼자 과거를 그리워하고 있으면 되겠는가. 과거는 털고 미래로 나아가자.

⑦ 톤이 잘 유지되고 있는가?

이야기의 톤을 일정하게 유지하는 것은 매우 중요하다. 캐나다 최초의 페미니즘 작가로 평가받는 마거릿 엘리너 애트우드의 《시녀 이야기》는 '디스토피아'라는 배경에 맞게 건조하고 음울한 독백으로 진행된다. 가끔 농담한다고 해도 지고적이거나 냉소적인 농담이다.

무겁고 어두운 느낌의 이야기 속 주인공이 갑자기 슬랩스

틱 코미디를 하거나 부드러운 농담을 한다고 생각해 보라. 전체의 톤이 망가지고, 소설은 균형을 잃어 삐걱댈 것이다.

⑧ 등장인물의 이름이 비슷하지는 않은가?

등장인물 세 사람의 이름이 민우, 민수, 민주라면 읽는 사람이 헷갈릴 수밖에 없다. 설령 이들이 형제라고 해도 말이다.

⑨ 메시지가 있는가?

작가가 독자에게 전하고 싶은 메시지, 바로 주제다. 반드시 거창한 주제가 있어야 하는 건 아니다. 주제란 작가가 독자에게 하고 싶은 말이다. 사소하거나 작은 이야기라도 괜찮다. 내가 하고 싶은 말이 잘 드러나 있고, 그 이야기가 독자가 공감할 만한 것이라면 충분하다.

당연한 말이지만 이 체크 리스트는 반드시 지켜야 할 규칙은 아니다. 그냥 필요한 부분을 참고하면 된다. 기존 작가 중에는 이러한 법칙을 지키지 않고도 재미있게 쓰는 작가들이 많이 있고, 당신도 그중 한 사람일 수 있으니까.

합평을
받아라

작품을 완성했다면, 최대한 많은 사람에게 보여 주자. 내 작품은 내 배 아파 낳은 자식과 같아 객관적인 시각으로 보기가 매우 어렵다. 따라서 다른 사람들의 의견을 들어야 한다. 그렇게 하다 보면 자신의 작품을 어느 정도 객관적으로 보는 눈이 생길 수 있다.

믿음직한 글동무를 갖는 것도 좋다. 하지만 개인의 취향은 어떻게든 기울 수밖에 없다. 그래서 나는 되도록 둘 이상의 글동무를 가져야 한다고 생각한다.

나는 고집이 센 편이라 한 사람의 의견은 잘 듣지 않는다. 하지만 같은 부분을 여러 사람에게 지적받으면, 무조건 고친다. 비록 내 생각과 다르더라도 두 사람 이상이 같은 지적을 했다는 건 - 그것이 문장이거나 혹은 내용이거나 - 분명히 문제가 있다는 뜻이다. 얘기를 듣고 보니 문제가 있는 것도 같은데 어떻게 고쳐야 할지 감을 잡을 수가 없다면, 일단 묵혀 두자. 그리고 일정한 시간이 지난 후에 다시 보자. 시간이 흐르고 나면 어떤 문제가 있었는지 비로소 이해하게 되고, 수정 방향이 잡힐 것이다.

그럼 글동무는 어디에서 만날 수 있을까?

글동무를 구하는 방법에도 여러 가지가 있다.

첫째, 온라인 카페를 이용하는 것.

네이버나 다음에는 작가나 작가 지망생들을 위한 카페가 많이 있다. 그와 같은 카페들에는 스터디를 모집한다거나 스터디 멤버를 충원한다는 게시글이 종종 올라온다. 이 방법은 별도의 비용이 발생하지 않는다는 장점이 있다. 하지만 약간의 위험 부담을 감수해야 한다. 실제로 스터디 모집 글에는 운영진이 달아 놓은 주의사항이 적혀 있고, 그 부분을 지우지 말라고 공지하고 있다.

같이 잘해 보자고 모인 사람들을 무조건 의심하라는 의미는 아니다. 실제로 선의로 모이는 사람들이 대부분이다. 아이디어 도용이나 표절을 하겠다고 작심하고 오는 사람은 100명 중의 한 명, 아니 그보다 적을 것이다. 문제는 견물생심, 사람들은 좋은 아이디어를 봤을 때 자기도 쓰고 싶다는 생각을 무의식중에 하게 된다.

같이 공부하던 사람이 내가 썼던 작품과 비슷한 아이디어로 작품을 써서 공모전에 당선됐다고 치자. 억울해서 땅을 칠 노릇이지만 내 아이디어를 가져갔다고 입증할 방법이 없다. 아이디어라는 건 하늘에 떠 있는 구름 같은 거라 내가 특이한 구름을 찾아냈다고 해서 다른 사람도 그 구름을 보지 말라는 법이 없다. 그러므로 미리미리 조심하자.

둘째, 소설 강의를 듣는 것.

이 방법은 비교적 안전하지만, 돈이 든다. 출판사 등에서 운영하는 아카데미에 들어가 보면 수강료가 만만치 않다는 걸 알 수 있을 것이다. 하지만 세상에 공짜는 없는 법. 소설 강의는 그만큼의 장점이 있다. 일단 선생님이 중심을 잡아 주시니까 좋다. 습작생들끼리만 합평을 하면 목소리 큰 사람에게 휩쓸리거나 중심을 잡지 못하고 흔들릴 때가 많다. 극단적으로 말하면 눈을 감고 코끼리를 더듬는 상황이 될 수도 있다는 말이다. 하지만 수업을 이끄는 선생님이 있으면 합평의 초점이 맞지 않거나 한쪽으로 치우칠 때 적절히 균형을 잡아준다. (물론 선생님의 이견도 절대적인 건 아니다. 잊지 말자. 내 작품의 선장은 나라는 걸.)

합평은 중요하다. 하지만 믿을 수 있는 사람들에게 합평받아야 한다는 것을 명심하자. 나는 2016년, 장르 소설 창작 강의에서 함께 공부한 인연으로 지금까지 같이 공부하는 친구들이 있다. 좋은 글동무가 있다는 건 작가에게 무엇보다 큰 행운이다.

셋째, 나에게 맞는 합평은 당근형 합평인가, 채찍형 합평인가?

나는 합평을 받는 일을 좋아한다. 내가 보지 못했던 소설 속 구멍을 찾을 때의 짜릿함이란!

그러나 모든 약에는 부작용이 있는 법. 합평에도 사람에 따라 큰 부작용이 있을 수 있다. 특히 채찍형 합평에서 그렇다. 나름대로 단련되어 있다고 생각하는 나도 가혹한 합평을 받으면 몸살이 날 때가 있다. 내 소설은 내게 '중한 것'이기 때문에 소설이 두드려 맞으면 내가 맞는 기분이 된다. 소설과 나를 동일시해서는 안 된다는 사실을 알면서도 어쩔 수가 없다. 그래도 어느 정도 맷집이 있는 나는 툭툭 털고 다시 책상 앞에 앉는다.

그러나 당신이 다른 사람의 말에 휘둘리거나 일희일비하는 성격이라면 당근형 합평이 도움이 될 것이다.

당근형 합평은 좋은 점 위주로 말해 주는 따뜻한 합평이다. 당근형 합평은 작가의 멘탈 관리에 도움이 된다는 것이 가장 큰 장점이다. 그렇지만 잘한다는 격려만으로 수정 방향을 찾아내는 일은 어렵다. 굳이 따지자면 들인 시간에 비해 얻는 것이 적다. 이를 절충해 일부 그룹에서는 각자 쓴 분량 정도만 매일 공유하고 서로 격려해 주기도 한다. 내용에 대해서는 일체 언급하지 않는다. 마라톤으로 따지자면 서로의 페이스메이커가 되는 것이다. 모진 매는 맞기 싫지만 작업의 효율성을 높이고 싶다면 이런 방법도 괜찮다.

마지막으로 합평은 절대적인 것이 아니다. 편의상 내 작품을 다른 사람이 '객관적으로' 봐준다고 말했지만 여기에는 모순이 있다. 소설의 가치는 주관적인 것이다. 문학은 수학처럼 정답이 있는 학문이 아니다. 같은 작품을 놓고도 어떤 사람은 극찬하고 어떤 사람은 혹평하는 일은 비일비재하다. 아무리 고전이고 명작이라도 나는 그 작품과 공명하는 지점이 없을 수도 있다.

어차피 주관적이니 다른 사람의 의견 따위는 무시하자는 얘기가 아니다. 어느 정도 선까지 참고하되 자신의 마음 한가운데 중심을 굳건하게 심어놓으라는 말이다.

모름지기 작가라면 자기 작품을 믿고, 사랑해야 한다.

건강한 육체,
건강한 정신

　나는 운동을 정말 싫어한다. 헬스장에 가서 자전거를 타면 거의 일 분, 아니 삼십 초마다 타이머를 본다. 이 말을 들은 사람들은 그럼 넷플릭스나 유튜브를 보면서 타면 되지 않느냐, 고 반문한다.

　뭔들 안 해 봤겠는가. 드라마를 보면서도 내 눈은 계속 타이머에 머무른다. 헬스장에서만 들어가면 내 시간은 다섯 배 정도로 느려지는 것 같다. 그런 내가 일주일에 세 번은 꾸역꾸역 운동한다. 근력을 키우기 위해서다.

　근력이 없으면 글을 쓸 수 없다는 걸 예전엔 미처 몰랐다. 그런데 본격적으로 글을 쓰다 보니 건강이 얼마나 중요한지 시시때때로 느끼고 있다.

실제로 내 주변의 작가들에게는 직업병이 많다. 책상 앞에 오래 앉아 있으니 거북목에 일자목은 기본이고, 허리도 아프다. 키보드를 많이 두드리다 보니 손목도 아프고, 모니터니, 책이니, 끊임없이 뭔가 들여다봐야 해서 눈도 아프다.

인간의 몸은 쓰면 쓸수록 닳게 마련이고, 기계처럼 새 부품으로 뚝딱 갈아 끼울 수도 없는 노릇이니 - 가까운 미래에는 그런 일이 가능하다고 해도 - 아직은 우리 몸을 소중히 쓰고, 건강을 지키기 위해 노력하자.

글을
완성했다면

중요한 사실을 빼먹을 뻔했다. 당신은 이제 완성된 SF 단편을 갖게 되었다. 나 혼자만, 그리고 스터디 멤버들이랑만 보기는 아깝다. 어떻게 하면 내 소중한 소설을 세상의 독자들에게 선보일 수 있을까? 여기에는 몇 가지 방법이 있다.

첫 번째 방법은 온라인 플랫폼에 올리기.

온라인 플랫폼은 네이버 웹소설, 문피아, 조아라처럼 웹소설 플랫폼과 브릿G 같은 장르 소설 플랫폼으로 나뉜다. 브릿G는 황금가지 출판사에서 운영하는 사이트로 누구나 자유롭게 글을 올릴 수 있다. 그리고 일정한 기준을 채우면 등록작가가 될 수 있다.

이렇게 자신의 작품을 등록하면 사이트 내에서 추천작으로 선정될 수도 있고, 분기별 출판 지원작에 선정되면 책으로 출판되는 기회도 가질 수 있다.

두 번째 방법은 투고하기.

출판사들은 투고를 받는다. 홈페이지에 투고하는 방법을 안내하는 출판사도 있고, 그렇지 않다면 책 맨 뒷장 또는 앞장에 적힌 이메일 주소로 투고하면 된다.

그러나 단편 소설 한 편만으로는 어디에도 투고할 수 없다. 투고하려면 단행본 한 권 분량, 단편의 길이에 따라 다르겠지만 보통 7~8편 정도는 묶어서 보내야 한다. 그리고 출판사들은 장편을 선호하는 편이라 신인이 투고를 통해 단편집을 내는 경우는 매우 드물다고 봐야 할 것이다.

세 번째 방법은 공모전에서 당선되는 것이다. 개인적으로는 투고보다는 공모전을 통해 데뷔하는 것을 권하고 싶다. 그래야 스포트라이트를 받을 확률이 더 높으니까.

공모전 준비는 어떻게 하는 것이 좋을까?

제5회 한낙원 과학소설상을 받은 〈푸른 머리카락〉을 예시로 들어 보자.

〈푸른 머리카락〉은 자이밀 행성과 지구인 사이에서 태어난 소년과 지구인 소녀의 우정을 다룬 작품이다. 자이밀리언은 지구에서 자신의 종족을 번식하는 대신 평생 코쿤 상태로 지내며 바닷속에서 해수를 담수로 정화하는 조건으로 지구에 정착했다. 어떻게 보면 가혹한 운명이다.

자이밀리언을 보며 심사위원을 비롯한 많은 독자가 우리 사회의 소수자를 대입해 읽고 공감해 주었다. 나도 글을 쓰며 염두에 뒀던 부분이다.

그럼 지금부터 공모전에 도전하기로 결심한 순간부터 당선이 되기까지의 일을 순차적으로 살펴보겠다.

때는 2018년 6월, 초여름이었다. 나는 호러 단편 워크숍에 참가했다. 호러 작가와 함께 4주 동안 단편 호러 소설을 완성하는 워크숍이었다. 워크숍에는 총 8명이 참가했는데, 대학생, 선생님, 편집자, 시인, 회사원 등 정말 다양한 사람들이 모였다.

참가자 중 한 친구는 호러를 좋아하는 동화작가였다. 그 친구는 나랑 동갑이라 더욱 친해졌는데, 3주 차였나, 수업이 끝나고 함께 집에 가던 어느 날 문득 생각났다는 듯 말했다.

"너 SF 쓴다고 했지? 그럼 한낙원 과학소설상 도전해 봐."

나는 핸드폰으로 한낙원 과학소설상을 검색해 봤다. 한낙원 과학소설상은 SF작가인 한낙원 선생을 기리고, 과학소설 창작을 지원하기 위해 2014년 제정된 상이었다. 그런데 모집 부문이 어린이 청소년 과학소설이라고 명시되어 있었다.

"음… 나는 동화 쓸 자신이 없어서….'

"아니야, 어려우면 청소년 소설로 써도 돼. 청소년 소설은 성인 소설이랑 별 차이 없어."

"그래? 그럼 해 볼까?"

친구와 헤어지고 집에 오는데 한낙원 과학소설상에 꼭 응모해야겠다는 생각이 들었다. 돌이켜 봐도 그때 왜 그런 확신이 들었는지 모르겠다. 나는 한낙원 과학소설상에 대해 자세히 알아보기 시작했다. 응모 자격은 미등단 신인이거나 등단 5년 이내의 기성 작가. 응모 방법은 아래한글 파일로 작성하여 이메일로 접수. 이렇게 공모 요강을 꼼꼼히 확인했다. 그리고 가장 중요한 두 가지. 원고 분량 60매, 마감은 9월 30일.

딱 석 달의 시간이 있었다. 마음이 바빴다. SF는 써 봤지만, 청소년 SF는 써본 적이 없었다. 어떤 분위기일지, 수위는 어느 정도여야 할지 상상이 가지 않았다.

다음 날 도서관에 갔다. 그리고 1회부터 3회까지 한낙원 과학소설상 수상 작품집을 보기 시작했다. 내가 도전할 공모전은 5회였지만 4회 작품집은 아직 발간되지 않아, 아쉽지만 참고할 책이 세 권밖에 없었다. 수상 작품집에는 수상작, 수상 작가 신작, 우수 응모작이 실려 있었다. 나는 1회부터 3회까지 수상작을 먼저 읽고, 다음에 우수 응모작들을, 그리고 수상 작가 신작을 읽었다. 마지막의 작품 해설과 심사평을 살피며 수상작과 우수작의 차이점을 파악했다. 공모전 수상 작품집에 실린 심사평은 라면 포장지에 적힌 조리법이나 다름없다. (심사평을 잘 분석하면 맛있는 작품을 쓸 수 있다.) 그러고 나서 수상작들을 한 번 더 읽었다. 이것으로 기 수상작 분석 완료.

다음에는 아이디어, 소재를 생각해 낼 차례였다. 완전히 새로운 아이디어로 이야기를 만들기에는 시간이 부족할 것 같았다. 그래서 나는 머릿속의 아이디어 데이터베이스를 뒤지기 시작했다. 당시 나는 푸른 머리카락을 가진 외계인에 관한 이야기를 구상하고 있었다. 성인 대상의 SF 스릴러 장르로 써 볼 생각이었는데, 그 이야기를 청소년 대상으로 재구성할 수 있을 것 같은 느낌이 들었다. 하지만 60매라는 분량상 스릴러는 무리일 것 같았다. 분량뿐만 아니라 내용도 문제였다. 살인사건이 발생하는 어두운 분위기의 이야기는 청소년 소설로 적합하지 않을 것 같았다. 그래서 설정만 남기고 스토리는 새로 구상해야 했다.

청소년 소설이니까, 너무 무겁지 않으면서도 노골적이

지 않게 메시지를 전달할 수 있는 스토리. 소외, 왕따, 우정, 이런 키워드들이 떠올랐다. 그 당시 뉴스에서 보도되던 난민 문제에도 영향을 받았다.

　이제 주인공을 정할 차례. 외계인 아이(엄밀히 말하면 지구인이고 이는 소설 속에서 중요한 문제지만 여기서는 편의상 외계인이라고 하겠다)와 지구인 중 누구로 해야 할지 고민하다가 결국 지구인 아이를 주인공으로 정했다. '나'와 비슷한 아이를 주인공으로 해야 이야기를 자연스럽게 풀어나갈 수 있을 것 같았다. 그리고 외계인에 대한 이야기를 당사자의 시선으로 풀어내면 자칫 주제를 너무 대놓고 말하게 되지 않을까 하는 우려도 있었다. 그래서 중 2, 열다섯 살 지구인 여자아이를 주인공으로 잡았다. 그러자 첫 장면이 머릿속에 그려졌다. 전학 온 학교, 교실에 들어서는 주인공, 창밖을 바라보는 푸른 머리카락의 남자애.
　청소년이 주인공인 이야기에서 주인공이 전학을 오면서 시작하는 이야기는 많고 많지만, 두 사람의 만남을 그보다 더 인상적으로 나타낼 방법이 없었기에 어쩔 수 없이 전학온 주인공이 교단 앞에서 자기소개를 하는 장면으로 이야기를 시작했다.

　이렇게 설정과 대강의 줄거리, 주인공들, 첫 장면을 만들고 숙성시킬 시간 없이 쓰기 시작했다. 마음이 급한 데다가 60매짜리 짧은 소설이니 플롯 없이 써도 된다고 생각했다. 그리고 그 결과는 열 배, 아니 스무 배의 수정으로 다가왔다. 초안이 나왔고, 고치고, 고치고, 또 고쳤다.

어떤 작가들은 고칠 때마다 다른 버전으로 저장을 해 놓지만 나는 그렇게 치밀한 성격이 아니라 정확히 몇 번을 고쳤는지 모르겠지만, 정말 셀 수 없이 고쳤다. 의자에 얼마나 오래 앉아 있었는지 엉덩이에 땀띠가 날 지경이었다. 게다가 2018년 여름은 얼마나 더웠는지!

마감이 다가오고, 수정은 계속됐다. 보고 또 보다 보니 어떤 날은 음, 이 정도면 잘 썼군, 흐뭇한 미소를 짓다가도 다음 날이 되면 이건 안 돼, 안 되겠어, 라며 고개를 젓는 날이 반복됐다. 하다 하다 주인공의 이름까지도 몇 번이나 바꾸었는지 모르겠다. 외계인, 자이밀리언인 재이는 흔들림이 없었는데, 여자 주인공의 이름은 자꾸만 흔들렸다. 고민 끝에 지유라는 이름을 지어줬다. 재이와 지유.

〈푸른 머리카락〉을 읽은 독자들은 눈치채지 못했겠지만, 나는 이 아이들의 이름 초성을 지읒과 이응으로 일부러 같게 했다. 재이와 지유는 전혀 다른 아이들이지만 내면으로는 하나로 이어져 있음을 이스터 에그^{easter egg, 컴퓨터 프로그래머가 자신의 작품 속에 숨겨 놓은 재미있는 것들이나 깜짝 놀라게 하는 것들을 뜻함}처럼 숨겨 놓고 싶었다.

9월 30일, 마감일에 꼭 맞춰 〈푸른 머리카락〉을 제출했다. 이메일 제출이라서 마감 당일에 냈지만, 온라인 접수였다면 적어도 하루 전에는 업로드했을 것이다. 마감일에는 지원자가 몰리기 때문에 홈페이지 오류가 발생할 수도 있기 때문이다. 공모전에 응모하려면 이렇게 사소한 경우의 수라도 놓치지 말고 고려해야 한다.

시간이 흐르고…

11월의 어느 날. 낮잠을 자다가 합격 전화를 받았다.

"축하합니다, 남유하 씨. 한낙원 과학소설상에 당선되셨어요."

"우와, 감사합니다. 감사합니다."

당선이라는 말에 마구 아드레날린이 치솟는데 여전히 잠은 덜 깨서 어리버리한 상태였다.

"그런데, 몇 등인가요?"

나는 당시 3등 트라우마가 있었다. 앞서 두 번의 공모전에서 수상했는데 두 번 다 우수상, 굳이 등수로 따지자면 3등이었다.

"네? 한낙원 상은 당선자 한 명이에요."

끼약, 발 밟힌 강아지가 낼 법한 소리가 입에서 나왔다. 당선을 알려 주신 분도 웃으시며 기쁜 소식 전해서 기쁘다고 하셨다. 전화를 끊고 나서야 공모 요강에 '수상 작가 1명'이라고 나와 있던 게 생각났다.

이런, 바보.

2018년 12월, 나는 제5회 한낙원 과학소설상을 받았다. 시상식을 하고 천문대 견학도 다녀왔다. 아주 멋진 경험이었다고만 말해 두겠다. 여러분도 곧 시상식의 주인공이 될 테니까.

| 남유하 |

SF의 하위 장르

SF와 판타지의 경계에 아슬아슬하게 걸쳐 있는 작품을 제외하고, 우리는 SF를 읽었을 때 그것이 SF임을 알 수 있다. 그렇지만 SF가 무엇이다, 라고 정의하는 것은 어렵다. 마치 우리의 마음처럼 말이다. 우리는 마음이 무엇인지 알고 있지만, 마음의 정확한 의미를 파고들면 그것이 우리의 정신을 의미하는지 감정을 의미하는지 고개를 갸웃하게 된다.

그렇게 잡힐 듯하면서도 쉽게 잡히지 않는 SF지만, 설정이나 구성, 소재에 따라 몇 개의 하위 장르로 구분할 수 있다. 여기서는 SF의 대표적인 하위 장르를 간단히 소개하겠다.

1) 스페이스 오페라^{Space opera}

스페이스 오페라는 우주를 무대로 한 활극이다. 활극이란 싸움, 도망, 모험 따위를 주로 하여 연출한 영화나 연극을 말한다. 우주선을 타고 다른 행성에 가서 외계인들과 싸우고, 나쁜 종족으로부터 도망치고, 공주를 구하러 혹은 지구를 지키기 위해 모험을 하는 장르라고 생각하면 된다. 우리에게 친숙한 스페이스 오페라로는 영화 〈스타워즈〉나 〈스타트랙^{Star Trek}〉이 있다. 〈가디언즈 오브 갤럭시^{Guardians of the Galaxy}〉도 전형적인 스페이스 오페라이다. 웹툰 〈덴마〉도 빼놓을 수 없다. 2021년 개봉한 〈승리호〉는 우리나라 최초 스페이스 오페라 영화로 소개됐다.

스페이스 오페라는 1930년대 미국에서 대유행한, SF의 고조할아버지라고 할 수 있다. 당신이 우주선을 좋아하고, 선과 악의 뚜렷한 대결 구도를 그리는 스케일이 큰 이야기에 끌린다면 한국적 스페이스 오페라에 도전하는 것도 좋을 것이다.

2) 사이버펑크^{Cyberpunk}

사이버펑크는 가까운 미래를 배경으로 과학 기술은 발달했지만, 인간성을 상실한 디스토피아적 세계관을 그리는 경우가 많다. 도시의 배경은 음울한 동시에 - 비가 내리는 경우도 많다 - 조잡한 네온사인 등으로 현란하다.

대표적인 작품으로는 필립 킨드레드 딕^{Philip Kindred Dick}의 《안드로이드는 전기양의 꿈을 꾸는가Do Androids Dream of Electic Sheep?》
와 그 작품을 원작으로 한 〈블레이드 러너Blade Runner〉를 들 수
있다. 〈공각기동대Ghost in the Shell〉나 〈매트릭스The Matrix〉도 전형
적인 사이버 펑크 장르라고 할 수 있다. 주로 인간과 기계, 신
체의 기계화, 사이버스페이스를 소재로 다룬다.

작품들을 봤다면 알 수 있겠지만, 사이버펑크 장르는 우리
에게 철학적인 고민거리를 안겨 준다. 〈블레이드 러너〉에서
는 인간보다 더 인간적인 안드로이드에 대한 질문을, 〈매트
릭스〉에서는 우리가 사는 세계가 단순히 매트릭스 속의 세상
일지도 모른다는, 그럴 때 당신은 안락한 매트릭스를 벗어나
구차한 현실로 뛰어들 것인가, 라는 질문을 던진다.

더 워쇼스키스The Wachowskis의 매트릭스에 영향을 준 〈공각
기동대〉의 질문도 간단하지 않다. 인간의 영혼과 기계의 결
합을 통해 육체와 정신을 구분하는 경계에 대한 질문을 던
진다.

포스트 휴먼에 대한 진지한 논의가 진행되는 지금의 시점
에서는 그다지 참신한 이야기가 아니지만 1990년대로서는
획기적인 발상이라고 할 수 있다.

3) 시간 여행
주인공이 과거나 미래로 왔다 갔다 하는 시간 여행 이야

기는 누구에게나 친숙할 것이다. 허버트 조지 웰스^{Herbert George Wells}의 〈타임머신^{Time Machine}〉부터 1980년대 영화 〈백 투 더 퓨쳐^{Back to the Future}〉, 2019년 개봉한 〈어벤져스 : 엔드게임^{Avengers: Endgame}〉에 이르기까지 시간 여행은 독립적인 하나의 장르로 성립할 수 있을 만큼 많은 콘텐츠를 양산했다.

시간 여행 SF에는 시간을 이동하게 해 줄 수 있는 '장치'가 등장해야 한다. 타임머신 말이다.

타임머신의 형태는 상관없다. 괴짜 과학자가 어떻게 만들었냐에 따라 자동차가 될 수도 있고, 전화박스가 될 수도 있으며, 욕조가 될 수도 있다.

시간 여행 SF는 과거의 어느 순간을 바꾸고 싶은 욕망이나 미래를 알고 싶은 욕망을 대신 충족시켜 준다. 그렇기에 사람들이 시간 여행 SF에 매료되는 것이다.

당신도 시간 여행 SF를 쓰고 싶은가? 하고 싶은 말이 많지만 딱 한 마디만 하겠다. 시간 여행의 룰을 철저히 지켜라.

5) 대체 역사/스팀펑크^{Steampunk}

대체 역사는 역사적 사건이 다르게 전개됐다는 전제를 깔고 있다. 히틀러가 죽지 않았다거나, 반대로 히틀러가 전쟁을 일으키기 전에 죽었다거나. 우리나라가 분단되지 않았다거나, 조선이 멸망하지 않았다거나 하는 상상을 마음껏 펼쳐볼 수 있는 장르가 대체 역사다.

대체 역사에 관심이 있다면 복거일의 《비명을 찾아서》를 읽어 보자. 이토 히로부미[伊藤博文]가 죽지 않고 조선이 아직도 일본의 식민지라는 전제하에 소설이 진행된다.

대체 역사의 하위 장르에는 스팀펑크가 있는데, 스팀펑크 장르는 전기 대신 증기가 발달한 사회를 그린다. 스팀펑크의 배경은 주로 19세기 빅토리아 시대 영국과 유럽의 산업 혁명 시기지만, 증기 기관만 발달한 미래상을 보여 주기도 한다. 스팀펑크는 비주얼이 독특하고 매력적인 장르다. 여자는 빅토리아풍의 드레스를 입고 남자는 실크해트에 프록코트를 입은 채 증기 기관차를 타는데, 말하는 로봇이 돌아다니고 하늘을 나는 기계 덩어리가 나온다. 잘 상상이 가지 않는다고? 애니메이션 〈하울의 움직이는 성[ハウルの動く城]〉을 떠올리면 쉽게 상상이 갈 것이다.

스팀펑크의 매력을 느낄 수 있는 소설을 읽고 싶다면 켄 리우[Ken Liu]의 《종이 동물원[The Paper Menagerie and Other Stories]》에 실린 〈즐거운 사냥을 하길〉을 읽어 보자. N.K. 제미신의 단편집 《검은 미래의 달까지 얼마나 걸릴까》에 수록된 〈폐수 엔진〉도 추천한다.

6) 초인, 초능력, 돌연변이

제목만 보고도 딱 떠오르는 게 있지 않은가? 〈엑스맨[X-Men]〉과 〈헐크[Hulk]〉. 둘 중에 어떤 게 먼저 떠올랐는가?

초인이나 초능력자가 나오는 이야기는 단순히 슈퍼히어로 액션물이라고 생각할 수도 있지만, 그 이면에는 '다름'에 대한 고민이 깔려있다. 〈엑스맨〉은 인간을 뛰어넘는 능력이 있지만, 돌연변이라는 이유로 사회에서 배척당한다. 그래서 인간을 미워하고 파괴하려는 집단과 그래도 인간 사회에 어우러져 함께 살자는 집단으로 나누어진다. 〈헐크〉도 마찬가지다.

감마선에 노출되는 사고로 분노하면 녹색 괴물로 변하지만, 브루스 배너 박사는 제멋대로 날뛰는 헐크를 통제하기 위해 끊임없이 노력하고 고뇌한다.

한 가지 더, 초인의 원조 격으로는 그 이름도 유명한 《프랑켄슈타인Frankenstein》이 있다. (다들 알겠지만 프랑켄슈타인은 괴물의 이름이 아니다. 괴물을 만든 박사의 이름이다.) 비록 모습은 흉측한 괴물일지라도 고독과 싸우며 자신의 존재 이유에 대해 성찰하는 모습을 보면 저절로 그에게 공감하게 된다.

7) 포스트 아포칼립스

아포칼립스Apocalypse는 종말을 뜻한다. 그러므로 포스트 아포칼립스는 종말 이후 인류가 멸망한 암울한 세계를 말한다. 핵전쟁, 전염병, 운석 충돌, 자연재해 등으로 땅이 오염되고 문명사회로 돌아갈 수 없는 상황, 약간의 살아남은 인간들, 도덕과 법이 사라진 혼란스러운 사회가 그려진다. 읽을 만한 소설로는 코맥 매카시$^{Cormac\ McCarthy}$의 《로드$^{THE\ ROAD}$》를 추천한다. 원작을 바탕으로 한 비고 모텐슨 주연의 영화가 있으니 같이 보는 것도 괜찮다.

포스트 아포칼립스의 대표적인 영화로는 〈매드맥스$^{Mad\ Max}$〉 시리즈, 드라마로는 〈워킹 데드〉를 들 수 있다. 〈워킹 데드〉는 좀비물이 아닌가 반문할 사람이 있을지도 모른다. 물론 좀비물이다. 좀비물인 동시에 좀비 바이러스로 인해 세상이 망한 후의 인간 군상의 얘기를 하고 있으니 포스트 아포칼립스물에도 속한다.

사실 하위 장르로 구분해 놓긴 했지만 이것들은 침범할 수 없는 고유의 장르가 아니다. 우리가 어떤 이야기를 쓰느냐에 따라 과일 주스처럼 서로 섞일 수도 있다. 딸기와 바나나를 섞은 '딸바'가 맛있듯이, 우리는 돌연변이가 시간 여행을 하는 이야기를 쓸 수도 있고, 시간 여행을 통해 평행 우주로 건너갈 수도 있다.

8) 사이보그, 안드로이드, 로봇

사이보그와 안드로이드, 로봇, 등은 SF에서 빼놓을 수 없는 소재이다. SF는 주로 미래의 이야기를 다루므로, 인공 지능이나 로봇은 다른 하위 장르의 이야기에서도 종종 등장한다. 사회의 과학 수준을 보여 주는 척도 역할을 한다고 볼 수도 있다. 그러나 안드로이드 소재가 다른 장르와 결합된 형태로만 나오지는 않는다. 안드로이드를 소재로 한 SF는 셀 수 없이 많다.

여기서 잠깐, 자칫하면 혼동할 수 있는 각 용어의 뜻을 확인하고 가자.

사이보그는 뇌 이외의 부분, 팔다리나 내장, 몸통을 기계로 교체한 개조 인간을 말한다. 대표적인 예로 로보캅이나 총몽, 알리타가 있다.

로봇은 말 그대로 로봇, 스스로 작업하는 능력을 가진 기계다. 수술 로봇도 로봇이고, 청소 로봇도 로봇이고 R2D2도 로봇이다.

안드로이드는 인간을 닮은 로봇이다. 영화 〈A.I〉의 주인공들은 안드로이드다. 〈데우스 엑스 마키나$^{Deus\ ex\ machina}$〉의 여자 주인공도 안드로이드, 사람처럼 보이는 기계다. 안드로이드는 사람처럼 보이기 때문에 관객과 독자가 감정 이입을 하기 쉽다. 여기에 감정 학습을 통해 진짜 감정을 갖게 되었다는 설정을 부여하면 더욱 매력적인 캐릭터로 만들 수 있다. 인간보다 더 인간적인 안드로이드는 흔한 소재지만, 잘만 쓰면 여전히 먹히는 소재이기도 하다.

9) 페미니즘 SF

페미니즘 SF란 SF라는 문학 형식을 통해 페미니즘과 관련된 문제 속으로 파고드는 작품이다. 페미니즘 SF는 하위 장르라기보다 모든 하위 장르와 결합하기 쉬운 장르라고 할 수 있다.

대표적인 페미니즘 SF 작가로는 조애나 러스[Joanna Russ], 어설라 크로버 르 귄[Ursula Kroeber Le Guin], 제임스 팁트리 주니어[James Tiptree Junior], 옥타비아 에스텔 버틀러[Octavia Estelle Butler], 마지 피어시[Marge Piercy] 등이 있다. 비교적 최근에 등장한 앤 레키[Ann Leckie]나 N. K. 제미신[N. K. Jemisin]도 페미니즘 SF 작가라고 할 수 있다.

특히 제임스 팁트리 주니어는 팁트리 쇼크로 유명하다. 남자 이름을 필명으로 썼기 때문에 오랫동안 남성 작가로 알려져 있었다. 심지어 '페미니즘 SF를 쓰는 헤밍웨이'라고 불리기도 했다. 그러다가 제임스 팁트리 주니어가 여자라는 사실이 밝혀졌을 때 '팁트리 쇼크'라고 부를 만큼 사람들에게 충격을 안겨 줬다고 한다. 페미니즘 SF 작가들은 기존의 남성 작가들이 쓰던 스페이스 오페라를 쓰는 대신 새로운 실험적인 소재를 다뤘다. 여러 가지 성별이 존재하는 사회라던가, 여성들만 존재하는 사회라던가, 여자와 남자의 성 역할이 뒤바뀐 사회 등으로 현실 세계를 풍자했다. SF의 본질은 현실을 전복하는 상상력이고, 여기에 페미니즘적 시각을 더해 기존의 억압적 질서를 비판하고 풍자하는 문학이 나오게 된 것이다.

그 밖에 외계인과의 조우를 그린 〈퍼스트 콘택트[First Contact]〉,

거대한 자연재해나 재난을 다룬 재난물, 현실에 존재하지 않는 이상적인 낙원을 그린 유토피아 등도 하위 장르로 분류된다. 하위 장르는 수학 공식처럼 고정된 것이 아니다. 요즘은 융합의 시대이다. 시간 여행과 초능력자물이 결합된 《페레그린과 이상한 아이들의 집^{Miss Peregrine's Home for Peculiar Children}》처럼 하위 장르 간의 결합, 시간 여행과 로맨스, 호러와 스페이스 오페라처럼 타 장르와의 결합도 얼마든지 열려 있다. 그러므로 SF를 읽다 보면 아주 자연스럽게 하위 장르에 대한 개념들이 자리 잡힐 것이다.

누가 알겠는가? 바로 당신이 새로운 SF 하위 장르의 개척자가 될 수도 있다.

추천하고 싶은 단편 SF

숨 – 테드 창 지음, 2019, 엘리

단편집 《숨》의 표제작. 로커스상, 휴고상, 영국 과학소설 협회상을 받은 작품이다. 2002년 《당신 인생의 이야기》 출간 이래 17년 만에 펴낸 단편집이다.

단편집 《숨》에는 9개의 단편이 있는데, 나는 그중에서 〈데이시의 기계식 자동 보모〉와 〈불안은 자유의 현기증〉, 〈숨〉, 이렇게 세 개의 단편이 가장 재미있었다. 서사적인 측

면에서는 프리즘이라는 장치를 통해 평행 세계에 있는 자신과 소통하는 세계를 그린 〈불안은 자유의 현기증〉이 돋보였다.

〈데이시의 기계식 자동 보모〉는 19세기에 '갓난아이를 돌보도록 설계된 로봇 형태의 기계'가 있었다는 설정의 짧은 이야기로 메시지가 주는 서늘함이 좋았다.

그러나 나는 표제작인 〈숨〉이 가장 좋았다. 이 단편집을 읽은 주변 사람들 중에 숨을 좋아하는 사람은 별로 없었다. 이해한다. 일단 도입부의 진입 장벽이 높다. 이야기는 인간이 아니라고 추정되는 화자의 설명으로 진행되는데, 이 설명은 기본적으로 난해하고, 하드 SF에 익숙하지 않은 독자들이 보기에는 지나칠 정도로 자세하다. 그리고 중반부로 넘어가면서 화자가 자신의 뇌 수술을 스스로 집도하는 장면이 더 어렵고 복잡하게 전개된다. 예를 들면 이런 식이다.

시계가 변칙적으로 작동한 원인을 깨달은 것은 바로 그때였다. 금박 조각들이 빨리 움직일 수 있는 것은 공기가 그 움직임을 받쳐 주기 때문이므로, 공기 유입량이 충분하다면 금박 조각들은 거의 아무런 마찰 없이 움직일 수 있다. 만약 그보다 더 천천히 움직인다면 그것은 마찰이 늘어났기 때문이며, 그것은 오직 금박 조각들을 받쳐 주는 공기 쿠션이 희박해지고, 격자를 통과하는 공기 흐름이 약해졌을 경우의 일이었다.

초반부에서 한 번 덮을까 하는 고비를 간신히 넘긴 나는, 여기에 와서는 정말 책을 덮었다. 아마 독서 모임에서 읽기로 한 책이 아니었다면, 이 단편은 은근슬쩍 넘어갔을지도 모른다. 하지만 독서 모임의 의무감과 책임감에 다시 책을 펼쳤고, 몸이 저절로 뒤틀어지는 고통과 읽은 문장을 이해하지 못해 몇 번이나 반복해서 읽는 과정을 감내하며 참을성 있게 읽어 나갔다.

마침내 결말이 가까워졌을 때, 나는 꽥 소리를 지르고 말았다. 어떤 단락에 이르자, 그가 묘사한 이미지가 너무나도 선명하게 내 머릿속에 떠올랐다. 마치 테드 창의 뇌 속에 있던 이미지가 내 뇌로 텔레포트해 온 것처럼.

"미쳤네, 테드 창. 미쳤어."

머릿속에 '그 장면'이 펼쳐진 순간, 나는 입을 벌린 채 고개를 설레설레 흔들었다. 한순간에 앞부분을 읽느라 쌓였던 피로가 펑, 하고 폭발했다. SF의 경이감이라는 게 바로 이런 거구나. 소름이 돋은 내 피부가 증명해 주고 있었다. 그 장면을 말하고 싶어 입이 근질근질하지만, 당신의 감동을 남겨 두기 위해 결말의 내용은 밝히지 않겠다.

온 여름을 이 하루에 – 레이 브래드버리, 2017, 아작

《온 여름을 이 하루에》라는 단편집에 실려 있다. 역시 표제작이다.

이 소설은 금성에 사는 아이들의 이야기다. 7년, 수천 일 동안 비가 내리고 단 하루, 한 시간 동안만 태양이 뜨는 행성. 아홉 살인 아이들은 7년 전 태양이 뜬 날을 기억하지 못했다. 하지만 마고는 지구에서 살다가 5년 전, 네 살 때 금성에 왔기 때문에 태양의 모습을 똑똑히 기억하고 있었다. 마고는 다른 아이들도 꿈속에서는 태양을 기억할 거라 생각했다.

아이들은 그런 마고를 미워한다.

마침내 비가 그치고 해가 뜨는 날 마고를 사물함에 가두는데….

〈온 여름을 이 하루에〉는 원고지 30매 분량의 짧은 소설이다. 그런데 완벽하다. 손에 잡힐 듯한 묘사, 라는 게 이런 거구나, 아름다운 이야기라는 게 이런 거구나, 제대로 느낄 수 있다.

가장 마음에 들었던 묘사는 7년 동안 내리던 비가 그치는 부분이었다. 잠깐 소개하자면,

비가 그쳤다.

마치 산사태나 토네이도나 허리케인, 화산 폭발에 관한 영화를 보다가 도중에 음향 장치가 고장나면서 모든 폭음과 진동, 굉음이 차츰 작아지다가 마침내 완전히 끊기고, 대신 영사기에서 그 필름을 떼어 내고 아무런 움직임도 떨림도 없는 평화로운 열대 풍경이 삽입된 것 같았다.

7년 동안 내리던 비가 그친 순간을 저보다 더 감각적으로 보여 줄 수 있을까? (1954년에 발표된 작품인 만큼 영사기나, 필름 등 비유가 고전적이지만 나름의 빈티지한 매력을 자아낸다. 이런 서정적인 비유와 묘사는 《화성 연대기》에서도 찾아볼 수 있다.) 게다가 아이들의 심리는 또 얼마나 정교하게 그려 내는지!

처음 읽었을 때는 좋구나, 하는 정도였다. 그런데 이상하게도 읽고 나서 자꾸 생각났다. 밥을 먹을 때, 산책할 때, 샤워할 때, 마치 사랑에 빠진 사람처럼 시도 때도 없이 금성에 사는 아이들의 이미지가 떠올랐다. 그래서 다시 친천히 읽었다. 한 문장, 한 문장을 음미하면서.

좋은 정도가 아니었다. 너무 좋았다. 읽고, 읽고, 또 읽었다. 그리고 필사했다. 그것만으로도 아쉬워 영어 원문도 찾아 읽었다. 그리고 원문도 필사했다. 이제는 누가 툭 치면 입에서 문장들이 줄줄 흘러나올 것만 같다.

여러분, 꼭 보세요. 두 번 보세요.

즐거운 사냥을 하길 — 켄 리우 지음, 종이 동물원, 2019, 황금가지

단편집《종이 동물원》에 실린 14편의 단편 중 하나.《종이 동물원》에서는 표제작 〈종이 동물원〉과 〈즐거운 사냥을 하길〉, 〈상태 변화〉, 이렇게 세 개의 단편이 가장 좋았다.

〈종이 동물원〉은 너무도 자연스럽게 — 선생님이 한창 잔소리를 하고 있을 때 옆에 있던 친한 친구가 옆구리를 툭 치는 것처럼 — 우리를 환상의 세계로 끌고 들어간다. 그 세계 속에서 나는 살아 움직이며, 으르라앙 소리를 내는 종이호랑이 라오후와, 문 뒤에 숨어 있는 종이 동물들, 염소와 사슴과 물소를 본다.

뒷부분의 신파만 조금 덜했더라면 아마도 〈종이 동물원〉은 내가 가장 좋아하는 단편으로 꼽혔을 것이다. 그러나 나는 신파 알레르기가 있으므로, 엄마가 보낸 편지 첫머리에 아들, 이라고 쓰여 있는 걸 본 순간 마음이 식었다.

〈즐거운 사냥을 하길〉은 스팀펑크다. SF의 하위 장르에는 스페이스 오페라나 대체 역사, 아포칼립스 등 여러 종류가 있는데 스팀펑크는 증기 기관이 융성했던 19세기를 배경으로 하는 SF다. 스팀펑크의 특징은 증기 기관 같은 고전적인 기계 장치를 이용한다는 점이다. 당연히 비주얼이 독특하고 매력적이다.

흥미진진한 서사와 아름다운 이미지가 어우러진 이 작품은 줄거리를 미리 알면 재미가 반감될 것이다. 그래도 혹시 서운해할 독자를 위해 키워드만 살짝 공개하겠다. 요괴 사냥꾼, 구미호, 증기 기관차와 기계 인간, 변신 로봇. 어떤가? 어떻게 구미호와 증기 기관이 어우러질 수 있는지 궁금하지 않은가?

이 작품은 애니메이션화 되어 넷플릭스의 〈러브, 데스 + 로봇〉의 에피소드 중 하나로 들어갔다. (나는 〈러브, 데스 + 로봇〉의 시즌 1 에피소드 중 〈지마 블루〉를 가장 좋아한다. 〈지마 블루〉는 알라스테어 레이놀즈의 동명의 단편 소설을 원작으로 한다. 아직 우리나라에 번역되지는 않았다. 시즌 2에서는 〈거인의 죽음〉 에피소드를 좋아한다. 〈거인의 죽음〉은 제임스 그레이엄 밸러드의 단편 소설을 원작으로 한다.)

짧은 러닝 타임 때문에 서사가 너무 압축되고 비주얼이 내가 상상했던 것에 미치지 못해 실망했지만, 그래도 명불허전. 좋은 이야기는 글로 읽든, 애니메이션으로 보든, 영화로 보든, 드라마로 나오든 모두 좋은 것이 아니겠는가.

블러드차일드 – 옥타비아 버틀러, 2016, 비채

단편집 《블러드차일드》에 수록되어 있다. 신선하다. 이렇게 신선한 이야기가 1984년도 작품이라니 놀랍다는 말 이외에 어떤 형용사로 표현할 수 있을까. 이 작품은 네뷸러상과 휴고상을 수상했다. SF 단편의 묘미는 반복 독서에 있는지도 모른다. 나는 여기 소개하는 단편들을 읽고 또 읽었다. 〈블러드차일드〉도 마찬가지였다.

〈블러드차일드〉를 처음 읽었을 때 내 머릿속에는 조각난 이미지만 남았다. 거대한 지네처럼 생긴 외계인과 외계인의 알을 품어야 하는 소년, 그리고 그들 앞에 나타난 낯선 남자가 외계인의 유충을 '출산'하는 과정… 신선한 만큼 혼란스러웠다.

나는 다음 단편으로 넘어가지 않고 곧바로 〈블러드차일드〉를 다시 읽었다. 그제야 전체적인 설정이 눈에 들어왔다. 인간인 테란, 인간의 몸속에 알을 낳는 틀릭, 틀릭의 알을 품은 인간인 엔틀릭. 엔틀릭은 제때 유충을 꺼내지 않으면 몸속에서 부화한 틀릭의 유충이 살을 다 파먹고 만다.

주인공인 간은 의도치 않게 엔틀릭의 출산 과정을 목격하게 되면서, 틀릭인 트가토이의 알을 몸에 넣을 것인지 고민하게 되는데…

옥타비아 버틀러는 이 단편집에서 각각의 작품에 후기를 넣었다. 그리고 〈블러드차일드〉에 대해서는 아주 다른 두 존재 간의 사랑 이야기자 소년의 성장 이야기이며, 남성 임신에 대한 이야기라고 밝혔다.

인간을 숙주로 사용하는 외계인에 대한 이야기는 흔히 볼 수 있다. 하지만 그런 이야기를 옥타비아 버틀러처럼 풀어낸 작가는 없었다. 이 이야기는 적나라하면서도 우아하다. 지네같이 생긴 트가토이에 대해 나도 주인공 소년처럼 사랑을 느낄 수 있을 만큼.

오멜라스를 떠나는 사람들 – 어설라 르 귄, 바람의 열두 방향, 2014, 시공사

〈오멜라스를 떠나는 사람들〉은 1973년 휴고상을 수상한 원고지 50매 남짓의 짧은 단편이다.

소설이 시작되면 오멜라스의 여름 축제가 눈앞에 펼쳐진다. 예복을 차려입은 노인들, 아기를 안고 가는 여인들, 시끌벅적한 아이들이 축제 행렬을 따라 춤을 추며 나아간다. 해맑은 아침 공기, 짙푸른 하늘, 그리고 알맞게 불어오는 바람… 사람들의 얼굴에 웃음이 퍼진다. 그들은 말로 다 표현할 수 없을 정도로 즐겁다. 게다가 이곳에는 '드루즈'라는 중독성이 없는 마약까지 있다.

한마디로 오멜라스는 우리가 꿈꾸는 모든 즐거움과 행복이 있는 지상낙원, 유토피아다.

너무나 비현실적인 유토피아의 묘사에 정말 이런 곳이 있다고? 라는 의문이 들 때쯤 르 귄은 우리에게 한 가지 이야기를 들려준다. 오멜라스의 아름다운 건물 중 한 군데에 있는 지하실의 이야기를.

그 더럽고 좁은 지하실에는 어린아이가 갇혀 있다. 이따금 사람들이 찾아와서 아이를 보고 가지만, 내보내 달라는 아이의 절규에는 아무도 대답하지 않는다.

어째서? 그토록 친절하고 행복한 사람들이 왜 이 불행한 아이 한 명을 도와주지 않을까?

왜냐하면 오멜라스 사람들의 안락함과 풍요로움은 이 아이의 불행과 고통에 달려 있기 때문이다. 누군가가 그 아이를 도와준다면, 오멜라스 사람들은 자신들이 누리는 행복을 전부 잃게 된다. 그것이 계약이다.

오멜라스 사람들은 여덟 살에서 열두 살 사이에 이 아이에 대한 설명을 듣는다. 어떤 이는 지하실에 직접 가서 아이를 보기도 한다. 그리고 아이를 위해 아무것도 할 수 없는 자신에게 분노한다. 그러나 시간이 흐름에 따라, 그들은 그 아이가 지하실 밖으로 나온다 해도 바깥세상에 적응하지 못하고 더 비참해질 뿐이라고 생각한다. 무력한 자신을 합리화하는 것이다.

소설은 여기서 끝이 날 수도 있었다. 그러나 르 귄은 우리에게 이야기를 하나 더 들려준다. 지하실의 아이를 보고 홀로 오멜라스를 떠나는 사람들의 이야기 말이다. 그들은 다시는 돌아오지 않는다.

이 짧은 단편을 읽고 나는 엄청난 힘에 압도되었다. 르 귄은 나를 단숨에 오멜라스라는 낯선 도시로 데려갔다. 내 안에서 많은 질문이 쏟아졌다. 지하실의 아이가 누구인지, 왜, 언제부터 오멜라스에는 그토록 잔인하고 끔찍한 계약이 생겨났는지. 작가는 말해 주지 않는다. 그런 질문은 중요하지 않다. 중요한 건 우리가 지금 살고 있는 곳이 오멜라스일지도 모른다는 것. 나의 행복은 누군가의 희생을 기반으로 이뤄졌을 수도 있다는 것. 내가 지하실의 아이를 보게 된다면, 나는 오멜라스를 떠날 수 있을까?